全球最经典的一百本少儿书

太阳溪农场的丽贝卡

一个散发着暖暖阳光味道的小女孩成长为淑女的故事

Rebecca Of Sunnybrook Farm

Kate Douglas Smith Wiggin

[英]凯特·道格拉斯·维珍◎著　王敏◎译

江苏文艺出版社
JIANGSU LITERATURE AND ART
PUBLISHING HOUSE

图书在版编目（CIP）数据

太阳溪农场的丽贝卡 / (美) 维珍 (Wiggin,K.D.) 著 ; 王敏译 . -- 南京 : 江苏文艺出版社 , 2014.2 (2024.10 重印)
（全球最经典的一百本少儿书）
ISBN 978-7-5399-7054-7

Ⅰ . ①太… Ⅱ . ①维… ②王… Ⅲ . ①儿童文学－长篇小说－美国－现代 Ⅳ . ① I712.84

中国版本图书馆 CIP 数据核字 (2014) 第 019472 号

书　　名	太阳溪农场的丽贝卡
著　　者	（美）维珍
译　　者	王　敏
责任编辑	孙金荣
出版发行	凤凰出版传媒股份有限公司 江苏文艺出版社
出版社地址	南京市中央路 165 号，邮编：210009
出版社网址	http://www.jswenyi.com
经　　销	凤凰出版传媒股份有限公司
印　　刷	艺通印刷（天津）有限公司
开　　本	652 毫米 ×960 毫米　1/16
印　　张	15.25
字　　数	195 千字
版　　次	2014 年 4 月第 1 版
印　　次	2024 年 10 月第 3 次印刷
标准书号	978-7-5399-7054-7
定　　价	49.80 元

目　　录

第一章

我们共有七个

梅坡伍德至利维波洛的路上，尘土飞扬，一辆旧马车“隆隆”地行驶着。虽然才五月中旬，天气却很炎热，都快赶上仲夏了。尽管赶车人杰里迈亚·科布先生对他的马匹宠爱备至，但他却从来都不曾忘记，自己是个送信人，得用它们来运送邮件。一路上都是连绵的小山。他用双手松挽着缰绳，人慵懒地斜靠在驾驶座上，一条腿舒舒服服地架在挡泥板上。他的宽檐旧毡帽耷拉下来，遮住了眼睛。他的嘴里嚼着烟叶，左脸颊跟着一起一伏的。

马车里只有一位乘客，那是一个小姑娘，头发乌黑发亮，穿着淡黄色的花布裙子。

尽管她一直用双脚顶着中间的座位，带着棉手套的双手也用力握着座位两端的扶手，可是她太瘦小了，加上坐姿又太僵硬，因此并不能保持平衡，只好在皮革椅垫上不时地滑来滑去。每当车轮陷进了比平常更深一些的车辙里，或者颠簸着碾过一块石头时，小女孩就会不由自主地被马车弹起，抛向空中，然后再跌落回到座位上。每次重新坐稳之后，她总要把头上那顶滑稽的草帽向后推一推，再把她的粉红小阳伞拿起来放好，好像这就是她最重大的职责似的。不过她更在乎的是一个珍珠钱包，只要路况允许，她都要把它摸出来看看，看到里面的宝贝既没有减少，也没有消失，就会露出欣慰和满意的神色。不过，科布先生对这些旅途中恼人的小细节可没有什么兴趣，他只管把客人送到目的地，并不在乎他们一路是否舒坦。实际上，他已经忘了这名小乘客的存在，因为她并不十分引人注目。

那天早晨,科布先生正要离开梅坡伍德邮局的时候,从马车上下来了一个女人,径直走到他身前,问他这趟马车是否去利维波洛,还问他是否就是科布先生。在得到肯定的答复后,她向不远处的一个小女孩点了下头。那个正急切地等待着答案的小女孩,立即飞跑过来,唯恐耽误一秒钟似的。小女孩大约十岁到十一岁的样子,但无论经历了多少个盛夏与寒冬,她看上去都比实际年龄要小一些。母亲把她搀进马车里,把一个包袱和一束丁香放在她的身边,还把一个旧毛织箱子的带子紧了紧,这才非常仔细地数了数手中的银币,付了车费。

"请您送她到利维波洛我姐姐那里。您认识米兰达·索亚和简·索亚吗?她们就住在那幢砖房子里。"说起来真是上天保佑,科布先生太熟悉这两姐妹了,好像她俩是他一手创造出来的一样。

"这个小家伙就是要去那儿的,她们也正在等她去呢。您能否帮忙照看她两眼?只要给她机会,她可能就会下马车找人聊天,或者把人带上车和她做伴的。再见了,丽贝卡!你可别淘气呀!乖乖地坐着别乱动,这样你才能清清爽爽、漂漂亮亮地到姨妈家里。路上可别给科布先生惹什么麻烦。您瞧,她激动着呢。我们昨天从汤普朗斯坐车过来,在亲戚家睡了一夜,今早又从她家搭车赶来,赶了整整八公里的路才到这里。"

"再见了,妈妈,别为我担心。再说了,我以前又不是没有出门旅行过。"

听到这话,母亲哧哧地笑了。她赶紧向科布先生解释道:"她以前去过维尔汉姆,在那住了一晚,仅此而已。这点经历,可没什么好吹嘘的。"

"可那的确是旅行呀,妈妈。"小姑娘赶紧申辩道,"离开了我们的农场,用篮子带上了午饭,坐了会马车,又坐了会蒸汽车,而且我们还带上了睡衣呢!"

"就算是这样,也不用宣扬得全村人都知道吧。"就这样,母亲打断了这位"见多识广"的旅行家的回忆。她又小声对女儿说，试图最后一次教导她，“难道我以前没有跟你说过吗？睡衣啦，长筒袜啦，这些东西你可不能大声嚷嚷出来，尤其是旁边有男人的时候。”

“我知道啦，妈妈，以后我再也不会这样了。其实我想说的是——”这时，科布先生“驾”地喊了一声，一拉缰绳，那些马儿就迈起了平稳的步伐，开始它们日常的征途了。“其实我想说的是，那的确是一次旅行，既然——”这时马车已经上路了，丽贝卡不得不从车门上的窗子中探出头来，“既然带上了睡衣，那就是名副其实的旅行。”

尽管兰德尔太太并不想听到这么不文明的词语，可女儿高八度的声音却一直在她的耳畔回荡着。她目送着逐渐远去的马车，直到它从视线中消失。随后，她收拾好了放在杂货店门口的包裹，跨上了停在拴马柱边的一辆马车。在她掉转马头准备回家时，她一度站起身来，举起手用以遮挡眼前的反光，凝望着远方马车驶过之处扬起的一团烟尘。

“我猜，米兰达一定要忙坏了。”她心中暗暗想着，“但我不能心软，只要能让丽贝卡成长、成才，那这样做就是值得的。”

车开了半个小时，一路上骄阳似火热浪卷袭着黄沙滚滚而来。至于科布先生，他正在聚精会神地盘算着自己去大都市米尔顿要办的事情。这一切干扰，再加上科布先生的脑袋瓜子向来都不灵光，因此他早就把要在路上照看丽贝卡的事情，忘得一干二净。

突然间，他好像听到，在“轰隆轰隆”的马车声、“吱呀吱呀”的马具声之外，夹杂着一个细小的声音。开始他以为那是蟋蟀、树蛙或鸟儿的叫声，但是后来他确定了声音传来的方向。于是他回头一看，只见小女孩小小的身体，正在安全所允许的范围内，尽力地探出窗外，她那条长长的黑辫子，随着马车的颠簸，晃动个不停。孩子的一只手中拿着帽子，另一只手拿着那把小巧的遮阳伞，她想用那把小伞去钩赶车人，以引起他的注意，却怎么也够不到。

“请听我说一句话。”她叫道。

科布先生闻言，立刻勒住了缰绳。

“倘若我坐您边上，需要多付钱吗?”她问道，“车厢里太滑了，而且很晒。这个车厢对我来说，实在太大了，我被撞到东、撞到西的，身上都撞青了。况且里面的那些窗子也太小了，能看到的东西实在是少得可怜。为了确定箱子没有从后面掉下去，我都快把脖子扭断了！那是我妈妈的箱子，她可宝贝着呢！”

等到这一长串话语，或者更确切地说，这一长串的批评终于告一段落后，科布先生才打趣着说道：

“要是你愿意，就过来吧。坐我身边，是不额外收费的呦!”说着，他就扶小女孩出了车厢，抱她坐上了前座，然后回到自己的位子上。

丽贝卡小心地坐了下来，认真抚平了坐在屁股下面的裙摆，把太阳伞展开，放在自己和赶车人之间。做完这些后，她往后推了推帽子，脱下她的针织白棉手套，然后兴奋地说道：

“啊，这样好多了！这才是旅行！我现在才是真正的旅客！我觉得我刚才坐在那里，就像我们家被关在笼子里的母鸡一样。我想我们还有很长一段路要走吧?”

“哦，我们的旅途才刚刚开始呢，”科布先生和蔼地说道，“还要两个多小时吧。”

“才两个小时啊。”她叹了口气，“那就是一点半的时候到。那个时候，妈妈应该到安表姐家了，家里的孩子们应该吃过午饭了，汉娜也该把家里都收拾好了。我自己带了点吃的，当作午饭，妈妈说饿着肚子到砖头房子可不好。一见面就让米兰达姨妈给我弄吃的，这可不是一个好的开始。今天天气真好，是那种万物生长的日子，不是吗?”

“当然是，不过太热了点。你怎么不把你的伞撑起来呢?”

她一边下意识地把裙子拉了拉，盖住了那把伞，一边说：“哦，不，太阳大的时候，我从来不用这把伞。你知道，粉红色特别容易褪去。只有礼拜天，又恰好是多云的天气，我才带上它。

有时候太阳一下子就出来了，我就得赶紧把它盖好，当然免不了一阵手忙脚乱。它是我最心爱的物品，就是照管起来麻烦了些。”

现在，在科布先生那迟钝的脑袋瓜子里，逐渐形成了一个判断：此刻坐在他身边的小家伙，尽管也叽叽喳喳的，却和他日常行车中看惯了的那些小家伙们完全不同。于是，他把马鞭收入囊中，把搁在挡泥板上的脚收了回来，把帽子向脑后挪了挪，还把嘴里咀嚼着的烟叶吐掉了。这样的一番整顿，让他的头脑清晰起来，可以思考了。自打上车到现在，他第一次认真地打量起这位小乘客。被打量的丽贝卡，也盯着他看，友善的目光里既有天真和好奇，也有严肃和认真。

她穿的浅黄色印花棉布裙子虽然已经褪色了，却洗得干干净净，每个角落都认真浆洗过了。从裙子的皱褶立领中，露出了孩子那纤细的喉咙。她的脖颈是深棕色的，非常细长。她深色的头发，编成了长长的辫子，一直垂到腰际。她的头看上去是那么小，似乎不能承受她发辫的重量，头上戴着一顶小小的麦秆编成的帽子，看上去很奇怪。要么这是最新流行的式样，要么就是为了撑场面，从哪里找出来的古董。这顶淡黄色缎带镶边的帽子上，还装饰了一簇黑色和橙黄色相间的豪猪刚毛，在她的一只耳朵边上直挺挺地竖起。这奇装异服，让小姑娘看起来非常扎眼，非常与众不同。她的脸上没有什么血色，脸部的线条却很分明。说到五官，她也没有什么特别之处。科布先生还没来得及细看她的鼻子、额头和下巴什么的，就被她的眼睛深深吸引住了。她的眼睛折射出信仰的光芒，“冥冥中的一切，尔曾希冀，尔所未识，从其慧眼，皆能佐证”。她的这双眼睛，在她秀气的两弯眉毛之下熠熠生辉，就像夜空中两颗璀璨的星星一样。眼睛里的光芒宛如流动的波涛，在她黑亮瞳仁的映衬之下，时隐时现，美丽动人。她的随意一瞥，眼光是那么热切、关注，却又永不满足；她的深情凝视，眼神是那么魅力四射，却又神秘莫测，似乎能够看穿世间风情，直指人心深处。没有人能够解读丽贝卡的眼睛。汤普郎斯的老师和牧师都曾想弄明白，为何她的眼睛有如此的魔力，但都徒劳无功。有年夏天，村子里来了一名年轻的艺术家，她想画下红色的谷仓、废弃的磨坊，还有村里的小桥。最终的结果却是，她放弃了所有这些当地的美景，把自己的全部精力都放在了这个孩子的脸上——她那原本普通的小脸，因为一双眼睛而被赋予了无限神采。这双眼睛，源源不断地传递着种种信息和暗示，似乎拥有催眠的魔力和深邃的洞察力。仿佛在这双眼睛的最深邃之处，仍然光芒四射，让人们不由自主、永不厌倦地想要探索，想要解读。这双眼睛甚至会让人们产生错觉，以为他们从中读出的，正是他们内心的想法。

科布先生的思想，还没有上升到这样的高度。那天晚上，他对妻子提到了这个孩子。不过他只是简单地说，每当这个孩子看他的时候，那双深邃的眼睛都触动了他的内心，让他有点晕头转向。

"这把伞是罗斯小姐送给我的，她会画画。"丽贝卡说道。在和科布先生这样对望过以后，她已经记住了他的模样。"您注意到这粉色的双层皱褶、这白色的伞尖和伞柄了吗？它们都是用象牙做的。伞柄上有点疤痕，这是范妮在我不注意时，乱啃乱咬留下的。从那以后，我就不那么喜欢她了。"

"范妮是你妹妹吧？"

"我的一个妹妹。"

"你们家一共有几个孩子？"

"七个。有首儿歌，写的就是七个孩子的故事——

'姑娘马上回答说，
哦，我亲爱的主人！
我们一共有七个。'

我在学校里学会了哼这首儿歌。可有些同学真讨厌，他们总是笑话我。汉娜最大，我是老二，接着是约翰、珍妮、马克、范妮，米拉最小。”

“呦，真是个大家庭呐。”

“太大了，每个人都这么说。”丽贝卡的坦白回答，明显带上了一种成人的味道，这实在太让科布先生意外了。他咕哝了一句“我的神啊”，就又塞了一把烟草到左腮帮子里。

“他们都很好，但就是很麻烦。您明白的，要喂饱这么多孩子，得花许多钱。”她继续说道，“很多年来，汉娜和我除了晚上给弟弟妹妹们脱衣服、让他们睡觉，早上给他们穿衣服、叫他们起床以外，几乎什么事也做不了。不过现在终于不用这么麻烦了，这真是一种解脱。等我们都大了，债也都还清了，就有好日子过了。”

“终于不用了？你是说，你离开家了，所以不用了？”

“不是的，我是说，他们都长大了，而我们家也不会再添新宝宝了。妈妈这么说过的，她说话一向算数。米拉后面，真的再也没有孩子出生了。米拉现在三岁了，她是在爸爸去世的那天出生的。米兰达姨妈本来是希望汉娜——而不是我——去利维波洛的，但妈妈放不开她。她比我能做家务，的确是这样的。昨天晚上我跟妈妈说，要是家里再添宝宝的话，就叫我回来好了。因为一个婴儿，要汉娜和我两个人才照顾得过来，至于我妈妈，她既要做饭，还要管农场的事儿呢。”

“哦，你住在农场里，对吧？农场在哪里呢？离你上车的地方近吗？”

“近？怎么可能呢？至少得有个上千公里吧。我们从汤普朗斯坐汽车出发，坐了很久才到安表姐家，在她家睡了一晚。第二天起床后，又坐了很久的车，才到达梅坡伍德车站。我们农场无论到哪都远得要命，好在我们学校和教堂就在汤普朗斯。从那儿到我们农场，只有两公里。和您一起坐在这儿，感觉真的特别好，就像爬上教堂的尖顶一样。我认识一个男孩子，他曾经爬上了那个尖顶，他说，从上往下看，人呀，牛呀，小得就跟苍蝇一样。后来我自己也爬了上去，但没看到什么人，只看到了奶牛。

可是它们并不像我想象中的那么小，这让我多少有点失望。不过再怎么说（说到这里，她突然高兴起来了），也没有它们在我旁边时，看上去那么大，不是吗？所有刺激有趣的好事，都归男孩子。女孩子就只能做男孩子挑剩下的事情，又枯燥又无聊。女孩子不能爬得太高，或者走得太远，也不能在外面呆得太晚，或者跑得太快。女孩子什么事也不能做。”

科布先生用手背擦了擦嘴巴，喘了口气。他感觉自己总是匆忙地从一个山头赶往另一个山头，中间连停下来歇口气的时间都没有。

“我好像还没弄清楚你们农场在哪里，”他说，“不过我曾经去过汤普朗斯，在那过得还很快乐。你们家姓什么呢？”

“兰德尔。我妈妈叫奥蕾莉亚·兰德尔。我们的名字分别是：汉娜·露西·兰德尔、丽贝卡·罗威娜·兰德尔、约翰·哈利法克斯·兰德尔、珍妮·林德·兰德尔、马奎斯·兰德尔、范妮·埃尔斯勒·兰德尔和米兰达·兰德尔。一半的名字是妈妈取的，另一半是爸爸取的。因为我们的生活并不顺利，所以他俩决定，用利维波洛米兰达姨妈的名字命名小幺米拉。他们希望这么做能带来好运，但结果并没有。我们现在都叫她米拉。其实我们的名字，都是有渊源的，都是根据某个特定的人物命名的。汉娜的名字取自儿歌《坐在窗前缝袜子的汉娜》；我的名字取自小说《劫后英雄传》；约翰·哈利法克斯是一本书中的男主角；马克的名字来自我们的叔叔马奎斯·德·拉法耶特，他是双胞胎中的一个，很早就夭折了（双胞胎往往不能顺利地长大成人，而三胞胎几乎都长不大。科布先生，这些您知道吗？）。我们并不叫他马奎斯，都叫他马克；珍妮的名字来源于一名女歌星；范妮的名字取自一名漂亮的舞蹈家。妈妈说，她俩都和自己的名字不配，因为珍妮唱歌根本找不到调子，范妮的腿也僵硬极了，完全跳不了舞。妈妈本来想，不用她们中间的名字，就叫她们简和弗朗西斯得了，但她说那样做对爸爸不公平。她说我们应该永远都支持爸爸，因为周围的一切事情，似乎都和他过不去。要不是运气太差了，他也绝不会走得那么早。我想，关于我的家庭，我能说的就这些吧。”她认真地结束了这一番介绍。

“我的乖乖！这已经足够了。”科布先生叫道，“天下的名字，都快被你妈妈给取光了。你的记性真好，我猜，学校的功课，对你来说一定是小菜一碟吧？”

“功课倒是不难，问题是我必须得穿上鞋才能走到学校去上课呀。你看我脚上这双鞋，簇新簇新的，怎么也得穿上六个月吧。妈妈总叫我穿鞋省点，可是，除了脱了鞋子赤脚走路以外，好像也没什么别的法子可以省鞋子呀。而且在利维波洛，我可不能赤脚走路，这会给米兰达姨妈丢脸的。一到米兰达姨妈家，我就得马上去上学了。两年后，我会去维尔汉姆神学院学习。妈妈说，这样对我很有好处，能够让我成才。念完书后，我想和罗斯小姐一样，做个画家。不过，这些都是我自己的想法，妈妈觉得我最好去教书。”

“你家的农场，不会就是原来的霍布斯农场吧？”

“不是的，我们家的农场就叫兰德尔农场，至少妈妈是这么叫它的。我嘛，我叫它太阳溪农场。”

“我想，只要你知道它在哪里，无论你叫它啥，本质上都不会有什么区别。”科布先生觉得自己这话说得精辟极了。

听他这么说，丽贝卡立刻就把自己全部的目光都投向了他，目光里带着不满和责备，甚至有点严厉。她回答道：

“哦，您可别这么说，否则就和其他那些人一样了！给事物取不同的名字，本质绝对是不同的。我如果叫它兰德尔农场，您能想象出它的样子吗？”

“想象不出。”科布先生有点不自在了。

“现在我叫它太阳溪农场，您会联想到些什么呢？”

此刻，科布先生觉得，自己就是一条离开了水的鱼，正在沙滩上喘着气。这个问题让他尴尬，但回答它又是不可逃避的责任。因为此刻丽贝卡的双眼就像探照灯，照彻了他脑袋中所有的想法，一直照到了他后脑上的那块斑秃。

“我会想，那个农场附近，应该有条小溪。”他嗫嚅着说道。

丽贝卡看上去有点失望，但并没有气馁：“说得不错啊，”她鼓励道，“你性格温和，但不够热情。那儿是有条小溪，不过那可不是一般的小溪，它浅浅的，溪水潺潺地流淌着。底下铺着雪白的细沙，还有许多闪闪发亮的鹅卵石。只要天空中有一丝丝的阳光，小溪就能捕捉到，整整一天，它都是金光闪闪的。小溪的两岸，长着许多的小树，还有低矮的灌木。你肚子饿不饿？我的肚子在咕咕叫了。早上因为担心赶不上车，我一口早饭也没吃上。”

“那好，现在你先把午饭吃了吧。我要到米尔顿再吃东西。到时候我要吃一个馅饼，再喝一杯咖啡。”

“要是我去过米尔顿就好了。我想，这个城市一定又庞大又气派，甚至要超过维尔汉姆吧？它应该更像巴黎，对吗？罗斯小姐跟我说起过巴黎。她送给我的这把粉红遮阳伞，还有这个珍珠钱包，就是在巴黎买的。您瞧，只要按一下这个揿钮，钱包就打开了。钱包里有二十美分，我得用这笔钱买邮票、纸张、墨水什么的，要用三个月呢。妈妈说，米兰达姨妈要供我吃穿，还要供我上学买书，她不会愿意再给我买这些东西的。”

“巴黎也没什么了不起，”科布先生有点不屑地说，“它是全曼恩省最不好玩的地方。我赶车时到过那儿好多次了。”

丽贝卡不得不又责备科布先生了。尽管无言，但也是一种责备。她不满地看了科布先生一眼，但马上就收回了目光。

“巴黎是法国的首都，你得坐船才能到那儿呢。”她教育科布先生道，“我们地理课本上提到了巴黎，书上说：‘法兰西是一个欢快活泼、彬彬有礼的民族。法国人喜欢跳舞，喜欢淡酒。’我问老师：‘什么是淡酒？’他说可能就是新酿的苹果酒或者姜汁麦芽酒之类的酒吧。只要闭上眼睛，我就能想象出巴黎的风光。美丽优雅的女士们，随身携带着粉红色的遮阳伞和珍珠钱包，欢快活泼地跳着舞；仪表非凡的绅士们，也风度翩翩地跳着舞，还喝着姜汁麦芽酒。不过，您可真幸运，您几乎每天只要睁开眼睛，就能看到米尔顿。”丽贝卡憧憬地说着。

“米尔顿也没什么了不起的。”科布先生回答道。听他口气，好像他已经到过了地球上所有的城市，发现它们全都不过如此一样。“快看我，我要把这份报纸，投到布朗太太家门前的台阶上。”

随着“嗖”地一声，这团报纸果然分毫无差地落在了他说的地方，落在了纱门前用玉米壳做的门垫上。

“哦，这真是太神奇了！”丽贝卡兴奋地大叫起来，“你简直和马克在马戏团看到的飞刀人一样。我真希望有一条长长的街，沿街是一排屋子，每个屋子前都有纱门和玉米壳做的门垫，然后您就挨个在每家的门垫上扔一份报纸。”

“你要知道，我也不一定都能扔准。”科布先生笑着说。他这会可得意了，却故意表现得很谦虚，“今年夏天，要是你姨妈米兰达同意的话，在我的马车生意不那么忙的时候，我可以带你去米尔顿玩。”

一种如食甘霖的兴奋，传遍了丽贝卡的全身，从她脚底的新鞋一路向上，直达头上那顶麦秆编织的帽子，又传到她的黑色辫子上。她激动地按着科布先生的膝盖，眼睛里噙着喜出望外的泪水，声音哽咽着说：“哦，这不是真的，不可能是真的！想想我竟然能去米尔顿！这真的就像我有个神仙教母一样，她问我有什么愿望，然后就帮我实现了那个愿望。你有没有读过《灰姑娘》，或者《黄色小矮人》？《青蛙王子》呢？《戴金锁的仙女》呢？”

“都没看过，”科布先生想了想后，小心地回答道，“我不认为我自己看过你刚才说的那些故事。你怎么会看过这么多呢？”

“哦，我看过很多书，”丽贝卡漫不经心地回答道，“我父亲的藏书，罗斯小姐的藏书，学校里好多老师的藏书，我都看过了。我还看过主日学校图书馆的所有藏书。我看过《点灯人》、《苏格兰酋长》、《劫后英雄传》、《雷德克里夫的后嗣》、《医生的妻子》、《大卫·科波菲尔》、《赤栗鼠的金子》、《普卢塔克的生活》、《华沙的撒迪厄斯》、《天路历程》，还有很多别的。你读过什么书啊？”

“你读的那些书，我一本也没读过。不过我年轻那会，也看过不少书。现在我每天得赶车，所以就只能翻翻年历书、《每周卫报》、《曼恩州农民杂志》这些了。注意，又要过河了。这长长的山坡，是这一路上最后一个了。等我们到达坡顶，就能看到远处利维波洛的烟囱了。这段路程并不算远。我自己住的地方，离你姨妈家的砖屋也就半英里路。”

丽贝卡开始坐立不安起来，她的手在腿上紧张地胡乱划动着。“我以为我不会紧张的，”她的声音小得几乎听不见，“但我还是有一点紧张，特别是刚才你说快到了的时候。”

“你想回去吗？”科布先生觉得有点奇怪。

她飞快地看了他一眼，勇敢、自豪地说道：“我绝不会回去！我也许会害怕，但不会逃跑，逃跑太可耻了。去米兰达姨妈家，就像去漆黑的地窖中探险一样。楼梯下面可能藏着可怕的巨人和妖怪，可是，就像我告诉过汉娜的那样，我们也有可能遇到的是美丽的小仙女、可爱的小精灵，还有英俊的青蛙王子。到维克汉姆要穿过一条大马路，现在我们去姨妈的村子，也要经过一条大马路吗？”

“我认为可以说是一条大马路。你索亚姨妈就住在那条大马路上，不过那条路上可没有商店，也没有磨坊。这个村子可是小得要命，要是你想打听什么事儿，就得过河，到对岸我家来。”

“这真让我难过，”丽贝卡叹了口气，“要是我们此刻能经过真正的大马路，该有多气派啊！高高地坐在这两匹骏马的后面，撑起我粉红色的小阳伞，那样的话，镇子里每个人都会想，这个身边放着一丛丁香、一个毛织箱子的女孩是谁啊？那样一来，我就像极了上次盛装游行中的美丽女子。去年夏天，一个马戏团来到了汤普朗斯，一天早晨，他们举行了一次盛大的游行。妈妈让我们都走到游行的队伍中去，就连小米拉，我们也用推车带了进去。否则，下午我们就没法看到他们的表演，因为进场的门票对我们来说实在太贵了。游行队伍中有许多马儿，笼子里还有许多别的动物，它们都可爱极了。小丑们都骑在马上。队伍的最后面，是一辆红黄相间的彩车，由两匹小马拉着。彩车里，一名舞蛇女郎坐在天鹅绒垫子上。她身上穿着艳丽的绸缎衣服，上面还缀满了小亮片，真是太美了，没有一个人能比得上。科布先生，要是您看到了她，喉咙里一定会像有东西塞住了一样，不停吞口水，后背一定会觉得阵阵发凉。您能明白我的意思吗？以前您有没有遇到过这样的漂亮人儿呢？”

这个非同寻常的早晨，让科布先生不止一次地发窘。此刻，他更是窘得前所未有。不过他巧妙地避开了这个问题：“现在，我们就以最盛大和最隆重的仪仗进村吧，在我看来这么做并没有什么坏处。我将扬起鞭子，把马儿赶得飞快。你就把花束放在腿上，打开你那粉红小阳伞端坐好，让村里人看个目瞪口呆吧！”

听他这么说，孩子的小脸容光焕发了好一会儿，但这光彩顷刻之间就消失得无影无踪了。她说道：“我忘了个事儿。妈妈把我安顿在车厢里，或许是希望我能一直安静地坐在那儿，一直到米兰达姨妈家里。或许我在车厢里，会更文雅一点。这样我下车时，就不用跳下去，我的裙子也不会乱飘起来。我就能像一个淑女一样，自己打开车门，走下车去。科布先生，您能不能把车子停一下，让我坐回到车厢里去？”

于是，温厚的赶车人勒住了缰绳，把这个激动的小东西抱下了车，打开车门，扶她在车厢里坐好，又把那束丁香和那把粉红小阳伞，放在了她的身边。

“我们这一路可真开心。”科布先生说，“现在我们互相很熟悉了，对吧？你不会把去米尔顿的事忘了吧？”

“我绝对忘不了！”她情绪激动地大声说道，“您也一定不会忘了吧？”

“绝对不忘，我发誓！”科布先生一边重新坐回自己的位子，一边郑重地起誓。马车终于“隆隆”地颠簸着驶进了村子。村里大路的两旁，栽种着青翠的枫树。那些透过自家窗户向外看的村民们，看到了这样一幅景象：一个棕黄皮肤的小精灵，穿着淡黄色印花布裙，端端正正地坐在马车的后座中。她一只手上紧握着一大束鲜花，另一只手上拿着一把粉红的小阳伞。要是他们的视力再好一点，或许能够看到：不久那马车转了个弯，在老砖屋侧面的庭院边停了下来，随后，这个穿印花裙子的小姑娘慌慌张张地从车厢里站了起来，下了马车。她的心脏"突突"跳得厉害，原本苍白的两颊，时而燃起一片红晕，时而泛着些许苍白，那双乌黑发亮的眼睛，此刻已经是泪眼朦胧。

丽贝卡的旅行，就这样结束了。

"刚才马车进了索亚姐妹家的院子了，"珀金斯太太对她丈夫说，"一定是她们汤普朗斯的外甥女来了。她俩写信给奥莉娅，好像是想叫老大汉娜来的。可是奥莉娅却回信说，如果米兰达和简两个姐姐不介意的话，她想叫丽贝卡来，因为她更放得下丽贝卡一些，所以现在来的应该是丽贝卡。她来了就能和我们女儿爱玛·简做伴了。但我想她一定待不了三个月。在我看来，她皮肤黑得像个印第安人。她应该是那种皮肤黝黑、劲头十足的人。过去有传闻说，兰德尔家族中有人娶了个西班牙老婆，那个西班牙女人好像在一所寄宿学校教音乐和语言。你记得吗，洛伦佐其实也挺黑的，这孩子和爸爸一个样。不过，我不觉得有西班牙血统是丢脸的事，况且这是很早以前的事了。再说，那个女人也一直受人尊敬。"

第二章

丽贝卡的亲戚

在米兰达十八岁、简十二岁、奥莉娅八岁的那一年，她们开始进入社交圈子，参与村里形形色色的社交活动。从那时起，人们就叫她们"索亚家的姑娘"。利维波洛人的思维和语言一旦形成习惯，就再也难以改变了，因为他们觉得没有改变的必要，至少在一个世纪以内，是不需要做任何改变的。所以在这个故事发生的时候，米兰达和简尽管已经五六十岁了，村里人还是习惯称呼她俩"索亚家的姑娘"。米兰达和简一直都是单身，但最小的奥莉娅却结了婚，她自己说那是一段浪漫的姻缘，可她的两个姐姐却认定，那只是一笔悲惨的赔本生意。"原来世界上，还有比孤独终老更糟糕的事啊！"她们这么说过。至于她们心里是否真的这么想，我们就不得而知了。

要说奥莉娅的婚姻有什么浪漫的话，主要就在于她的丈夫 L. D. M. 兰德尔先生。L. D. M. 兰德尔有着一颗超凡脱俗的灵魂，拥有这样灵魂的人，并不适合去耕田或者从商。他崇拜缪斯女神。他在附近五六个镇的唱诗班教音乐(那时每周活动一次的唱诗班，是乡村生活的一大特色)。他会拉小提琴，每次举办舞会，他总是被请去表演。周末，他也能用教堂里的手风琴，演绎出美妙和谐的旋律。他还教村里那些到了社交年龄的毛头小伙跳复杂的行列舞，并带他们熟悉肖蒂希舞和玛祖尔舞的舞步。在所有的社交场合，他都受人瞩目，夺人眼球。但是，他常在镇务会上缺席。另外，男人们在店铺前、酒馆里或者小桥上聚会时，也很少能看到他的身影。

和村里其他头脑冷静、现实的男人比起来，他的头发长了那么一点，他的双手白了那么一点，他的鞋子小了那么一点，他的言行举止，也稍微优雅了那么一点。事实上，他生命中唯一没能闪光的一点，就是他没有赚取足够的金钱，让自己过上体面的日子。幸好他没有什么家庭负担：他的父亲和双胞胎哥哥，在他小的时候就去世了。而他的母亲，一生中唯一值得一提的成就，就是给她的两个双胞胎儿子，取了马奎斯·德·拉法耶特·兰德尔和洛伦佐·德·梅第奇·兰德尔这样的鼎鼎大名。她靠给别人缝制衣服来供儿子上学，并且养活自己，一直到去世。她总是犯愁地说："恐怕我那一对双胞胎儿子，在气质和才干上的差别太对立了。洛伦佐才华横溢，但是有点不切实际，如果马奎斯现在还活着的话，他一定是个脚踏实地的人。"

"洛伦佐不是也很实际吗，他娶的可是村里最富有的女孩呦！"罗宾逊太太这样回答她。

"是啊，"这位母亲叹了口气，"我又得唠叨了，要是兄弟俩都能娶到奥莉娅·索亚，那就完美了。洛伦佐聪明，可以得到她的钞票，马奎斯实际，可以守住这份家业。"

在索亚家族那并不丰厚的遗产中，奥莉娅是分得了一份，但她的那份财产，已经一点一点地，被她那风流倜傥但运气欠佳的丈夫马奎斯给花光用尽了。每当奥莉娅为他生下一个子女的时候，他都会想出一项优雅又充满诗意的投资，以此来庆祝他俩的结合。"奥莉娅，这是给我们孩子的礼物，"他总是这么说，"一点储备基金，就算给将来留下一些希望吧。"有一次，奥莉娅生气了，反驳他说，要是母鸡都没能活下来，它怎么能生蛋，又怎么能孵出小鸡。现在都已经顾不上了，还侈谈什么将来。

自奥莉娅嫁给洛伦佐·德·梅第奇·兰德尔的那天起，姐姐米兰达和简就和她断绝了一切关系。在用尽了利维波洛和周围一带所有能用的资源后，这对不幸的夫妇只好一次又一次地不断搬家，每次搬家，他们携带的财物都会比上一次少。最后，他们来到了汤普朗斯，在那里安顿了下来，打算逆来顺受、听天由命，上天也的确没有眷顾他们。两个一直独身的姐姐，一年给奥莉娅写两三封信。圣诞的时候，会给孩子们寄圣诞礼物，那些礼物通常并不昂贵，但都能派上用场。但是她们却不愿资助洛伦佐，不会去支付那个日渐扩大的家庭的日常开支。洛伦佐一生中最后一项投资，是在小米兰达（以姨妈的名字命名，就是希望能得到她的眷顾和援助，可这希望落了空）出生前不久做出的：他在距离汤普朗斯两公里的地方，买了一个小小的农场。这次是奥莉娅亲自去交易的。至少这个农场给了他们一个家，还为潦倒落魄了一辈子的洛伦佐，提供了最后的庇护之所和永远的安息之地。他是在米拉出生那天去世的，其实很多人都认为，像他这样的人，早就该寿终正寝了。

丽贝卡就是在这么一个随心所欲、随遇而安、平凡的家庭中长大的。孩子中，有三个出落得楚楚动人，其余的相貌平平；有三个天资聪颖，两个勤奋好学，还有两个孩子很是一般，甚至有点愚钝。丽贝卡承袭了父亲的天分，可以说是他最得意的门生。听过歌后，她就会唱；没有人教，她也会跳舞；看不懂乐谱，她也能弹风琴。她还酷爱读书，这主要是遗传了她的母亲，只要家里有本小说，她的母亲就没有心思去扫地、做饭或者做缝纫了。幸亏家里的书并不多，否则孩子们说不定有时候就要挨饿受冻、衣衫褴褛了。

同时丽贝卡还受到了其他因素的影响。有一种不为人知的隐忍和坚韧，渗透到她的骨骼、她的血液、她灵魂的深处。这是她父母都不具备的。洛伦佐有点优柔寡断、软弱无能，缺乏男人的血气方刚、一往无前。丽贝卡却敢作敢为、热情如火。她两岁时就展现了自己的勇气，五岁时就已经具备了不屈不挠的品质。兰德尔太太和汉娜都没什么幽默感，可丽贝卡有，在她会走路、能说话的时候，她的幽默感就显现出来了。

当然，丽贝卡并不能只继承父母和祖上所有的美德与优点，而避开他们骨子里与生俱来的那些弱点和瑕疵。实际上，她并不具备姐姐汉娜的耐心，也缺乏弟弟约翰那顽强的定力，有时还比较任性、固执。很多事情对她来说，都是小菜一碟，总能轻而易举地完成，这也导致她在面临难度较大或者较为耗时的事情时，往往缺乏必要的耐心。虽然孩子们有着这样那样的不足，但在兰德尔农场他们却拥有足够的自由。孩子们自由自在地成长着，干活、嬉戏，有什么就吃什么，在任何地方躺下就睡得着。他们对自己的兄弟姐妹、父亲母亲充满了爱心，那种情感朴实无华，并非惊天动地。他们每年都会自学九个月左右，不过各人自学的方式并不相同。

在这样的环境下，由于汉娜自身缺乏动力，要拨一拨才肯动一动，于是她成了一个愿意吃苦却平庸无奇的人，很难再有发展。丽贝卡则不同，她显然只需要个人的发展空间，以及能够表达自我的语言。因此她由内而外地成长着，不断成长，不断突破。她身上的种种能量，似乎是与生俱来的。这些能量蓄势待发，并不需要隔三差五去激发，就会自由发展——向着谁也无法预见的方向发展，但丽贝卡自己对此却最是一无所知。可惜能展示她的创意的舞台，实在是太少了。迄今为止，她的创造力也就限于有时拿玉米面包来煎鸡蛋，有时拿牛奶来煎鸡蛋，看看会有什么样的结果；或者把范妮的头发时而分在中间，时而分到左边，时而分在右边，看看有什么不同；或者变换各种有趣的花样和孩子们胡闹嬉戏；有时，还教孩子们扮演某个历史人物或者虚构的角色，那都是她所喜欢的书里的人物。总体来说，丽贝卡是妈妈和家人的开心果，但从来没有人觉得她特别重要。尽管大家都认为她聪明俏皮、懂事老成，但谁也不觉得她有什么地方比别人优越。奥莉娅早就见识过天才了，她那早逝的丈夫洛伦佐·德·梅第奇·兰德尔已经演绎了什么叫天才，可是天才又如何呢？所以她现在反而欣赏朴素平凡却有益生活的能力，坦白地说，这正是丽贝卡有时候所极度缺乏的。

要是奥莉娅还有闲情逸致去偏心的话，汉娜无疑就是她最偏爱的孩子。这位母亲得用每月十五美元的收入来维持生活，负责七个小孩的穿衣吃饭，她实在没有工夫去细看她的那一大群孩子，更别说去偏袒谁了。汉娜十四岁时，就成了妈妈的好帮手，还能为她分担烦恼和忧愁。妈妈忙着在谷仓和田里干活时，她就在家里帮忙料理家务。丽贝卡也能干些固定的活儿，诸如照看弟弟妹妹，免得他们弄伤自己或别人之类，她还会喂家禽、捡柴火、摘草莓、洗盘子什么的。但是妈妈觉得丽贝卡不够负责，她需要的是一个可以依靠的人（在和“天才”洛伦佐一起生活的日子，她可从来没有享受过那样的奢侈。）。汉娜多少表现出了这种倾向。她总是一副忧心忡忡的模样，又有些牙坚嘴利不饶人。总的来说，她是个沉默寡言、彬彬有礼、值得信赖的孩子。正因为她的这些优点，她的两位姨妈才邀请她去利维波洛，和她们一起生活，成为她们家庭的一分子，分享她们现今优渥富足的生活以及崇高的社会地位。米兰达和简上次见到孩子们，是几年之前的事了。不过她们能愉快地回忆起，那次见面汉娜一句话也没有多说，这正是她们邀请她去做伴的主要原因。而丽贝卡的情形却是一团糟。她把约翰的衣服套到了小狗的身上；妈妈让她给三个最小的孩子收拾一下，然后带出来吃饭，她却把他们领到水龙头下，把他们的头发用水乱冲乱拍一气，然后就这样把几个小家伙带到了桌前。他们的头发都还湿漉漉地发着亮光，模样别提有多丑了。他们的母亲看到后，觉得非常羞愧；至于她自己那黑色的刘海，平常总是服帖地遮住前额的，但在这样的要紧场合，她却自作主张地把它们梳成了螺旋卷发，放在眉心那里——我必须指出这个发型的名称，因为那是独一无二的。这样古怪的装饰，还没亮相多久，就被禁止了：汉娜看到后告诉了妈妈，妈妈让她马上去隔壁房间重新梳理，梳得像个基督教小淑女了，再出来见人。可是丽贝卡对这个要求的理解似乎又太狭隘了，在两分钟的时间里她又设计了一个虔诚之至的基督教徒的发型。这个发型就算没有先前的那般骇人，至少也同样让人印象深刻。其实丽贝卡之所以会有这些怪里怪气的行为，都是因为她被激怒了，因而产生了不安和焦虑的情绪。而激怒她的，正是米兰达·索亚小姐那僵硬、冷酷、严厉的态度。砖屋的这对姐妹，已经上了年纪，而且向来安静惯了，因此当她们收到奥莉娅的信，知道汉娜最近几年都来不了，而丽贝卡已经准备好了随时都可以出发时，她们简直吓坏了，因为丽贝卡给她们的印象实在太深刻了。奥莉娅在信中还说，她非常感谢她们的盛情邀请，她相信，正规的学校教育、教堂的教化、还有两位姐姐的教导，一定能"让丽贝卡成才"。

第三章

迥然不同的心

“我能让孩子成才吗？我自己怎么不知道。”米兰达一边说着，一边把奥莉娅的信叠好，放在台灯桌子的抽屉里，“我以为奥莉娅会把我们要的孩子送来，没想到她却乘机把那个野孩子甩给了我们。当然这就是她的风格。”

“我们说过，要是汉娜来不了，让丽贝卡或者珍妮来也可以，你忘了吗？”简打断了她。

“我们是说过，不过没想到结果真是这样。”米兰达嘟囔道。

“三年前我们见到她时，她还小得很呢，”简冒险说道，“也许时间会改变她的。”

“要是时间让她变得更糟了呢？”

“如果是那样，我们就把她管教好，不也是件好事吗？”简有点底气不足。

“是不是好事，我可不知道。不过我想，她肯定会是个大麻烦。要是她妈妈到现在都没有管教好她，她是不会在一夜之间自己突然就变好了的。”

如此沮丧压抑的心情，就这样一天天地笼罩着姐妹俩，直到那个大日子——丽贝卡要来的日子——终于到了。

“要是她来这里后，还像以前在家时那样到处添乱生事，我们就别指望有片刻清静了。”米兰达边叹着气，边把洗碗布挂在侧门边的伏牛花丛上。

“可是不管来的是不是丽贝卡，我们都得彻底打扫屋子呀。”简劝道，“而且我不明白，为了那一个孩子，你为何又擦又洗又烧地忙个不停，还几乎买下了沃森商店的所有布料？”

“那是你不了解奥莉娅，我可是很了解她，”米兰达回答道，“我见过她的屋子，也见过她家那一大堆孩子。他们你穿我的衣服，我穿你的衣服，也从来不管衣服是不是穿反了。我知道他们生活在什么样的环境里，也知道他们就算打扮好了是什么样子。你也知道的呀。我现在就能想象，到时这孩子一定会七拼八凑地乱穿着兄弟姐妹的衣服，出现在我们面前，好像她并不是要来这里一样。她很可能穿的是汉娜的鞋、约翰的衬衫、马克的袜子。我敢说，这孩子一定从没在手指上戴过顶针，不过她一来，我就会让她体验体验。我给她买了一块原色棉布、一块棕色洋布，这些足够打扮她了。当然，她不可能做到无师自通。说不定她连鸡毛掸子都从来没有看到过。她就像个未经开化的野蛮人，要训练她融入我们的生活方式，一定很不容易。”

“她的确和我们不太一样，”简说，“不过也许她比我们想象的要听话一些呢？”

“不管听不听话，我们跟她说的话，她必须得听进去。”米兰达一边说着，一边把最后一块要挂出去晒的抹布甩了甩。

米兰达·索亚当然也有一颗跳动的心，但她的这颗心除了制造血液、维持血液循环以外，还没有派过别的用场。她为人公正、处世谨慎、勤俭节约、兢兢业业；她定期去教堂和主日学校；另外她还是国家传教士协会和圣经公会的成员。但她这一大堆美德却让人觉得凉飕飕的，让人希望找出哪怕一个洋溢着温情的小瑕疵或者小缺陷，因为那样她才像个活生生的人。除了在村里的学校念过一点书外，她并没有受过其他教育。整理房间、管理农场和奶牛场，就是她平生所愿，就是她的全部理想和抱负。简和奥莉娅则不同，她俩在专科学院求过学，还上过女子寄宿学校。因此尽管这么多年过去了，姐姐和两个妹妹在言谈举止上，还是有一些细微的差别。

简的一颗心，曾经也承受过无尽的悲伤。这种悲伤，不同于失去年迈父母的悲伤。失去年迈的父母，是不可避免的自然规律，她可以有心理准备。而这种悲伤，却更让人痛彻心扉、难以承受。当年，她曾经和年轻的汤姆·卡特订婚。那时的汤姆身无分文，但简相信他迟早会有所成就，值得自己等待。不久战争爆发了，汤姆立刻应征入伍。到那时为止，简对他的爱，依然是那种沉静、友好的爱。她对自己的祖国，也怀有同样的温情。但是冲突、危险和对时局产生的焦虑，却在人心中激荡起一波波全新的感情。生活再也不是每天的一日三餐、一成不变的买菜做饭、洗洗刷刷、缝缝补补、去教堂做礼拜了。街谈巷议的话题，也不再是东家长西家短的闲话了，国家大事取代了那些琐碎的个人小事。如今唱主角的，是妻子们、母亲们那神圣的悲伤；是父亲们、丈夫们那无言的苦楚；是自我牺牲的精神；是普遍的同情心；是愿为他人挑起重担的无私。国难当头的日子，男男女女都飞速地成长起来。简也从她以往的生活中醒来了——以往所谓的生活，不过是一个空洞、朦胧的幻梦而已，她现在有了新的希望，新的恐惧，新的目标。大家就这样焦虑地过了一年。这一年人们无论什么时候拿起报纸，总免不了一番提心吊胆、心惊肉跳，害怕自己最担心的事，会成为现实。一年之后，简收到了电报，说汤姆在前线受了重伤。来不及告诉米兰达，简就收拾行李，去了南方前线。她及时赶到那儿，握着汤姆的手，伴他度过了最后的几个小时。她平生中第一次把自己的心全部交给了他——这颗新英格兰女孩的纯洁的心，此刻正燃烧着爱情和悲伤的滚滚烈焰。她把他拥入怀中，好让他在灵魂的故乡永远安息。这就是全部的故事，对她，这已经足够了。

出于对汤姆的爱，她留在了前线，继续照顾其他受伤的士兵。这段忙碌、疲倦的护士生涯，让她从悲伤中慢慢恢复过来。回到家乡时，她更成熟了。尽管在这之后的几十年中，她再也没有离开过利维波洛；尽管从表面上看，她和其他那些瘦削的新英格兰老处女并没有什么区别，但这只是表象。在她身体里怦怦跳动的，依然还是少女时代那颗自由的心。这颗尝过了动情、热恋、苦痛等百般滋味的可怜的心，依然在忠诚地跳动着，尽管它只生活在回忆里。尽管一切物是人非的伤感情绪，她只能在四下无人时才默默宣泄。

“你太软弱了，简，”有一次米兰达对她说，“你以前就很软弱，将来你也一定还是很软弱。要不是因为我在你身边扶持着，让你坚强起来，我想你早就被风吹到门外去了。”

往日这个时候，科布先生驾驶着他的马车早就隆隆地驶进村子了，可是今天他们还没来。

“车子该到了呀。”米兰达一边说道，一边紧张地看了看墙上的钟，这已经是她今天第十二次看钟了，“我想一切都已经准备好了：我在她的脸盆架后放了两块厚毛巾，在她的污水盆后放了一块垫子，但是小孩子总会破坏家具的。我担心一年以后，这个家会变得面目全非，连我们都认不出来了。”

米兰达这好似大难临头的沮丧模样，自然也影响到了简，简也忧心忡忡、心神不宁起来。在丽贝卡即将到来这件事上，姐妹俩的唯一区别在于：米兰达担心的是她们该如何忍受丽贝卡，而简常常一闪而过的念头却是，丽贝卡该如何忍受她们。有次她想到这一点的时候，就从后楼梯跑了上去，把一个插了苹果花的花瓶、一个西红柿形状的针垫，放在了丽贝卡房间里。

马车终于“隆隆”地来了，停在了砖屋的侧门那儿。科布先生扶着丽贝卡下了车，就好像她是一个真正的淑女一样。丽贝卡小心翼翼地下了车，把那束已经枯萎的丁香，送到了米兰达姨妈的手上，也接受了姨妈的欢迎礼。那可真不能算是亲吻，最多只能算是一个礼节。

“你不用这么费事地特意带花过来，”这位优雅得体的女士开口说道，“只要季节一到，我们花园里到处都是鲜花。”

接着，简也亲吻了丽贝卡，她的吻比起姐姐的，要真实、有感情多了。“杰里迈亚，把箱子放门口那儿吧，下午我们再搬到楼上去。”她吩咐道。

“姑娘们，如果需要的话，我现在就可以帮你们提上去。”

“不用了，您的马车在这里，不方便。下午总会有人经过的，我们让他们帮忙就可以了。”

“那么，再见了，丽贝卡！再见了，米兰达、简！你们家要多个活泼可爱的小姑娘了，我想你们有她做伴一定好极了。”

听到科布先生用“活泼可爱”这个词来形容孩子，米兰达不由打了个寒战。她的观点是：如果实在有必要，小孩子倒还可以出来露个脸，但绝对不能乱嚷嚷，让别人听见他们的声音。“我和简都不太喜欢吵嚷。”她冷冷地说道。

科布先生意识到自己说错了话，但又实在不太会为自己辩解，于是就开车走了。一边走，一边还在想，要是“活泼可爱”这个词不适合，那么该用哪个词呢？哪个词才能恰如其分地形容这个有趣的小乘客呢？

“丽贝卡，我先带你上去看看你的房间。”米兰达说，“以后进了门，就要把纱门关紧，别放苍蝇进来。现在苍蝇倒不多，不过我希望你能从一开始就养成好习惯。把你的行李带上吧，省得一会还得下来取。要学会多用脑子、少跑腿。在那块小编织毯上蹭一蹭你的鞋子。一会经过的时候，把你的帽子和披肩挂在门口的衣帽架上。”

“那是我最好的帽子。”丽贝卡说。

“既然这样就把它带上楼，放到衣柜里去吧。我可没想到，你会在坐马车时戴最好的帽子。”

“那是我唯一一顶帽子，”丽贝卡说，“我平日里戴的那顶不怎么好，不能带来，就给范妮用了。”

“把你的阳伞放到门口的壁橱里。”

“我可以把它也放到我房间里吗？行吗？那样似乎更安全

一点。”

“我们这里又没有小偷，就算有，我想他们也不会特意来偷你的阳伞。记得以后都要从后楼梯上下楼，我们不走前边的楼梯，免得把地毯磨旧了。拐角的地方要留点神，别给绊倒了。看右边这里，好了，进去吧。你去洗洗脸，洗洗手，把头发梳一梳，然后就可以下来了。我们会和你一起整理行李，晚饭前把你安顿好。你有没有从后面系扣子的衣服？”

丽贝卡低下头去，看着自己小小的胸前那一排被烟熏黄了的珍珠钮扣。

“从背后系扣子的衣服？哦，我知道了。我没有那样的衣服。不过这也没什么，要知道家里有七个孩子，我们总不能把时间都花在帮小孩子系扣子、解扣子上。他们得自己干这些事。所以我们家的衣服，扣子都在前面。米拉尽管只有三岁，但她也会自己系扣子。”

米兰达关上了门，什么话也没有说。不过她露出的表情，却不亚于甚至超过了言词的力量。

她走了以后，丽贝卡一动不动地站在屋子的正中央，打量着周围的一切。每一件家具的前面，都用一块油布遮着。一张单人四柱床，床上铺着缀有流苏的白色提花床罩，床前还铺了一块小地毯。

这是一个朝北的房间。房间的窗户又高又窄，正对着后面的房屋和谷仓。屋子里的一切，都非常整洁雅致，只是天花板很高，让丽贝卡不习惯。

丽贝卡把她的阳伞立在了屋角，一把扯下那顶最好的帽子，往衣柜上一扔，插着豪猪刚毛的帽檐正好朝下，重重地碰到了衣柜的表面。接着她又把提花床罩掀起来，往床中间一倒，用床罩蒙住了头。她这一系列行为，并不是因为对房间不满，这房间要比农场那儿她自己的房间舒服多了；也并不是因为长途旅行，她可从来不知道什么是疲倦；更不是因为害怕陌生的环境，要知道她喜欢新环境带给她的新感受。她之所以这么做，而是因为各种无可名状的情绪，突然铺天盖地向她袭来。

门突然打开了。在利维保罗，敲门这么文雅讲究的礼仪，村民们还闻所未闻。再说了，就算他们知道有这样的礼仪，也完全没必要把它浪费在一个孩子身上。

米兰达小姐进来了，她的眼睛在空荡荡的房间里四下搜索着，最后终于锁定在那凌乱的白色床罩上。此刻这床罩像极了波涛汹涌、翻腾起伏的大海。

“丽贝卡！”

这叫喊声响得像从屋顶上发出来的一般。

从提花床罩下面，露出了一个黑脑袋、一团蓬松的头发，还有一双惊恐的眼睛。

“大白天的，你躺在这么干净的床上做什么？把被子的羽绒都弄乱了，你的脏靴子把枕头也弄脏了。”

丽贝卡愧疚地站了起来。她似乎找不到什么托词，这样的冒犯行为，的确不是一个解释、一声道歉就可以敷衍过去的。

“对不起，米兰达姨妈，我不知道刚才怎么了。我也说不清楚。”

“是吗，要是下次你再这样稀里糊涂、莫名其妙的，我们就一定要弄明白你到底是怎么回事。现在马上把你的床铺平，快点！阿毕加·弗雷格马上要带着你的箱子上来了。我可不想让他看到，房间里是这样的一塌糊涂。否则，他会说出去的，到时全镇的人都知道了。”

那天晚上，科布先生回家把马拴好后，从厨房搬了把椅子，在后门廊妻子的身边坐了下来。

“妈妈(科布先生把自己妻子唤作‘妈妈’，是有原因的)，我今天从梅坡伍德带了个兰德尔家族的小女孩。她是索亚姐妹的亲戚，过来和她们一起住了。”他坐下来后，开始削木头，“她是奥莉娅的女儿，就是那个在我们来这儿住下之前，刚和苏珊·兰德尔的儿子一起私奔的奥莉娅。”

“那孩子多大呀？”

“十岁上下吧，不过她看上去要比实际年龄小一些。哎呀，我的天哪，你要是听她说话，会觉得她活了一百岁啦！她问我的问题，我都不知道该怎么回答。我遇到过的那些古怪有趣的小孩子，都没有她精灵古怪。她的样子算不上漂亮，脸上好像就仅仅长着两只大眼睛。不过等她大了，眼睛就不会显得那么大了，到时她会引起人们注意的。我的天啊，妈妈，我真希望，你也听到了她的话。”

“这我就不明白了，像她那么大的孩子，能和陌生人说些什么呢？”科布太太疑惑地问道。

“对她来说，陌生不陌生可没什么要紧的。她呀，她会跟水泵说话、跟磨盘说话，就算是和自己说话，她也绝不会一个人坐着发呆。”

“那她说了些啥呀？”

“真该死，她的话我一句也重复不来。她太让我吃惊了，我都被她弄糊涂了。她有把粉红的小阳伞，看上去很像洋娃娃的道具。她非常宝贝那把伞，一直紧紧握着。太阳太大了，我劝她把伞打开，可她说：‘不行，那样伞会褪色的。’她不仅不打开，还用裙子把伞遮起来。‘它是我最心爱的东西，就是照管起来麻烦了点。’她当时就是这么说的，我现在就记得这些了。‘它是我最心爱的东西，就是照管起来麻烦了点。’”科布先生重复着这句话，大声笑了起来，笑得椅子都跟着摇晃不停，直到椅子碰到了后边的墙。“还有一件事，我忘了她当时是怎么说的来着。她说有次有个马戏团在街上游行，一辆金色的马车里，坐了一名舞蛇女郎。小女孩说：‘她真是太美了，没有人能比得上她。科布先生，要是您看到了她，喉咙里一定会像有东西塞住了一样，不停吞口水的。’她会来看你的，妈妈，到时你就能见识见识她的精灵古怪了。我真不知道,她要怎么才能和米兰达·索亚相处。这可怜的小家伙!”

在利维波洛,人们也议论纷纷,小女孩和米兰达·索亚能处得来吗?对于这件事,现在产生了两种不同的观点:一种观点认为,索亚姐妹愿意接奥莉娅的孩子过来上学,已经非常慷慨大方了;另一种观点认为,接受这样的教育,付出的代价太大了,大得和受教育本身的价值不成比例。

丽贝卡到姨妈家后写给妈妈的第一封信,似乎表明她的处境与第二种观点更加吻合。

第四章

丽贝卡的观点

“亲爱的妈妈：

我已经安全到达了。我的裙子没怎么弄皱，简姨妈已经帮我熨平了。我非常喜欢科布先生，虽然他爱嚼烟叶，可他能精准地把报纸扔到屋子的门口。我在车厢外面坐了一会，但在到米兰达姨妈家前，又坐回了里边。其实我并不想坐回去，可我知道您希望我规规矩矩地坐在车厢里。‘米兰达’这个词太长了，不好拼，我想以后我在礼拜天写信的时候，就叫她们米姨和简姨吧。简姨给了我一本字典，这样我遇到难写的单词时，就可以查一查。不过查字典要花好多时间，好在我们说话时，并不需要停下来拼写单词。说话比写信容易多了，而且也有趣得多。这幢砖头房子和您说的一模一样。大客厅豪华、气派，可是从门口看过去，却给我浑身发冷、汗毛倒竖的感觉。这里的家具都很典雅，所有的房间也都装饰得很优雅，但是除了厨房以外，其他并没有适合坐下来的地方。那只猫还在，不过已经老得不愿意嬉戏玩耍了。它生的小猫，两位姨妈都没有留下来。汉娜以前告诉我，你和爸爸是从这里逃出去的，我觉得你们做得对极了。要是有一天，米姨也离家出走了，我想我还是愿意和简姨一起生活的，因为她并不像米姨那么讨厌我。告诉马克，他可以用我的颜料盒，但我希望他能留着那块红色的颜料，说不定哪天我回家了还要用呢。汉娜和约翰，他们现在得干我那份家务活，没有累坏吧？

你亲爱的小朋友

丽贝卡

附言:请您把这首诗给约翰,他喜欢我的诗,虽然写得并不好。这首也不怎么好,但是很真实。有些话希望您不要介意,因为您已经离开这里了。

这屋子黑暗、沉闷又悲伤
远远近近,没有一丝亮光
宛如一个墓场
生活在其中的我们
就像六翼天使撒拉弗一样没劲
虽然我们并没有那么善良
我的守护天使已经沉沉入睡
至少他已不再为我苦苦守夜
啊!我是多么凄怆
让我回我孤独的农场
那里没有人盼我受伤
我亲爱的少年时的家乡!

又:

这是我模仿别的书里的一首诗写的,开始写得并不好。你看,'墓场'和'善良'放在一起,听上去怪怪的。但是我特别想用'墓场'这个词,而天使撒拉弗总是美好善良的,所以我不能把'善良'这个词给删了。后来我又修改了一下。下面的这首也不能完全表达我的意思,但我觉得至少更通顺一些。把最好的那首给约翰吧,他会把它放在盒子里,和他收集的鸟蛋一起珍藏。

星期天的思绪

(丽贝卡·罗威娜·兰德尔作)

这屋子黑暗、沉闷又悲伤
远远近近,没有一丝亮光
永远都不会有

生活在这里的我们
就像六翼天使撒拉弗一样没劲
虽然我们没有他那么善良
我的守护天使已经沉沉入睡
至少他已不再为我苦苦守夜
而是四处闲逛
让我回我孤独的农场
那里没有人盼我受伤
我亲爱的孩提时的家乡！”

“亲爱的妈妈：

今天早上简直把我气坏了。我就像《医生的妻子科拉》中的科拉一样受尽了气。科拉的婆婆对她又粗鲁又无情，米姨对我也是那样的。她希望来的是汉娜，而不是我，因为她们本来想要的就是她。她各方面的表现都比我好得多，而且她也不像我那么喜欢还嘴。家里还有没有上次给我做裙子的淡黄色画布？简姨想在我那条裙子的背后添个纽扣，这样看上去就不会那么古怪了。利维波洛街道上和教堂里的台阶，要比汤普朗斯的漂亮、讲究一些。

这座小镇宁静、欢快又美好
到处都是罕见的金银珠宝
我却宁愿将脑袋枕在手臂上
怀想我那迷人的溪边农场

这里的学校很好。老师能够回答更多的问题，但却不能解答我所有的疑问。我们班上，女孩子中除了一个以外，就数我最聪明了。男孩子中有两个比我聪明。爱玛·简能用比闪电还快的速度，心算出加法和减法数学题，语文课本里的单词她也都认识，可是她却没有任何自己的思想。她虽然在阅读三班，却不喜欢书里面的故事。我现在在阅读六班。可是，就因为我背不出乘法口诀表，迪尔博恩小姐威胁我说，要把我放到学前班去，和辛普森家的双胞胎爱丽亚和爱丽莎一起学习。

我的心里涌动着阵阵酸楚
我低下了倔强骄傲的头颅
要与爱丽亚和爱丽莎为伍
我的灵魂和医生的妻子一样受到鞭笞
和科拉一样
我怕我过不了这样的日子

我想去争取单词拼写奖，但又担心得不到。其实我对单词拼写的对错并不那么在乎，可是诗歌里要是出现了拼错的单词，那就太可怕了。上个星期天，我在字典里看到了‘撒拉弗’这个单词，才发现我之前把它错写成了‘撒拉佛’，我感到很丢脸。迪尔博恩小姐说，写诗歌最好使用自己会拼的词语，要是你不会拼‘撒拉弗’，那就用‘天使’来代替。可天使和撒拉弗是不同的啊。撒拉弗是六翼天使，他们比普通的天使更聪慧、更洁白，他们的翅膀更大，寿命更长。天使很快就会死去，死后他们要在天堂的白色大宝座边上呆很长时间，才会变成六翼天使。

每天下午，我都待在家里缝制棕色的条纹棉布女装，而那时候爱玛·简和辛普森家的孩子们，要么在玩过家家，要么在河里的圆木上跑来跑去，不过他们的妈妈并不知道。他们的妈妈担心他们会溺水，米姨担心我会弄脏衣服，所以她们都不允许我们去玩那些圆木。每天下午四点半到吃晚饭的这段时间，我可以随意玩耍，吃过晚饭还可以再玩会。星期天的下午也可以玩耍。家里的母牛生了小牛犊，还是斑点的，这把我给乐坏啦。今年天气不错，适合苹果生长，干草也不用发愁了。您和约翰一定很高兴吧，今年我们一定能多还一点贷款。迪尔博恩小姐问我们，教育的意义何在？我说，对我而言，教育的意义就在于可以帮助家里早日还清贷款。她把我的回答告诉了米姨。米姨很不高兴，她说，向人家贷款是很不光彩的事情，就像偷窃和出天花那么丢脸，这下我们农场有贷款的事，马上要在整个小镇里传遍了。因此她让我多做了很多缝纫活，作为惩罚。爱玛·简家里没有欠下贷款，理查德·卡特家也没有，只有辛普森家和我们家一样欠着贷款。

苏醒吧，我的灵魂！
绷直起来，每一根神经！
家里的贷款，快快去还清。
赢得母亲由衷的谢意
赢得亲人们感激的挚爱

读的时候，要把'亲人们'读快一点，否则影响节奏。

你亲爱的小朋友
丽贝卡"

"亲爱的约翰：

你还记得有一次我们把新买的狗拴在谷仓里，它咆哮着咬绳子的情景吗？我现在就像那条狗一样，只不过关着我的，是砖头房子，而不是谷仓。另外我也不能去咬米姨，相反我还应该感激她。只有教育才能让我成才，这样等我长大以后，才能帮你还贷款。

爱你的姐姐
丽贝卡"

第五章

聪明人的办法

丽贝卡到达利维波洛的那天是星期五。到下个星期的星期一，丽贝卡就开始上学了。学校在利维波洛中心地区，离索亚姐妹家只有一公里的路。索亚小姐向邻居借了马车，送丽贝卡去了学校，带她见了老师——迪尔博恩小姐，又给她拿了课本，就这样，她算是把丽贝卡领上了这通往无穷知识的求学之路。至于这位迪尔博恩小姐，她并没有受过教育方面的特殊训练，只是凭着自己的感觉在教孩子。她的家人认为，从这个角度说，她有点像汤姆·塔利弗的牧师，“在教学方法上一成不变，永远不考虑具体环境。可是，就算是那些只受到自然界直接教化的动物，它们的具体行为也是由环境决定的。”有个博物学者讲述过一个海狸的故事：“尽管它身处伦敦一个三楼的房间里，也还是一刻不停地忙着修建一个水坝，就好像它还生活在加拿大北部的湖区一样。它的本能就是要修建水坝，至于周围有没有水，它需不需要产卵，这些问题都在它思考的范围之外。”迪尔博恩小姐就像那只海狸，她也在一厢情愿、乐此不疲地修筑着水坝。她向孩子们灌输的知识，在她热情的想象中，就是那不可缺少的水坝。

从第二天开始，丽贝卡就步行去上学了。对步行上学这一每天必须的节目，她非常喜欢。要是天气不错，露水也不是很重的话，她就会穿过树林，走一条捷径。她从大路上走下来，小心地穿过乔希·伍德曼大叔的栅栏，向卡特夫人的牛儿挥挥手，就踏上了牧场那片矮矮的青草地。牧场有一条被人走出来的小路，沿着小路走去，是一片长满毛茛、胡椒草、香蕨、树丛的菜园。那片树丛的叶片，有着象牙般的光泽。然后她下了山坡，从一块石头跳到另一块上。穿过一条林间小溪时，她还惊起了林间昏昏欲睡的青蛙——在早晨的阳光里，它们总是睡意朦胧地眨着眼睛。接着她就来到了一片小树林。她的脚轻轻踩在那褐色松针铺成的滑滑的地毯上。早晨的树林到处都是露珠，充满了各种惊喜：老树墩上一夜之间冒出了许多鲜艳的小蘑菇，有橘黄色的，有紫红色的，非常好看；偶尔会奇迹般的出现一丛纤柔的水晶兰，幸亏她眼尖，否则就要踩上去了。然后她跨上石阶，走过一片草地，从另一个栅栏下钻过去，就重新回到大路上了。这样她能少走将近半公里的路。

一切是多么美好啊！丽贝卡边走边复习着语法和算术，为自己还记得这些功课感到高兴。盛着午餐的小桶，随着她一蹦一跳的身体，在她右手上前后晃动着。她知道，里面有涂了黄油和糖浆的苏打饼干、一杯奶油蛋羹、一个甜甜圈、一张硬姜饼。多么丰盛的午餐啊！一想到这她就非常高兴。有时候，她还会念一念周五下午她要当众吟诵的“诗作”，比如下面这一首：

一个罗马军团的士兵
在阿尔及尔战场上奄奄一息
身边没有一个女人照顾
也没有一个女人为他伤心泪滴

她是多么喜欢这起伏的节奏、这伤感的气氛啊！每次吟到叠句那里，她稚嫩的声音，都会因为激动而微微颤抖起来：

但是我们再也不能重逢在宾根
莱茵河畔美丽的宾根

她让自己这稚嫩的、含泪的高音，在早上清新的空气中回荡着，然后又飘回她的耳际，她觉得这声音听上去妙极了。另外一首她年幼时最喜欢的诗——我们必须知道，丽贝卡对浩瀚的诗歌世界的了解，仅限于在校园读者中广泛流行的那些篇什——是这样写的：

樵夫啊，请放过那棵树！
不要伤害它的一根柔条！
年轻时它曾给我遮挡风雨，
而今就让我给它保护。

有时候，爱玛·简·珀金斯和她一起走这条捷径时，两个孩子常常会把上面这首诗，配上戏剧化的动作，然后绘声绘色地表演出来。爱玛·简总是选择扮演那个樵夫，因为这样她什么也不用做，只要把她们想象中的大斧子高高举起来就行了。曾经有一次，她也尝试扮演了那个多情的大树保护人的角色，但她觉得自己演得“太傻气了”，从此以后再也不愿意演了。这让丽贝卡窃喜不已，因为她觉得樵夫的角色太枯燥了，不能满足自己那颗怀有远大追求的心。诗人那充满激情的呐喊让她着迷不已，她甚至请求那个无情的樵夫，举斧子的时候再残忍一些，这样她就能在朗诵台词时，顺势投入更多的激情。有天早晨，她似乎比平时更加激动，竟然跪倒在樵夫的裙下啜泣起来。说来也奇怪，一结束自己的表演，她的分寸感马上促使她否定了刚才的行为。

“不对，这真是太傻了，爱玛·简。但是我知道这个可以用在哪里了，用在《给我三颗玉米》这首诗里最合适不过了。你就是那个母亲，而我则是那个快要饿死的爱尔兰小孩。看在上天的份上，把你的斧头放下来吧，现在你已经不是樵夫了。”

“那么我的手该做什么？”爱玛·简问道。

“你想让它做什么，就让它做什么吧。”丽贝卡有点不耐烦地回答道，“你是一位母亲，明白了吧？你妈妈平时用手做什么呢？好了，开始吧！”

给我三颗玉米粒吧，妈妈，

只要三颗就足够了
就能让我的小命
延续到明天以后

这样的表演让爱玛·简紧张不已，但是她是丽贝卡的追随者，被她使唤着做这做那，她都心甘情愿。无论那些事让她有多么不舒服，她都会照做。

有时候，走到最后那两个栅栏时，她们会遇到辛普森家的几个孩子。他们住在一幢黑色的房子里，大门是红色的，房子后面还有一个谷仓，也是红色的。那幢房子建在一条叫做蓝莓平原的路边上。从一开始，丽贝卡就对辛普森家的孩子产生了兴趣，因为他们家也有那么多兄弟姐妹，他们的衣服也是缝缝补补地缀满了补丁，就跟自己农场的那些弟弟妹妹们的一样。

这是一所建在一个小山顶上的学校。校舍不大，房屋顶上插着一根旗杆。房前有两扇门，一扇供男生出入，一扇供女生出入。学校的一边是起伏的田野和草地，另一边是一片松树林，再过去会看见一条波光闪闪的小河。校舍里面没有什么吸引力，空空荡荡的什么也没有，既不好看，又不舒服。当然这也很正常，因为沿河一带的村民，在桥梁的重修重建上，花了不少钱，因此在学校建设上，他们已经力不从心了，必须精打细算。老师的讲台和椅子，被安置在教室一角的站台上面。教室中有一架火炉，一年也就点上那么一回；另外还有一张美国地图、两块黑板、一个能装十夸脱水的锡桶；一个角落的架子上，还有一个长柄勺；另外还有学生用的木头桌椅。丽贝卡的那个年代，一个班级里最多也就只有二十个学生。教室后排的座位比前面要高一些，是给高年级的学生和高个子的学生坐的。那些位置可让人羡慕了，因为它们距离窗户很近，距离老师很远。

学校虽然只有一个教室，却有好多个班级，如果可以把它们称作“班级”的话。在这个教室中，几乎每一名学生用的课本，都和其他人的不同；每一名学生在任何一门学科所达到的水平，也都和其他人不同。在他们之中，丽贝卡尤其难以划分级别，因此迪尔博恩小姐在苦思冥想两个星期之后，不得不放弃了给她分班的念头。于是，在她的安排下，丽贝卡和迪克·卡特、利文·珀金斯一起上阅读课，他俩的阅读水平已经够格去高等院校学习了；和大舌头的小苏珊·辛普森一起上算术课；和爱玛·简·珀金森一起上地理课；此外在放学以后，单独跟着迪尔博恩小姐学语法。尽管她的脑子里多的是古怪有趣的幻想、机灵慧黠的点子，但刚开始时她的作文却写得很蹩脚。让人伤神的书写和拼词，让人为难的标点和大小写，这一切很不幸地成为了她自由表达思想和观点的绊脚石。丽贝卡和爱丽丝·罗宾逊一起上历史课，现在已经上到美国独立战争这段了，所以老师要求丽贝卡从发现美洲开始学起。在一个星期内，丽贝卡就熟知了美国独立战争前的全部历史事件，十天后她就学到了约克镇战役那儿。这部分学完后，本学期历史课的全部内容就结束了。后来，她发现自己的额外用功，结果竟然是她要和辛普森家的老大一起学习背诵，于是她便特意放慢了速度。因为任何一个明智的人，要是被迫得和"跷跷板"辛普森在一起，那怎么还能享受安宁和快乐呢？大家都把塞缪尔·辛普森叫做"跷跷板"，因为他不管做什么事，都拿不定主意。答案到底是哪个，单词到底该怎么拼写，日子究竟是哪一天，是去游泳还是去钓鱼，在主日学校到底借哪一本书，在村子的小店里到底买哪一块糖好，无论什么事情，他总是刚一决定就马上反悔，又选了相反的那一个。"跷跷板"脸色苍白，头发是亚麻色的，蓝眼睛，圆肩膀，一紧张就结巴。也许正是因为自己性格优柔寡断，所以他非常欣赏丽贝卡干脆、果断的性格，对她十分着迷。尽管丽贝卡是那么冷落他，到了可以让他崩溃的边缘，他还是不能把自己的目光从她身上移开。丽贝卡系鞋带的样子、她开心或者激动时把黑辫子甩到脑后的样子、她把课本放在桌上，手臂交叉起来，眼睛盯着对面的墙壁学习的样子，这一切对"跷跷板"辛普森来说，都具有无限的魔力。每当丽贝卡获得老师的允许，到教室一角的水桶边，用勺子舀水喝时，“跷跷板”好像受到了一股无名力量的支配一样，也会离开自己的座位，跟着她去喝水。跟在她后面喝水，不仅可以和她产生某种亲密的联系，而且能在半路上遇到她，接收她那神奇的双眸中射来的冷冷的、高傲的一瞥，这让“跷跷板”心里充满了颤栗的喜悦。

有个夏日，天气很热，丽贝卡口渴得厉害。当她在课堂上第三次请求喝水时，迪尔博恩小姐虽然点头说可以，但在丽贝卡走近讲台时，她却不悦地扬起了眉毛。丽贝卡喝了水，刚把勺子放下，“跷跷板”马上把手举了起来。迪尔博恩小姐终于发作了。

“你是怎么回事，丽贝卡？”她问道。

“我早上吃了咸鲭鱼。”丽贝卡回答说。

这个回答只是说明事实，并没有什么好笑的，但却让全班同学哄堂大笑起来。迪尔博恩小姐对不是她自己说的笑话和她自己所不能理解的笑话，是欣赏不来的，于是她的脸涨得通红。

“我想你最好在水桶边站个五分钟，这样能帮你抑制抑制自己的口渴。”

丽贝卡的心“突突”跳了起来。老师竟然要她在众目睽睽之下，在墙角的水桶边罚站！她没停下，反而朝自己的座位走了一步，这是她生气时下意识中的反抗。迪尔博恩小姐看到后，用更严厉的声音喝住了她。

“站在水桶边，丽贝卡！塞缪尔，这是你第几次举手要求喝水了？”

“这是第四——四——四次。”

“别再去碰勺子。今天下午你们除了喝水，什么事情也没做，你们还有时间学习吗？我猜你早餐也吃了什么咸的东西了，对吧，塞缪尔？”迪尔博恩小姐讥讽道。

“我也吃了鲭——鲭——鲭鱼，就——就和丽贝——贝——贝卡一样。”教室里又爆发出一阵不可遏制的哄堂大笑。

“我看也是。站到水桶另一边去，塞缪尔。”

丽贝卡低下了头，心里充满了羞耻感和愤怒感。生活真是一片黑暗，让人无法忍受。老师的惩罚已经够可耻的了，现在要和“跷跷板”站在一起受罚，那真是耻上加耻，这不是正常人可以忍受的。

下午最后一个练习是唱歌。明妮·斯麦丽选了首《我们聚集在生命河边》。她选这首歌是在使坏，因为它和下午发生的事情，似乎有着某种隐秘而又微妙的联系。至少，全班同学都以那样非比寻常的旺盛精力，反复高声吟唱歌曲的合唱部分，一定是存在某种隐晦的原因的：

“我们能聚集在生命河边，
聚集在那极美极美的生命河边吗？”

这时，迪尔博恩小姐偷偷看了低垂着头的丽贝卡一眼，丽贝卡的样子让她吓了一跳。除了脸颊上的两块红晕以外，这孩子的脸色非常苍白。她的睫毛上挂着泪珠，她的呼吸是那么急促，她拿着手帕的小手，像风中的树叶一样颤抖着。

“你可以回到位子上去了，丽贝卡。”第一支歌唱完时，迪尔博恩小姐说道，“塞缪尔，你还是站在那里，直到放学为止。同学们，我让丽贝卡站在水桶边，只是为了改掉你们接连不断喝水的习惯。不断喝水是因为心不在焉，想在教室里来回走动而已。今天只要丽贝卡一提出要喝水，全班同学就一个个跟着要喝水。她的确是口渴了，我不应该惩罚她，而应该惩罚你们这些依样画葫芦的人。下面我们该唱什么歌了，爱丽丝？”

“《古老的橡木水桶》。”

“唱首和水不沾边的歌吧，爱丽丝，换个别的话题，别老是水呀水的。唱《星条旗》怎么样？或者别的也行。”

丽贝卡坐回到自己的位子上，从课桌里把音乐课本拿了出来。迪尔博恩小姐当众解释了为何惩罚她，让她心里好受多了，她觉得自己多少找回了一点自尊。

教室里的气氛随着歌声逐渐轻松起来，同学们也纷纷安慰丽贝卡，表达对她的同情。利文·珀金斯不会唱歌，但他在去黑板前画缅因州地图、经过她的座位的时候，把一块枫糖放在她的腿上；爱丽丝·罗宾逊把一支全新的石板笔放在地上，然后用脚轻轻一踢，让它滚到了丽贝卡的身边；而她的同桌爱玛·简则叠了一堆小纸球，在上面标道："给那个你知道的人吃子弹。"

同学们的友爱让丽贝卡的心情更加明朗起来。等到她独自留下来跟老师学语法的时候，她几乎已经恢复了平日的镇静，而迪尔博恩小姐的心情反而比她还要忐忑一些。走廊里回响着最后一个学生"嗒嗒"的脚步声。"跷跷板"离开教室前，回头看了一眼丽贝卡，目光里满是歉意和忏悔，可迎来的却是丽贝卡冷漠、鄙视的眼神。

"丽贝卡，我今天对你的处罚有些太重了，这其实并不是我的本意。"迪尔博恩小姐开口说道。其实她自己也才十八岁，在她短暂的乡村教师的生涯中，还从来没有遇到过像丽贝卡这样的学生。

"今天一天，我没有答错一个问题，也没有和别人说悄悄话，"这"小犯人"的声音颤抖着，"我认为，我不该因为想喝水就受到这样的惩罚和羞辱。"

"可你引得其他同学都这样了，至少表面看上去，是那么一回事。无论你做什么，他们就会跟着照做。你笑也好、走神也好、写纸条也好、要求请假出去也好、喝水也好，他们全都跟着照做。我必须制止这样的行为。"

"塞缪尔·辛普森就是一个跟屁虫！"丽贝卡生气地说道，"要是让我一个人站在墙角那，我倒没那么在乎，至少不会这么难过。可是和他一起罚站，这让我实在无法忍受。"

"这一点我也看出来了，所以后来我让你坐回去，让他继续站墙角。你要知道，你是班里的新成员，他们会特别注意你的言行，因此凡事你都应该小心一点。好了，我们来学习动词的词形变化吧。你把动词'感到'的可能语气，用过去完成时态说一遍。"

“我可能已经感到，你可能已经感到，他可能已经感到，我们可能已经感到，你们可能已经感到，他们可能已经感到。”

“举个例子好吗？”

“我可能已经感到高兴了，你可能已经感到高兴了，他，她，它可能已经感到高兴了。”

“‘他’和‘她’可以说‘已经感到高兴了’，因为‘他’是阳性的，‘她’是阴性的。可是‘它’，也能‘已经感到高兴了’吗？”迪尔博恩小姐一边分着自己的头发（她似乎很喜欢摆弄自己的头发），一边问道。

“‘它’为什么就不能呢？”丽贝卡问。

“因为‘它’是个中性词。”

“难道我们不能说，‘如果小猫知道自己不会溺死，它会感到高兴的吗？’”

“可——可以吧。”迪尔博恩小姐犹犹豫豫地回答道。面对丽贝卡咄咄逼人的提问，她有点不确定自己到底对不对了。“当然，虽然我们常常用‘它’来指代婴儿、小鸡或者小猫，但它们其实是有性别的，并不是中性的。”

丽贝卡低头想了好一会，又向老师问道：“蜀葵是中性的吗？”

“哦，当然是，丽贝卡。”

“那么，我们可以这么说吗？‘蜀葵看到天下雨了，可能已经感到高兴，因为它们本来就是很高兴的。但是，有一棵弱小的蜀葵，刚刚从茎里冒出来，它害怕自己会受到暴风雨的伤害。大蜀葵也有点担心，所以它们并没有感到很高兴。’”

听了这番话，迪尔博恩小姐的神情一片茫然，她只好回答道：“这当然不行，丽贝卡。蜀葵是不可能感到难过、高兴或者担心的。”

“这可说不准，”孩子回答道，“因为我觉得它们也是有情感的。接下来我该练什么？”

“你把‘知道’这个动词变成虚拟语气，然后使用过去完成时态说一遍。”

“如果我早知道，如果你早知道，如果他早知道，如果我们早知道，如果你们早知道，如果他们早知道……哎，这真是最让人伤心的语态了。”丽贝卡叹了口气，稍微停顿了一会，然后说道：“如果，如果，如果！让人不由去想，如果他们能提前知道，一切就会好得多。”

迪尔博恩小姐从来没想到过这一点，听丽贝卡这么一说，她现在也觉得，虚拟语态的确是“伤感”的语态，“如果”也果然是一句话里最让人遗憾的那一部分。

“再用虚拟语态造几个句子，丽贝卡，造完后，今天下午的课就可以结束了。”她说。

“如果我不是那么喜欢吃鲭鱼的话，我就不会那么口渴了。”丽贝卡脱口而出，她脸上绽放的笑容，就像四月的阳光一样。她一边造句，一边合上了语法书，“如果你真心喜爱我的话，就不会让我在墙角边一直站着；如果塞缪尔没有那么喜欢恶作剧的话，他就不会跟着我去水桶喝水。”

“如果丽贝卡愿意乖乖地遵守学校纪律的话，她就不会老想着要喝水啦。”迪尔博恩小姐用这句话结束了这节语法课。说着她亲吻了丽贝卡一下，作为告别。她们俩现在又是好朋友啦！

第六章

阴影里的阳光

这所山上的小学校，既给丽贝卡带来了成功的喜悦，也让她尝到了磨难的滋味。但丽贝卡是幸运的，因为学校的教科书、新结识的伙伴，一切都让她感到充实有趣。如果没有上学，那她在利维波洛的第一个夏天，一定会非常煎熬。她努力让自己去喜欢米兰达姨妈(至于爱她的念头，自打见面那一刻起，已经在她心里打消了)，但她的努力残酷地失败了。她是个普通的小孩子，有许多小缺点，容易激动，因此她并没有幻想自己能成为家里的小天使。但是她有责任心，希望自己能成为一个正派、体面、受人重视的好孩子。每当察觉到自己没有达到这个标准，这个她给自己设定的标准时，她总会难受自责。她不喜欢生活在米兰达姨妈的屋檐下，吃她给的饭，穿她给的衣服，用她给的课本。她打心眼里不喜欢这位姨妈。她知道自己这样讨厌姨妈是不对的，也很卑鄙，因此每当她意识到这点，每当她产生强烈的自责和懊悔的时候，她就会想方设法讨好这位冷冰冰、凶巴巴的姨妈。可是只要在姨妈面前，她总是不自在，所以她的讨好，又怎么可能奏效呢？米兰达姨妈那洞穿一切的尖利眼神、那尖锐刺耳的嗓门、那关节肿大的僵硬手指、那又薄又扁的嘴唇、那一言不发的长久沉默、那和发型毫不协调的古怪刘海、那明显得就像用亚麻线缝在黑网上一样的中缝，米兰达阿姨的这些外部特征，丽贝卡没有一样是喜欢的。的确存在那样一些思想狭隘、缺乏想象力又独裁专制的老人，他们的存在似乎总会引燃小孩子身上最顽劣不堪、最让人讨厌的陋习。米兰达姨妈就是这样的人。要是她生活在人口稠密的地区，她必须把门铃拉掉、大门紧锁，甚至得在花园的路上刨几个泥坑，防止孩子们前来捣乱。辛普森家的那对双胞胎，就怕她怕得要命。哪怕简手里拿着小姜饼，招呼他们到侧门这边来吃东西，他们也不愿意靠近砖屋半步。

不用说，丽贝卡的一举一动，都让她的米姨动怒。她总是忘记姨妈的嘱咐，从前楼梯上楼，因为从前楼梯到她房间更加方便快捷；她总是随手把舀水的勺子放在厨房的架子上，而不是挂在水桶上；她总是坐在那只猫最喜欢的椅子上；她愿意给姨妈跑腿，可总是一出门就忘了姨妈叫她做的事；她总是不关好纱门，导致苍蝇都飞进来了；她总是叽叽喳喳说个不停；捡柴火的时候，她总在唱歌或是吹口哨；她总是把鲜花弄得乱七八糟，不是插在花瓶里，就是别在衣服上，要么就是贴在帽子上；最要命的是，她总让米兰达姨妈想起她那愚不可及、一无是处的父亲。他靠自己英俊的外表和优雅的举止骗走了奥莉娅的芳心，或许，他还骗走了其他女人的芳心，这也未为可知。兰德尔一家是外地人，他们不是利维波洛人，甚至不是约克镇人。米兰达不得不接受的一个事实是：很多生活在他们这个神圣地区的人，都不是土生土长的本地人。她对这些外乡人有成见，用“成见”这个词，还是轻了的。所以现在要是汉娜来就好了，汉娜完全继承了母亲那一半血统，她可是个“纯粹的索亚家族的人”。（可怜的汉娜！这是事实！）汉娜从不主动说话，除非别人先跟她说；即使说话了，她也不会一直说个不停；汉娜十四岁时，就是个虔诚的教徒了；汉娜喜欢针线活；汉娜是一切琐碎微小的美好德行的化身，就算她现在还不是，将来有一天也一定会是。可惜来的不是她，而是眼前这个眼睛比车轮还大、头发乌黑的吉卜赛姑娘。

对丽贝卡来说，简姨妈就像黑暗中的一缕阳光！在刚开始最艰难的几个星期里，是简姨妈用她那平和的嗓音、宽容的眼睛还有为她准备的借口，关照着初来乍到的丽贝卡，帮助这个容易冲动的小姑娘融入砖屋的新生活。当然，丽贝卡自己也很努力，她不断让自己去适应那些全新的、难以做到的行为规范，一点一点、一步一步，这也让她比从前更成熟了。

小姑娘常常跟着简姨妈，在厨房里做针线。米兰达姨妈则常常坐在起居室的窗前凝望窗外。有时候，她们会在侧门廊那儿干活，那里的铁线莲和忍冬花，能为她们遮挡烈日。丽贝卡总感觉，棕色方格棉布是那么长，长得永远没有尽头。缝纫对她来说是个苦差使。她常常不是把线弄断了，就是把顶针掉到丁香花丛里了，要么就是扎到手指了。她不停地擦拭着额头的汗水。一会她又发现两块布料怎么也拼不起来，好容易找到了吧，线又缝得七上八下，把布料都弄皱了。她把缝衣针磨了又磨，可它们还是不听使唤，"吱呀吱呀"地响个不停。尽管如此，简姨妈还是很有耐心。终于，慢慢地丽贝卡也学会了一些小技巧，拿针线的手指也好使起来。丽贝卡的手指拿起铅笔、毛笔、钢笔来，特别灵活，但是只要拿起这小小的针线，马上就变笨拙了。

第一件棕色方格布罩衣终于做好了。丽贝卡抓住了一个她自认为恰当的时机，问米兰达姨妈，下一件衣服，能否换其他颜色的布来做。

"我买了整整一匹棕色的布，"米兰达姨妈简洁地回答道，"那匹布还能再给你做两件衣服，剩下的还可以多缝几只袖管备用，原来的袖子如果磨旧了，就可以替换上去，这样比较省钱。"

"我知道，但是沃森先生说了，他可以把那匹布收回去一些。我们可以用同样的价钱，换些粉红和蓝色的布料呢。"

"你去问他的吗？"

"是的。"

"你真是吃饱了没事做！"

"我那次是帮爱玛·简挑选做围裙的料子的。我原本以为，你对我穿什么颜色并不会太介意。粉色也和棕色一样耐脏，而且沃森先生说，他那里的粉色布料，就是用沸水煎也不会褪色。"

"沃森先生对洗衣服的事，还真有研究啊。我其实不太喜欢孩子穿得五颜六色、花枝招展的，不过我再去问问你简姨妈的意思吧。"

“我觉得该给丽贝卡做一件粉色、一件蓝色的衣服，”简说，“缝来缝去都是一个颜色，孩子会觉得枯燥的。她想要换个颜色，这是很正常的。再说，要是她每天都穿同样的棕色衣服，外加一个白色围裙，看上去就像是孤儿院的孩子，这和她的身份实在太不相配了！”

“我认为，内心美，外表才美。丽贝卡不该为自己的外表伤神，这是毋庸置疑的事，我们更没有必要去迁就她的想法。我觉得她现在已经和孔雀一样虚荣了。她有什么好虚荣的呢？”

“她年纪还小，喜欢漂亮鲜艳的东西，仅此而已。我记得我在她那个年纪时，也是这样的。”

“你在她那个年纪时，就和一个傻子差不多，简。”

“是的，我那时就是个傻气的姑娘。感谢上帝！我真想知道，要怎样才能把那时的‘傻气’保存下来那么一点呢？很多人都做到了。要是能留住当年的‘傻气’，我的晚年一定会变得快乐起来。”

粉色方格布料终于买回来了。衣服快要缝好的时候，简姨妈给了丽贝卡一个惊喜。她教丽贝卡把白色的亚麻细绳折出棱角，然后再用细密的针法，把它们平整地缝在衣服上，这样衣服上就多了一条漂亮的小花边。

“干这些活有趣多了吧，丽贝卡。米兰达姨妈，她不希望漫长的冬夜里你就只知道看书。你能在这条粉色裙子的底边缝上两条白色的花边吗？沿着格子缝就不会歪掉了。我先给你细细缝好，再在腰部和袖子那里，也缝上白色花边。这样你的裙子一定会很漂亮。”

丽贝卡欣喜若狂。“我一定会尽快缝好的，”她叫道，“我知道裙子的下摆添上褶边后很长很长，不过即便有从这里到米尔顿那么长，我也能把花边缝好。哦，对了，科布先生带我去米尔顿的事，您觉得米兰达姨妈会同意吗？您知道吗，他又邀请我了。不过有一个星期六我得摘草莓，还有一个星期六天下雨了，而且我觉得米兰达姨妈不会真正同意我去的。现在 4 点 29 分了，爱玛·简和爱丽丝·罗宾逊，她们已经坐在那边的红醋栗灌木丛下等我很久了，我可以出去和她们玩会吗？”

“可以，去吧。你们最好跑远点，不要在谷仓附近，这样你们的嬉闹声就不会打扰到米兰达姨妈了。我看到了，苏珊·辛普森、那两双胞胎还有爱玛·简·珀金斯都在篱笆后面躲着呢。”

丽贝卡飞一般的跑到了门廊外，把爱丽丝·罗宾逊从红醋栗丛中一把拉了起来，又用一种复杂的信号，把爱玛·简从辛普森兄妹身边叫了过来，然后就把那三个远远甩开了。她们都太小了，对于这个下午要玩什么，她们并没有什么特别有趣的主意。不过可别小看她们，因为她们拥有整个村子中最迷人的院子。这个院子里凌乱地堆放着旧雪橇、箱型雪橇、马拉搂草机、大木捅、没有靠背的长椅、没有床头的破床，所有这些杂物都已经报废了，而且每天院子里的东西都不同。辛普森太太很少在家，即使在家，她也并不关心院子里的事。孩子们最喜欢的一个游戏就是：把房子当成堡垒，由一小队英勇的美国士兵把守，抵抗围攻的英国军队。在分派游戏角色时必须谨慎一点，因为结局必须是美国士兵取得了胜利。“跷跷板”辛普森常被他们任命为英军总司令，因为他畏首畏尾、犹豫不决，下的命令常常前后矛盾，而他自己又最喜欢躲在队伍的最后面，因此无论他率领的是怎样的军队，最后总免不了声名扫地、全军覆没。有时候，这苦难深重的房子，也会被当做一幢小木屋，勇敢的先民，在这里击退了一帮不怀好意的印第安人；有时候，他们却被印第安人屠杀了。无论哪方赢了，辛普森家的房屋看上去——借用一句利维波洛当地的俗语——都像“魔鬼撒旦正在里面开拍卖会”。

除了这个极其有趣的院子以外，还有一个地方，也常被孩子们当作活动场所。在孩子们的眼里，那儿是一个“秘境”。那就是索亚家牧场的一片空旷地，那块土地就像天鹅绒般柔软，遍布着迷人的洞穴和山丘，还有青翠的草地，草地上可以“搭房子”。一排大树，不但或多或少地遮挡了大人的视线，而且还能为他们搭起来的“房子”提供惬意的阴凉。孩子们不辞辛劳，从磨坊那儿把棍子、圆木什么的，一堆堆地抱到这个与世隔绝的乐园。这辛苦却又甜蜜的搬运工作，大多是在晚饭以后进行的。黄昏的微光，又给他们的劳动增添了不少乐趣。大伙儿所有的宝贝，都藏在大树中的几个肥皂箱子里：牛蒡球做的小篮子、小盘子、小杯子；一些大人聚会时打碎的瓷器；几个洋娃娃，在家里不怎么玩了，但在这儿却上演的各种罗曼蒂克——种种死亡、葬礼、婚礼、洗礼的把戏中，却正好能当剧中人。今天下午，孩子们围着丽贝卡，用小棍子搭了一个方方正正的房子，因为丽贝卡今天要倚着"监狱"的铁窗，扮演女刺客夏绿蒂·科黛。

当丽贝卡站在"房子"里面，用爱玛·简的围裙包住头发，这种感觉是多么神奇；当她把头倚靠在"墙上"时，那些木棍似乎瞬间变成了冰冷的铁窗，这种感觉又是多么神奇；而最神奇的是，在那时那刻，那双眼睛仿佛不再属于丽贝卡·兰德尔，而是折射着夏绿蒂·科黛的不幸和悲哀。

"这真是太棒了！"那对卑微的双胞胎赞叹道。他们为建造这个"监狱"付出了大量劳动，当看到自己劳动的成果时，他们觉得很欣慰。

"我真不想把它拆掉，"爱丽丝说，"看，这工程是多么壮观呀！"

"如果你们能搬些石头过来，把这里垫高，再把最上面的木棍拆了，我就能出来了。""夏绿蒂·科黛"提了个建议，"把石头放在这里别动，这样明天你们就可以从这里走进去，扮演被困在塔楼里的两个小王子，然后我就来谋杀你们。"

"什么王子？什么塔楼？"爱丽丝和爱玛·简同时问道，"给我们说说吧。"

"现在可不行，我该回去吃晚饭了。"丽贝卡有时候还真是个一丝不苟、恪守纪律的好孩子。

"被你谋杀，一定很有意思！"爱玛·简忠心地说道，"你谋杀我们的时候，看上去一定像真的一样吧，太可怕啦。要不，让爱莉亚和爱莉莎来扮演被囚禁的王子吧。"

“她们一定会吓得乱喊乱叫的，”爱丽丝对此表示反对，“你看看她们那几个人演戏时的傻样，只有克拉拉·贝拉稍微好点。而且，如果我们让她们知道了这个‘秘境’，她们就会经常到这里玩了，说不定还会像她们爸爸那样，手脚不干净呢。”

“就算她们的爸爸手脚有点不干净，但她们也未必就一定会偷东西。”丽贝卡反驳道，“如果你们想做我最亲密的好朋友，就别在她们面前提她们爸爸的事情。我妈妈曾经对我说过，不要当面说别人亲人的坏话。她说，没有人能够承受那样的奇耻大辱。而且这样羞辱人家是不道德的，因为那并不是她们自己的过错。你们还记得明妮·斯麦丽吧？”

她们当然记得那戏剧化的一幕，因为那件事就发生在几天前。尽管丽贝卡和明妮的那场口水大战，最后以明妮的失败而告终，但明妮·斯麦丽却自己把事情说了出去。她还添油加醋、篡改事实，说得村里每个女孩都想可怜她。她虽然输了，却不服气，她心里怀着怨恨，总想着有机会要报复。

第七章

利维波洛的秘密

辛普森先生很少有时间和家人在一起，因为他从事的交易，有点不尴不尬。他有时贩马，有时和人家“交换”各种农具和车辆。这些买卖，真的让他的顾客们受不了。他每做成一笔交易，往往就得在监狱里待上一段时间，有时待得时间长点，有时短些。一个穷人，既没有货物也没有财产，却热衷于和人家交换、并深陷其中不能自拔，那他必须得找到可以交换的东西，这是很自然的事。由于自己没有可以交换的东西，他只能拿邻居的东西去和别人做交易，这是再自然不过的事了。

辛普森这段时间也不在家，因为前段时间，他用寡妇丽德奥特的雪橇，换了约瑟夫·古德温的犁。古德温最近才搬到北埃奇伍德，在这之前，他并不认识这位彬彬有礼、能说会道的辛普森先生。辛普森很快就把古德温的犁转卖给了一个“要去维尔汉姆的人”，从他那里换来了一匹老马，因为主人要去女儿家住一年，用不上它了。每天清晨或者天黑之后，辛普森先生就把它牵到邻居家的牧场吃草，吃过这家就吃那家。这样，几个星期下来，他把那匹老马养肥了。然后他和一个米尔顿人交易，用这匹肥马换了一辆高级轻马车。就在这个时候，丽德奥特寡妇想起了她放在马车房里的雪橇。她已经有十五年没有用过这个雪橇了，今后的十五年里，她也不见得会用到它。但这毕竟是她的财产，她可不想就这么莫名其妙地丢失了。小地方的人生性多疑，在发现雪橇丢失的瞬间，她立马就想到了艾伯纳·辛普森。由于这桩特殊的交易太复杂了，而交易的进程又特别曲折(部分原因在于找不到马的主人，他去了西部，没有留下地址)，所以地方治安官花了好几个星期的时间，才确定了辛普森的罪证，证实了村民们和丽德奥特寡妇的揣测，让他们满意。艾伯纳发誓说自己与此事毫无干系。他对邻居们说，有天早上，天刚蒙蒙亮的时候，有一个红发兔唇、穿花白衣服的人叫住了他，问他愿不愿意用他院子里的旧苹果榨汁机，换自己这只上好的雪橇。交易谈成之后，他还补给那个嘴裂的陌生人四美元七十五美分。那个神秘人放下了雪橇，把榨汁机搬上车，然后就开车走了。他就这样消失在路的尽头，后来再也没有看到过他，也没有听到关于他的任何消息。

“要是有天我逮到了这骗人的老贼，”艾伯纳正气凛然地说道，“我要他好看！敢把偷来的雪橇塞给我，还骗走了我大把的钞票和一个榨汁机，更别说这样辱没我的人格了！”

“你永远都逮不住他的，老艾，”地区治安官答道，“那个家伙跑了，他带着你的榨汁机、你的人格、还有你的四美元七十五美分，早跑得没影了。除了你以外，谁也没见过他，你说的那些玩意儿，也从没有人见过。而且我知道你再也不会见到它们的。”

辛普森的太太，无疑是个好女人。她给别人浆洗衣服、打扫卫生，并以此谋生。镇上的人们常常接济她，给孩子们一些吃的穿的。老大乔治今年十四岁，长得又高又瘦，他在附近的农场里帮别人干些农活、做些杂事，贴补家用。其他几个孩子——塞缪尔、克拉拉·贝拉、苏珊、爱莉亚和爱莉莎，在他们有衣服可穿、又没有别的更有趣的事可做的时候，就去上学。

快乐河沿岸的这些村子，可没有什么秘密。很多村民勤勤恳恳、任劳任怨。岁月的河流，在这里流淌得太安静、太缓慢了，因此大伙就有许多时间说长道短、谈天说地。中午，在打草场的大树下；黄昏，在河边的小桥下；入夜，就围坐在杂货店的火炉前。这些聚集场所给男人提供了谈论时事的充裕空间；而唱诗排练、缝纫协会、阅读小组和教堂野餐，也为女性表达她们的思想和观点，提供了理想的机会。在大伙的眼里，这一切都是理所当然、天经地义的，可是总有一些太过敏感的人，非常不习惯这样没有秘密的生活。

迪丽雅·威克斯就是其中的一个。她是个老姑娘，靠做裁缝维持生计。有次她病了，请遍了附近一带所有的大夫，都没有好起来，反而一天比一天衰弱。后来，她的表哥赛勒斯邀请她去刘易斯顿帮他管理家务，她就过去了。一年以后，她身体强壮起来了，精神饱满起来了，性情也开朗了许多。一次她回利维波洛小住的时候，有人问她是否想要终老他乡不回来了。

"要是有别的地方可去，我大概是不会再回来了。"她坦率地回答道，"在这里，为了守住那点小秘密，我成天担惊受怕，累得要命，可到头来还是守不住，弄得尽人皆知。最开始时，他们都说我想嫁给一名牧师，后来人家在斯坦迪什娶了老婆，他们又传言我失望到了极点。接下去有五六年的时间，他们又猜测我想去哪里教书，后来我打消了那个念头，打算做一名裁缝，他们又同情可怜我，说我没当上老师真可惜。我爹过世的时候，我当然并不想让别人知道，爹爹到底给我留下了多少财产，因为这事传出去，又会让他们津津乐道很久。奇怪的是他们总有办法知道，后来他们果然知道了。无论我多么费尽心机，他们一定要把秘密挖掘出来才肯罢休。我兄弟詹姆斯，十六岁就去了亚利桑那州，这三十年下来，关于他的事，我对别人一向报喜不报忧。可是阿克西·塔巴斯阿姨有个爱打听的亲戚，她为了治病，去了亚利桑那州我弟弟那里。也不知道她是通过邮递员还是通过地方官员，反正她找到了詹姆斯，于是她就写信给阿克西阿姨，把我弟弟的一切都告诉了她，什么我弟弟过得多不幸福之类的等等。这些人呀，他们知道我什么时候拔牙了，什么时候又装上了新牙；他们知道我从什么时候起开始戴假发；他们知道哪一天那个水果商想要我做他的第三任太太——这件事我从来没有跟任何人说过，而且我确定他也绝对不会跟别人说，但在这个村子，这样的事根本就不需要我们说出来。他们没别的事做，就是喜欢观察蛛丝马迹，拼命揣摩猜测，而且他们每回都能猜准。我用尽了各种方法，想要误导他们，欺骗他们，转移他们的注意力，但结果却把我自己搞得筋疲力尽。而在那儿，我不用白天生活在显微镜下、晚上生活在望远镜下，我可以随心所欲地做自己想做的事，连一句'请劳驾，对不起'这样的话都不用跟别人说。现在，我的身体好多了。赛勒斯表哥已经是个老头子了，麻烦也挺多的，但是他说我的牙齿很好看，还说我的头发漂亮。在刘易斯顿，没有人知道牧师的事，没有人关心我父亲的遗嘱，也没有人了解我弟弟的情况，更没有人知道那个水果贩子是谁。而且就算他们知道了，也不会感兴趣的，他们甚至想不起来有那么件事。因为在刘易斯顿，大家都很忙碌，这真是谢天谢地！"

迪丽雅·威克斯小姐也许说得夸张了些。但是在利维波洛，丽贝卡和其他孩子的确早就听说了丽德奥特寡妇丢雪橇的种种细节；他们也都知道，大家怀疑雪橇是艾伯纳·辛普森偷的。

在这个普普通通的乡村学校里，并没有多少文雅柔情和骑士精神。在学生中流传着几个绝妙的谜语，还有几首打油诗，影射的都是辛普森家的事。只要辛普森家的孩子不在，其他学生就会窃窃私语、指指点点，把散布这些谜语和打油诗，当作是能给自己增光的美事。

丽贝卡·兰德尔和大伙生活在同样的环境中，她也和同学们一样，听到了那些风言风语。可是她痛恨那些卑鄙的流言蜚语，并且自觉地远离那些闲言碎语，这是什么原因呢？还真叫人说不上来。

在这些和丽贝卡同龄的利维波洛女孩中，有一个孩子的名字特别好听，叫明妮·斯麦丽，不过大家都不怎么喜欢她。她天生一双刺探的眼睛，长着金黄色头发和纺锤似的细腿。她身上既有鹦鹉的饶舌，也有绵羊的胆怯。别人怀疑她考试时从别的女孩那儿抄袭，但她却从没被当场抓到过。丽贝卡和爱玛·简总能知道，她哪天的午餐里带上了果馅饼和三角夹心蛋糕，因为她只要带上了这些，就会抛弃自己那几个爱说爱笑的小伙伴，躲进树林某个安全的角落，独自享受美味，吃完了才回到她们身边。一张脸上挂着自鸣得意、心满意足的微笑。

有一次，明妮又溜出去偷偷吃东西了，等她回来，丽贝卡实在忍不住了，便说道："明妮，头疼好点了吗？让我帮你把嘴边的草莓酱擦了吧。"

明妮果然心虚地掏出手绢来擦，其实她的嘴角边并没有什么草莓酱。当时，她的脸涨得通红。

那天下午，丽贝卡向爱玛·简承认，自己先前做得有点太过分了："我的确看不惯她平时的样子，我这样做是想让她知道，我们早就看穿她的把戏了。但这样做之后我又觉得难受极了，所以我把珍珠钱包里那一小块碎珊瑚送给了她，算是补偿。你见过那块珊瑚吧？"

"我觉得她根本就不配接受你的礼物，她太贪心了。"爱玛·简说。

"我知道，但这样可以让我自己心里好受点。"丽贝卡说，"这块珊瑚我已经拥有两年了，它现在也破了，所以也算不上是什么真正的好东西，只不过看上去还很漂亮而已。"

这块珊瑚让她们之间的关系多少缓和了一点。没过几天，有天下午，丽贝卡和往常一样，放学后留下来补习语法，然后抄小路回家。远远地她就看到了辛普森家的孩子，他们在栅栏那儿，快要走进小树林了。看到他们中间并没有她最厌烦的"跷跷板"，丽贝卡就加快了脚步，想要赶上他们，好结伴回家。峰回路转，一会儿，他们从她的视线里消失了。后来，在她快要赶上他们的时候，她听到明妮·斯麦丽高亢的歌声，在树林里回荡着，还听到一个孩子的啜泣声。只见克拉拉·贝拉、苏珊和双胞胎正沿小路快步走着，而明妮却在手舞足蹈地尖声唱着：

"'是什么让雪橇这么喜爱辛普森呢？'
孩子们急于求知，嗓门真大。
'为什么雪橇喜爱辛普森，你们懂的。'
老师不假思索，马上回答。"

辛普森家的孩子如逃兵一样，一会就消失在苍茫的远处了。他们逃跑的时候，身上褴褛的衣衫发出的沙沙声，一点也听不到。绰号叫“好斗双胞胎”的爱莉莎，勇敢地扔了一块小石头，这一动作暂时打破了树林的寂静，但是那块石头离明妮还远得很呢。明妮使出了全身力气，大喊着：“笼鸟，囚犯！”然后就得意洋洋地回过头来，却看到丽贝卡就在眼前。丽贝卡一动不动地站在路中央，她的眼睛里燃烧着熊熊怒火，分明要和明妮算账。

这时，明妮的脸色有些难看。一个懦夫如果在做坏事的时候被当场抓了个现行，脸色当然好看不到哪里去。

“明妮·斯麦丽，要是再让我听到你对辛普森家的孩子们唱这首歌，你知道我会怎么做吗？”丽贝卡的声音里充满了愤怒。

“我不知道，我也不管。”明妮说得轻松，可她的神色却背叛了她。

“那我就把那块珊瑚拿回去，还要打你耳光！”

“你敢，”明妮顶嘴道，“要是你敢，我就告诉我妈妈和老师，不信，咱们走着瞧！”

“你去告诉你妈、我妈、你家所有的亲戚好了，我一点也不怕。就算你要告诉总统，我也不怕。”丽贝卡说道，“总统”这个崇高的称谓一说出口，就给她增添了不少勇气，“就算你要让我们镇子、让约克郡、让缅因州、甚至全国的人都知道，我也一点不怕。”丽贝卡最后气壮山河地说道，“现在你回去吧，记住我说的话。要是你再敢这么做，特别是你再敢乱喊‘笼鸟，囚犯’，只要我觉得那是我该做的，我就一定会做点什么来惩罚你的。”

第二天课间休息的时候，丽贝卡看到，明妮正在把这件事的前后经过，添油加醋、歪曲事实地讲给赫尔达·米瑟夫听。“她竟然威胁我，”明妮压低了声音说，“可她说的，我一个字也不信。”

明妮最后那句话，是故意说给丽贝卡听的。同学和老师都在，她觉得受到了法律和秩序的保护，于是突然间有了勇气。

丽贝卡回到自己座位后，举手问老师迪尔博恩小姐，能否传

张字条给明妮·斯麦丽,老师同意了。这张字条是这么写的:

在天下所有卑鄙的女孩中,明妮是最卑鄙的。
我将拿走礼物,还要揍她一顿。
附言:现在你相信了吗?

兰德尔·丽贝卡上

这张小字条威力十足。从那以后的好多天里,只要明妮遇到了辛普森家的孩子,都会吓得全身发抖、一句话也说不出,哪怕是在离丽贝卡家的砖屋还有几里路的地方。

第八章

玫瑰花的颜色

这场丽贝卡和明妮的较量，引用班扬在《天路历程》中的话来形容，那就是“有史以来最可怕的战争”。接下来的那个星期五，这个山上的小学校，将要举办一次大规模的活动。通常每个星期五的下午，这个小学校都会组织对白、唱歌和朗诵活动，不过那可并不是什么欢乐时光。很多孩子都不喜欢口头表演，他们把学习和背诵那些表演内容，当成一个沉重讨厌的包袱。更让他们害怕的是，他们会在表演的中途卡壳。等孩子们表演结束，迪尔博恩小姐往往已经焦头烂额，头都疼了。她一回到家就要上床休息，不管是下午还是晚上，只要一躺下就绝对起不来。偶尔有孩子们的母亲去旁听，她们坐在前排的凳子上，看到自己的孩子在台上又是停顿又是结巴，尽管这些停顿和结巴，她们已经非常熟悉了，但听着听着，她们额头上的冷汗还是凝成了珠子。有时候，有的孩子会把自己的台词忘得一干二净，像个婴儿一样号啕大哭着投向母亲的怀抱。母亲于是把孩子带出教室，透透风，平静平静。一般情况下，母亲会亲吻着安慰孩子，但偶尔也有母亲会把自己那不争气的孩子揍一顿。无论是哪个结果，这样的失败都让孩子们倍加沮丧，他们也因此更加害怕那样的场合了。丽贝卡的到来，却给至今为止仍然可怖异常的星期五的下午，注入了一种前所未有的活力。她教了爱莉亚和爱莉莎三首小诗，这三首小诗充满了喜剧的效果，朗诵起来不仅让两姐妹自己觉得开怀，也给老师和班级同学带来了欢乐。至于口吃的苏珊，丽贝卡特意为她安排了一首幽默诗，让她扮演诗歌中的一个口吃的孩子。丽贝卡自己和爱玛·简一起表演对白，她俩深厚的友谊鼓励着爱玛·简，给她带来了自信。于是在这个特别的星期五的早晨，迪尔博恩小姐在班里宣布道，今天下午的活动一定会很有趣，所以她邀请了医生的妻子、牧师的妻子、家长委员会的两位成员、还有若干名母亲，一起来观看下午的演出。迪尔博恩小姐让利文·珀金斯来布置一块黑板，丽贝卡则布置另一块。利文是学校里的艺术明星，他在黑板上画了一幅美国地图。而丽贝卡更爱画现实感不那么强的事物，于是，她拿起红、白、蓝三色粉笔，灵巧的手指起起落落，一会黑板上就出现了一幅美国国旗。国旗上每颗星星的位置都不偏不倚，每道宽条都似在风中飞扬，这把大伙惊呆了。此外，她还在旁边画了幅哥伦比亚简图，那是她照着装粉笔的雪茄盒上的图案画的。

迪尔博恩小姐非常高兴："丽贝卡画得真好，让我们为她鼓掌吧！这美丽的图画，值得全校为它骄傲！"

孩子们都发自内心地鼓起掌来。迪克·卡特还挥舞着自己的双臂，热烈地为丽贝卡欢呼。

丽贝卡的心雀跃不已，她的双眼满含着泪水，连她自己也不明白，自己究竟是怎么了。她几乎看不清回座位的路了，在她年幼、无知、孤独的生命中，还从没有人特意为她鼓掌，从没有人这样赞赏她、表扬她。而在这个美妙的、耀眼的时刻，这一切竟然都成真了。如果说"高贵能够激发高贵"，那么热情也可以点燃热情，智慧可以启发智慧，才能可以孕育才能。爱丽丝·罗宾逊提议大家高歌一曲《为红、白、蓝欢呼，欢呼，再欢呼！》，唱到合唱部分时，大家一起指向丽贝卡画的国旗。迪克·卡特建议，利文·珀金斯和丽贝卡·兰道尔应该在他们图画的下方，签上自己的大名，这样，下午的参观者一看就能知道，这两幅画是何人所画。在得到老师的允许后，赫尔达·米瑟夫找来树枝，堵上了教室泥灰墙上最大的洞洞，又在水桶中插上了野花。丽贝卡自己因为情绪太激动，已经注意不到这些实际的细节了。她静静地坐着，内心充满了喜悦，以至于她几乎要忘记自己的台词了。尽管今天大获成功，课间休息的时候，她还是表现得很谦虚。在一派友好祥和的气氛之下，明妮·斯麦丽和丽贝卡也化解了旧日的恩怨，重归于好。明妮采来了枫树枝条，照丽贝卡说的，把教室里难看的炉子遮了起来。

迪尔博恩小姐在十二点还差十分的时候就结束了上午的课。这样，那些住得近的同学就能回家换件衣服。爱玛·简和丽贝卡几乎是小跑着回家的，因为她俩太激动了。她们一直跑到家门口，才停下来喘了口气。

"米兰达姨妈会让你穿最漂亮的衣服吗？还是让你就穿那件米黄色格子裙？"爱玛·简问道。

"我想这个我要问问简姨妈。"丽贝卡回答道，"哦！要是那件粉红裙子做好了，该有多好啊！我把它交给简姨妈了，让她帮我缝上纽扣孔，衣服就能穿了。"

"我要去问问我妈妈，看她能不能把她的石榴石戒指借给我。"爱玛·简说道，"想想，当我伸出手指指向国旗时，它就会在阳光下闪光，那是多么优雅啊！再见，一会别等我了，我可能会坐车回学校。"

回到砖屋，丽贝卡发现侧门锁上了，不过她知道台阶下面有钥匙。不只是她，利维波洛所有人都知道这个秘密，因为他们出门时，也都把自家的钥匙，放在台阶下面。丽贝卡打开了门，走进饭厅，看到她的午饭已经做好了，就放在桌上。简姨妈还在旁边留了字条给她，说她们和罗宾逊太太一起，坐上她的马车去茅德瑞森了。丽贝卡啃了一口面包和黄油，就飞也似的从前面楼梯上了楼，跑到了自己的卧室。床上就放着那件粉色的方格裙子，慈爱亲和的简姨妈，已经把衣服缝制好了！可是，在没有得到姨妈允许的情况下，她能不能穿上这件新裙子呢？她敢不敢把它穿上呢？下午这样一个特别的场合，或许就该穿上这样漂亮的新衣服。可是，姨妈们或许会认为，她该把新裙子留到下次听音乐会时再穿。

“我要穿上它。”丽贝卡想着，“她们不在家，我也没办法征得她们的同意，或许今天我穿不穿，她们根本不在乎，毕竟这只是一件格子裙子而已。要不是因为它是新的，要不是因为它上面白色的花边，要不是因为它是粉红色的，它也许没有那么重要。”

她把自己的两条小辫子散开，把头发梳卷，用丝带扎到了脑后。然后她换了双鞋，急匆匆地穿上了这条漂亮的裙子。她尽量把后面的扣子都系上，可是中间三颗实在够不着，一会得让爱玛·简帮忙。

接着，她的眼睛落在了那把她无比珍惜的粉色阳伞上。这粉色的阳伞和粉色的新裙真是绝配，而且同学们也从没有见过这把阳伞。带着这把阳伞去学校有点不合适，不过她可以不把它带进教室。她可以用纸把伞包起来，给大家看看，等放学后就带回家。如此穿戴好了，她就下了楼。她对着客厅的镜子一照，不由万分激动，似乎天下所有的衣服，都没有这件梦幻般的粉色方格裙美丽！她双眼的光芒、两颊的光彩、柔发的光泽，都让这件魅力四射的粉红裙子给比下去了，变得黯然失色、不值一提了。天哪！再过二十分钟就到一点了，她要迟到了。她跳出侧门，在门口的花丛中摘了朵玫瑰，以惊人的速度从家里飞奔到了学校。在校门口，她遇到了爱玛·简，一样的容光焕发，一样的气喘吁吁。

“丽贝卡·兰德尔!”爱玛·简叫道，“你真是美得和画儿一样!”

“我?”丽贝卡笑了，“胡说，我只是穿了件粉红裙子而已。”

“平时你可没有这么漂亮，”爱玛·简坚持道，“不过你长得是有些与众不同。看我的石榴石戒指，妈妈特意用肥皂水把它擦洗了下。米兰达姨妈，她怎么会同意你穿这条新裙子呢?”

“我两个姨妈都不在家，所以我还没问过她们。”丽贝卡急切地回答道，“怎么了？难道你觉得她们会不同意我穿吗？”

“米兰达小姐，她不就是这个也不同意、那个也不同意的吗？”爱玛·简说。

“这个——你说的倒也是，不过今天下午这么特别，我觉得今天下午，就像主日学校的音乐会那么特别。”

“是啊，”爱玛·简也同意她的说法，“今天下午当然很特别。黑板上写着你的名字，我们要面对着你画的国旗唱歌，我俩还要表演那么精彩的对话，这一切都很特别。”

下午所有孩子的表演都很成功。没有失败，没有眼泪，也没有任何一个家长为他们子女的表现感到羞愧。迪尔博恩耳边萦绕着一片赞美声、钦佩声，大家都赞扬她能力出众。她自己也不知道这些赞扬应该给她，还是应该给丽贝卡，至少丽贝卡是有很大功劳的。虽然这个孩子做的事，并没有比其他的孩子多到哪里去，但是她总是特别显眼。后来村里纷纷传言说，丽贝卡可不是那种默默无闻的角色，她的光芒是无法阻挡的。就算最不喜欢她的人，也不能指责她爱出风头、野心勃勃。她反应迅速、乐于助人、从不害羞；她从不会找着机会就炫耀自己；她很少会为自己考虑，却总是积极地给别人带来种种快乐。如果说，教皇坐在房间的哪里，哪里就是最尊贵的座位的话，那么，丽贝卡站在哪里，哪里就成了舞台的中央。她清澈、洪亮的高音，超越了合唱班众人的声音。所有人都把目光投向她，观看着她的一举一动，倾听着她朝气蓬勃的歌声，感受着她无法抑制的热情。

下午的活动终于结束了。丽贝卡漫步在回家的道路上，可是她好像再也无法恢复往日的冷静和镇定了。今天晚上不用留下来补习语法，她感到轻松；明天要帮姨妈腌酱菜，也不值得她发愁。现在她的灵魂深处是一片灿烂阳光，担心和害怕之类的不良情绪，在那儿完全没有立足之地。现在天上倒是乌云密布，可她一点也不在乎，反而还有些高兴，因为她可以把阳伞派上用场了。她的步伐是那样轻快，好像她的脚不是踩在地面上一样，或者说，她此刻就像在仙境里一样。直到她走到了砖屋的侧院，看到米兰达姨妈站在大开的大门前，丽贝卡才从仙境中一下跌落到了人间。

第九章

玫瑰化为灰烬

“瞧，那不就是她吗？晚了一个小时才回来。要是再晚一点，她就要遭遇雷雨了。她向来不懂得未雨绸缪，”米兰达对简说，“她平时就那副模样。今天她肯定花枝招展地穿上了那件新裙子，自鸣得意地迈着和她那宝贝爹爹一样的舞步，炫耀晃荡着她那把阳伞，巴不得全世界的人都看到。她以为她在演戏吗？简，现在家里属我最大，我要不客气地教训教训她了。如果这让你感到难受，那你就先去厨房里，等我训完了她，你再出来好了。丽贝卡，你给我过来，我有话跟你说。你为什么在上学的日子穿上那件新裙子，而且还没有经过我们的同意？”

“我中午想问您来着，可是你们都不在家，所以我没法——”丽贝卡开始解释了。

“你心里可不是这么想的吧？你趁我们不在家，就自作主张穿上了新裙子，你明明知道，我是不可能让你今天穿上它的。”

“要是我知道您不让我穿，我就不穿了。”丽贝卡说，她努力让自己显得真诚，“但其实我真的不知道，我只是觉得值得冒一次险。我想要是您知道，今天下午，学校里就像盛大的展览会一样，您说不定会同意我穿上新裙子的。”

“展览会！”米兰达姨妈嘲讽地大声说道，“我看你自己就是个展览品。你把你的阳伞也带去展览了吧？”

“带上阳伞，的确有点傻，”丽贝卡说着低下了头，“不过一直以来，我还从没有任何衣物可以搭配这把阳伞的，这是唯一的一次机会。这把阳伞和粉色的衣服搭在一起，真的太漂亮了。今天我和爱玛·简一起表演城市女孩和农村女孩的对话，我突然想到，要是让城市女孩手里拿上一把阳伞，一定很合适。我拿了阳伞一试，果然很合适。米兰达姨妈，您看我一点也没有把裙子弄脏。”

“从这些行为，我看出你狡猾阴险、喜欢耍小聪明的本性，这才是最糟糕的。”米兰达姨妈冷冷地说，“看看你做的其他好事吧。魔鬼撒旦附在你身上了吗？你是从前楼梯上楼进房间的，但是你并不善于隐藏你的行踪，因为你把手绢掉在了楼梯半路；你没把你卧室的纱门关上，弄得家里都是苍蝇；你吃了午饭也不收拾，连一个盘子也没有洗；而且你走之前连侧门都没有锁好。从下午十二点半到三点，侧门一直开着，任何人都可以进来，爱拿什么就可以拿走什么。”

听完米兰达姨妈罗列的这一长串“罪行”，丽贝卡重重地跌坐在了椅子上。她怎么会这么粗心呢？她试图解释自己犯下的“罪行”，还没有开口，她的眼泪就刷刷地流了下来，因为这些“罪行”，既没法开脱，也不能被原谅。

“哦，太对不起了，姨妈，”她结结巴巴地说道，“我帮老师整理教室，所以回家迟了，我还是一路跑着回家的。我一个人穿衣服有点困难，因此我没有时间吃饭，就只吃了一口。出发前的最后一分钟，我真的——真的——应该想到收拾干净并锁上门的，可我看了下时间，知道要是再耽误下去，我真的要迟到了。我想，今天下午牧师的妻子、医生的妻子、还有学校委员会的成员都在，要是我迟到了，那影响该有多坏，老师一定会处罚我的，那真是太可怕了。在星期五下午，我还从没有过这样的污点。”

“不要哭哭啼啼地强调理由了，现在再后悔也来不及了。”米兰达姨妈说道，“一分谨慎，胜过十分补救。这儿并不是你自己的家，可你从来没有考虑过，该怎么做才能尽量少添乱。相反，你似乎在特意给我们制造麻烦。把别在衣服上的玫瑰花拿下来，让我看看胸口插花的地方有没有被你弄脏。湿别针别在衣服上，会留下锈印子的，懂吗？还好，没有，算你运气好，我看你是想不到这些的。我真受不了你，什么花呀草的，头发弄得这么卷，打扮得这么花哨俗气，装模作样、扭扭捏捏，真跟你那娘娘腔的爹一个样！”

听到这话，丽贝卡猛地把头抬了起来：“听着，米兰达姨妈，我会尽量去做个好孩子的。您有什么吩咐，我一定记着，我再也不会忘记锁门了。但我绝不让人随便辱骂我的爸爸，他是个特别完美、特别可爱的爸爸，他好得不得了，你怎么能说他娘娘腔，真是太过分了！”

“你竟敢这样粗声粗气地和我顶嘴，丽贝卡，你可以说我过分，说我尖酸刻薄，可你爸爸，他就是一个虚荣、无聊、蠢笨、无能的男人，我这么想他，别人也这么想他。他把你妈的钱花了个精光，还丢下七个小孩给她抚养。”

“是留下了七个好儿女。”丽贝卡哭着说。

“当孩子必须由别人帮忙养大，给他们吃穿，让他们受教育，还谈得上留下七个好儿女吗？”米兰达回答道，“你现在上楼去，换上睡衣，上床睡觉。明天早上以前，不许下来。你房间的桌上有牛奶和饼干。今天晚上，我不想再听到你的声音。简，快去把外面晒的洗碗布都收进来，把门关好，马上要下场大雨了。”

“我想这里刚才已经下过大雨了。”简一边照着姐姐的吩咐做事，一边平静地说道，“我很少发表自己的观点，米兰达，但我觉得你今天不该那么说洛伦佐。他是什么样的人，就是什么样的人，这是无可改变的。但是，无论他怎么样，他都是丽贝卡的父亲，况且奥莉娅也常常说他是个好丈夫。”

谢尔曼将军关于“唯一的印第安好人”的那句名言，米兰达从来没有听过，但她的思维却和将军如出一辙，她阴沉地说道：“是啊，我也注意到了，丈夫死了，总比活着的好。事情真相总得不时拿出来晒晒。这孩子要是不把骨子里她父亲的那点劣根性拔除了，就永远不可能有进步。我很高兴刚才我说了那些话。”

“我知道你高兴着呢，”简对姐姐说，她好像一年才鼓起那么一次勇气，“无论怎样，你刚才那样说话，不但很不礼貌而且也违背了主的仁慈。”

就在这个瞬间，一声炸雷从天而降，把屋子都震得抖了三抖。可是此刻在米兰达的耳畔，这个炸雷却不如简说的话让她震撼。简的责怪，好似晴天霹雳，重重地击中了她的良知。

要是说话能击中要害，那么就算一年只说一次话，又有什么关系呢？

丽贝卡疲倦地从后楼梯上了楼，关上了自己房间的房门，用还在颤抖着的手指，把身上这件心爱的粉红色裙子脱了下来。那块棉布手绢，已经被她揉成了一个坚硬的小球。肩胛到腰部的几颗纽扣，特别难解。在解扣子的间隙，她腾出手来，擦了擦眼角的泪水，免得咸咸的泪渍弄脏了这条美丽的裙子。为了穿上它，她付出了多大的代价啊！她小心翼翼地抚平了裙子，把它放到抽屉里，忍不住又眼泪汪汪。她人生的道路，是那么崎岖不平。那朵凋谢了的粉红玫瑰，此刻落在了地上。丽贝卡出神地望着它，心想："多像我这快乐的一天啊！"顷刻之间，丽贝卡就领悟了这朵玫瑰背后的象征意义，于是她拾起花儿，连同连衣裙一起放入了抽屉。她要埋葬今天经历的一切，包括所有伤心的片断。丽贝卡是什么样的孩子，从这个小小的插曲里，可以看得清清楚楚。这是孩子天性里的诗情画意，而女性的多愁善感，也混合其中，在悄悄地发芽。

她把头发扎成了惯常的小辫，把自己最好的鞋子脱了下来（幸运的是，刚才米兰达没有注意到这双鞋子）。她心里有个念头，正变得越来越坚定：她决定离开这砖屋，回到农场去。她知道，她农场的家里，绝不会有人张开双臂欢迎她回来，那是绝对不可能的，但她可以帮妈妈料理家务，然后让汉娜代替她来利维波洛。"我希望她会喜欢这里！"一瞬间她几乎有些幸灾乐祸。于是她在窗边坐了下来，想着该怎么逃离这里。只见一个个闪电你追我赶，在山头嬉戏打闹着；一股股雨水争先恐后，顺着避雷针流了下来。本来这是多么快乐的一天啊！早上太阳把一切都染上了红艳艳的光晕，她倚靠着窗台一边学习一边想，这个世界真讨人喜欢啊。这个早晨多么美好啊：原本简陋的小教室，变得这么美丽典雅；给辛普森双胞胎量身定做的朗诵台词，让迪尔博恩小姐露出了微笑；负责设计黑板的殊荣；从雪茄盒上得到了灵感画的那幅哥伦比亚地图；全班同学为她鼓掌，这一切多么让她陶醉！这个下午，从爱玛·简告诉她，丽贝卡·兰德尔"美得和画儿一样"开始，又是怎样从一个辉煌走向了另一个辉煌！

她在头脑里又重温了一遍下午的表演，尤其是她和爱玛·简的对话。当时她灵机一动，把树枝遮掩的火炉，当成长满苔藓的河岸，这样，那个乡村姑娘就可以坐在那儿看管羊群了。这给爱玛·简带来了轻松感，结果她的朗诵也达到了最佳状态，还慷慨地把石榴石戒指借给了城市女孩。想象一下吧，在那个城市，女孩收起了自己的阳伞，款款走向那个目瞪口呆的乡村姑娘时，戒指发出的光芒是多么绚丽！丽贝卡原本以为，米兰达姨妈看到自己来自农场的外甥女在学校里这么成功出色，一定会大喜过望。可事实并非如此，这样并不能取悦姨妈，别的任何方法也同样不能取悦她。她决定第二天就坐科布先生的马车去梅坡伍德，然后从安表姐那里再想办法回家。就这么办，她现在就得溜出去，看看能不能在科布先生家呆上一个晚上，那样的话，第二天吃早饭前就可以出发了。

遗憾的是，丽贝卡从来都是想到就做，并不能三思而后行。于是她找出了从前的旧衣服、旧帽子、旧外套，穿戴好，又把睡衣、梳子和牙刷打成一个包裹，轻轻地从窗户扔了下去。她房间的窗子离地面并不高，所以跳下去并没有什么危险。就算窗子很高很危险，她也一心想走，顾不上考虑别的了。此刻是没有什么事能够阻止她的。在后门廊顶和她房间窗户中间的地方，有一块夹板，是以前上屋顶清理水槽的工人钉的。丽贝卡听到大厅里有缝纫机的声响，厨房有切肉的声响，她知道两位姨妈都在忙些什么。她轻轻地爬出窗户，抓住避雷针，滑到夹板上，一跳就跳到门廊上，然后她把忍冬藤的架子当作梯子爬了上去，就这样，她轻快地"飞"出了院子，来到大雨倾盆的公路上。至于以后她要怎么办，此刻她可完全没有时间去考虑。

这时，杰里迈亚·科布先生正坐在窗前的桌边，一个人孤单地吃着晚饭。“妈妈”——这么叫他的妻子，是他的老习惯了——去照顾一个生病的邻居了。科布太太唯一的孩子，早就永远地躺在了教堂的墓地里，那小小的墓碑上刻着“此处安息着莎拉·安，杰里迈亚和莎拉·科布的爱女，享年17个月。”“妈妈”这个称呼，至少能让她想起曾经至高无上的幸福，也算聊以自慰吧。

雨一直下着，虽然还不到五点，天却已经黑了。科布先生偶然抬头一看，竟然看到在他家敞开的大门边，站着一个悲伤的人儿。丽贝卡的脸蛋快被泪水浸泡得浮肿起来了，上面写满了悲伤和失意。科布先生一下子没有认出她来，直到她问道：“科布先生，我可以进来吗？”他才认出了她。“啊，天哪，我的小乘客来了，来看老杰里叔叔来了，正好陪我说说话。哎呀，你怎么全身都湿透了。快到火炉这边来。我生了火，可暖和啦，吃饭的时候我需要暖和一点，‘妈妈’也不在，我有点孤单呢。她今晚要住在我们邻居塞斯·斯特罗特家。来，我给你把湿帽子挂到钉子上，你的外套就搭在椅背上好了，转过来把你的后背也对着火炉烤烤，这样一会就能全干了。”

杰里大叔可从来没有一口气说过这么多话，孩子哭得红红的眼睛、满是泪痕的双颊看得他心里难受。他知道孩子一定遇到了麻烦，善良的他立刻同情起丽贝卡来，虽然他还不知道到底发生了什么。

丽贝卡一动不动地站在那里，一直到杰里叔叔重新在桌边坐了下来。终于，她再也忍不住了，哭着说道：“科布先生，我从砖屋里逃了出来，我想回农场去。您能不能让我在这里住一个晚上，明早带我去梅坡伍德？我身边没有钱，付不出车费，不过以后我挣了钱就还给您，好不好？”

“哦，咱俩之间先不要说钱的事，”老人说道，“我们还没有一起坐过车呢，但是，我们以前说好了的，要沿着河的上游去米尔顿，不是沿着下游去你家那边。”

"现在我再也去不了米尔顿了。"丽贝卡啜泣着说。

"过来,孩子,到我身边来,告诉我这是怎么回事。"杰里哄着她,"就坐在那把木头椅子上,把发生的事情都说给我听听。"

丽贝卡把自己正疼着的脑袋靠在科布先生那温暖的膝盖上,把自己今天遭遇的一切,从头到尾讲了一遍。尽管对天生热情而又自由散漫的丽贝卡来说,这实在是一件伤心事,但她却实话实说,并没有做任何的夸大。

第十章

彩虹的桥梁

在丽贝卡诉说自己遭遇的时候，杰里大叔咳嗽了好几次，坐在椅子上还动来动去的。他努力克制着自己的同情心，只是嘟囔着："可怜的小家伙，看看我能为她做些什么。"

"您会带我去梅坡伍德的，对吗，科布先生？"丽贝卡求着他，一副很可怜的模样。

"你先别着急，"他回答道。这时在他的脑子里，已经有个主意在萌芽，"我得照看好我的小客人。先吃点东西吧，孩子，涂点番茄酱在面包上。坐近点儿，你坐得离桌子太远了。你愿意像'妈妈'一样，给我再冲一杯热茶吗？"

杰里迈亚·科布先生的大脑构造很简单，要不是受到爱心或同情心的激发，可没有那么好使。现在这两个因素同时具备了，于是他的脑瓜便开动了起来。他一边埋怨自己愚钝，一边祈祷着灵感快快闪现，为他照亮前方的道路。他搜肠刮肚、苦思冥想，希望能得到上天的启示。

老人温和的语调，给了丽贝卡些许安慰。她略有娇羞地享受着坐在科布太太座位上的那份荣耀。她端起了蓝色的搪瓷茶壶，微微笑了笑，抚顺了头发，擦干了眼泪。

"我在想，你妈妈看到你又回来了，一定会开心坏了吧？"科布先生开口问道。

对此，丽贝卡心底本来就有那么一点点担忧，经科布先生这么一问，她的担忧犹如潮水，在心头涌动起来，而且迅速澎湃开来。

"我想她不会喜欢我不辞而别地逃回家的，而且我不能让米兰达姨妈满意，这也肯定会让她难过。不过我会让她明白的，就像我刚才让你明白了一样。”

“我想她是考虑到你的教育问题，才特意送你到这里来上学的。不过也好，我想你在汤普朗斯也能念书，对吗？”

“汤普朗斯的学校只上两个月的课。其他所有的学校，离我们农场都太远了。”

“这样啊，除了念书，这世界上还有许多别的事情可做呢。”杰里大叔边说边咬了一口苹果馅饼。

“是呀，不过妈妈觉得，只有上学受教育，我才能成为有用之才。”丽贝卡哀伤地说，不由自主地抽泣了一下。此刻，她想喝口茶。

“你又能和农场的兄弟姐妹团聚在一起了，这是多好的事啊！有一屋子的孩子！”这个可爱的“老骗子”接着说。他现在最想做的事，就是安抚这个可怜的孩子，给她带来安慰。

“孩子太多了，这是个大问题。不过我会叫汉娜来利维波洛代替我。”

“你觉得米兰达和简会收留她吗？我恐怕她们不会。你跑回家一定把她们气疯了，你能理解，所以你不能怪她们。”

丽贝卡从来未曾想过，砖屋将要对汉娜永远关上大门。因为她——丽贝卡，已经辜负了它那冷淡的接纳。

“利维波洛这边的学校好吗？我猜想很不错吧？”杰里大叔问道。他的大脑此刻正在异乎寻常地高速运转着，这让他自己都觉得不可思议。

“哦，学校太棒了！我们老师迪尔博恩小姐也太棒了！”

“你很喜欢她吧？你要知道，她也很欣赏你呢。‘妈妈’下午去药店给塞斯·斯特罗特买药，在小桥边遇到了迪尔博恩小姐。她们谈到了学校里的事，因为‘妈妈’暑假里给许多女老师做过饭，她也很喜欢那些老师。于是‘妈妈’就问老师：‘那个汤普朗斯来的小姑娘怎么样啊？’‘哦，她呀，她是我最满意的学生。要是孩子们都像丽贝卡·兰德尔一样好，那我就是从早到晚、一刻不停地教他们,也不会觉得疲倦。'她说。"

"哦,科布先生,她真是这么说的吗?"丽贝卡一下子容光焕发起来,眼睛闪烁着光芒,脸上也立刻出现了深深的酒窝。"我一直都很用功,而且从现在开始,我要更加用功,要把书本都翻烂。"

"你说的是,要是你继续呆在这里,你会更加用功的,"杰里大叔打断了她,"但是现在你为了米兰达姨妈的缘故,要把这些全都放弃了,这不是太糟了吗?不过,我也不能责备你。米兰达姨妈既古怪暴躁,又尖酸刻薄。我寻思着,她指不定是喝着酸牛奶、吃着青苹果长大的。她需要别人忍让着她。不过我想你可没什么耐心,对吧?"

"是没有多少耐心。"丽贝卡悲伤地回答。

"要是我们昨天说这番话,"科布先生继续说道,"我想我会给你不同的建议,可现在已经太晚了。我也不能说,那都是你的错。如果一切可以重来,我想对你这么说,米兰达姨妈供你吃穿,供你上学,以后还打算花大血本,送你去维尔汉姆深造。她的确很难相处,她那个脾气,就算她要给你糖吃,也像要用砖头来砸你一样。但糖总还是糖,这点不会改变,所以你应当乖一点,来回报她对你的好。简要比米兰达好处一些吧,还是和她一样难以取悦?"

"哦,简姨妈和我相处得很不错,"丽贝卡大声说道,"她要有多善良和蔼,就有多善良和蔼。我一直都很喜欢她,我想她一定也喜欢我。有次她还帮我梳过头发呢。就算她从早到晚地数落我,我也愿意,因为她能理解我。不过她不敢为了我和米兰达姨妈作对,她也和我一样怕米兰达姨妈呢。"

"明天早上发现你走了,简一定会很难过,但难过也没有办法了。米兰达总是那么咄咄逼人,和她一起生活,简也许会觉得很没意思,所以她才这么重视你的陪伴。有天晚上,'妈妈'在祈祷会后和简聊天:'你肯定猜想不到,我们砖屋里最近发生的事。'简说:'我最近开了个缝纫班,我的学生已经缝了三条裙子了。我这老姑娘带的孩子不错吧？我上了主日学校，好像自己又恢复了青春一样，我还打算和丽贝卡一起去野炊呢。'‘妈妈’说，她从没见简这么年轻、这么快乐过。”

厨房里一片寂静，只听到大钟在“滴答滴答”地走着，丽贝卡的心在“扑通扑通”地跳着。丽贝卡觉得，她心跳的声音，已经把钟声都淹没了。这时，雨已经停了，房间里突然笼罩了一层玫瑰色的光芒。透过窗子，可以看到一道彩虹横跨天际，就像一座五光十色的桥梁。丽贝卡想，桥梁能带人走出困境，杰里大叔就好像为她搭建了一座可以摆脱烦恼的桥梁，还给了她跨过去的力量。

“雨停了，”老人说着，往他的烟管里装满了烟叶，“这场大雨清新了空气，把大地洗得干干净净的。明天我载你回家时，路上所有的一切，肯定都是闪闪发亮的。”

丽贝卡放下茶杯，站了起来。她默默地戴上了帽子，穿上了外套：“科布先生，明天我不想回家了，我要留在这里，面对困难，而不是把困难扔给别人。我不知道现在米兰达姨妈知道我逃跑了后，还愿不愿意再接纳我。但我想趁现在自己还有勇气的时候回去。科布先生，您最好心了，您愿意陪我一起回去吗？”

“你要知道，杰里大叔不把事情办好，是不会离开的。”老人开心地说，“可怜的孩子，今天晚上你也受苦了，还好没有生病。米兰达脾气那么坏，她是不讲理的。所以我打算这么办：先用我的马车带你回砖屋，你先躲在角落里，我到侧门去叫米兰达和简，引她们去小棚屋里，商量这个星期要运来的木头该放哪里，你就趁这个机会溜出马车，上楼去睡觉。前门不会已经上锁了吧？”

“这个时候还没有上锁，”丽贝卡回答道，“米兰达姨妈睡前才锁前门，但是万一已经锁上了怎么办？”

“不会的。万一锁上了，我们就只能直接面对米兰达姨妈了。在我看来，事情还没有那么不可收拾，我们一定能心平气和地把它解决了。再说了，你不是并没有逃走吗？你只是跑来问我的意见，我们现在已经得出结论，逃跑是不值得的。我觉得你唯一的过错就是：姨妈叫你去睡觉，你却翻窗跑来找我，这也不是什么大错。你可以选个星期天，把这一切都告诉简姨妈，那个时候她满脑子里都是宗教思想，她会告诉你，什么时候向米兰达姨妈坦白最好。我不赞成骗人，不过如果你有什么难以解开的心结，那就像赞美诗里唱的那样，在祈祷时告诉上帝吧，然后它们就不会再纠缠你了。过来吧，孩子，我已经都准备好了，我顺便可以去趟邮局。别忘了你的包裹。'妈妈，既然带上了睡衣，那就算得上是旅行。'这是你杰里大叔听你说的第一句话，他当时可怎么也想不到，有一天你会把睡衣带到他家里来。上车来吧，呆在角落里边，可不能让别人看到我们的小逃犯，要不然他们回去又要说三道四了。"

在一片黑暗中，丽贝卡悄悄地爬上了楼梯，脱了衣服，终于上了床。尽管她的每一根神经还在疼痛、还在抽动，可是一种宁静感，却渐渐地在她心头弥漫开来。她差点就要深陷愚蠢和错误的泥潭，给可怜的妈妈增添麻烦，让两位姨妈恼火、羞愧，是科布先生解救了她，避免了这一切的发生。

现在她的心已经融化了，她决定要用一切办法赢得米兰达姨妈的认可，并努力忘记那桩最让她接受不了的事，就是姨妈对爸爸的轻蔑言语。爸爸是她最敬仰的人，从没有人在她面前说过爸爸的不是。因为奥莉娅从没有把她内心的悲哀和失望，向她的孩子们倾诉过。

如果她知道米兰达此刻的心情和想法的话，她那受到创伤、怏怏不乐的小心灵，多少应该能够得到一些安慰。米兰达·索亚今晚心里也是七上八下，她暗自为自己严酷苛刻的言行感到后悔。在这件事情上，简却表现得那么宽容仁厚、高尚正义，这也是让她感到后悔的一个原因。她有个弱点，就是不能忍受简指责她，尽管她并不愿意承认这点。

杰里大叔赶车回家时，天上已经缀满了星星。他感到心满意足，是他平息了这场风波。他陶醉地回想着刚才的情景：丽贝卡把头靠在自己的膝盖上，泪水如雨点，一滴滴地打在他的手心；在看清了摆在眼前的事实后，丽贝卡是那么通情达理；在明白了自己肩负的责任后，她又是那么果断坚决。她是那么地渴望被爱、渴望理解，这又多么让人同情。“神啊，”他低声说道，“威吓、虐待这样一个孩子……我知道，对于那些没心没肺、厚皮老脸的小孩来说，这也算不上是虐待，可对她这么一个敏感脆弱、要面子的孩子来说，一句刺耳的话，就是抽在她身上的一记鞭子呀。米兰达·索亚要是和我们一样失去过孩子，就会有爱心得多。”

“丽贝卡今天进步真快，我还从没见过哪个孩子能进步得这么快。”星期六的晚上，米兰达·索亚对简说，“可见那天我批评她是对的，她就是需要这样的教育。我敢说，这一个月她都会乖乖的。”

“我很高兴，你终于对她满意了，”简答道，“你要的是一个谄媚的应声虫，不是一个挂着笑容、聪明伶俐的孩子。在我眼中，丽贝卡似乎经历了那场历时七年的战争一样。今天早上她下楼的时候，我感觉她一夜之间老成了许多。要是你愿意听我的——当然你一般是不听的——就让我明天下午带她和爱玛·简去河边玩，再让爱玛·简星期天来我们家吃晚餐吧。要是你还允许，下星期三就让科布先生带她去米尔顿吧，这会让她开心起来，胃口也会好些。迪尔博恩小姐下周三要回家去参加她姐姐的婚礼，所以那天学校放假，而科布一家和珀金斯一家，都打算那天去农业展览会。”

第十一章

涌动的才华

丽贝卡的米尔顿之行，就和她想象中的一样美好。不过最近她看了一些关于罗马和威尼斯的书，这些书中的描绘让她相信，那些城市较之米尔顿，更加美丽如画。所以她现在又有了新的想法，就是去了米尔顿以后，将来一定要去波特兰看看。因为波特兰有很多岛屿，还有一个港口、两座公共纪念碑，一定比米尔顿美丽多了。她觉得在全世界的众多城市之中，米尔顿是出类拔萃的，但它能够名闻遐迩，完全是凭借着频繁的商贸活动，而不是因为它能激发人们无穷的想象力。

在那个让人难忘的星期三，丽贝卡和爱玛·简看了那么多风景、做了那么多事、走了那么多路、说了那么多话、吃了那么多东西、问了那么多问题，再没有哪两个小伙伴可以超过她们。

"她是我这辈子遇到过的最好的同伴了，"那天晚上，科布先生的妻子对丈夫这样说道，"我们今天没有一分钟是无聊的。她也很有礼貌，从不开口要这要那，无论我们给她买什么，她都很感激。刚才，在我们走进那个正在演出《汤姆叔叔的小屋》的帐篷的时候，你看到她脸上的表情了吗？我们坐下来吃冰淇淋、她给我们讲那个故事的时候，你留意到她说话的神态了吗？我说，就算叫作者斯托夫人本人来讲，也不一定有她讲得好听呢。"

"这些我都看在眼里了，"科布先生回答道，他很高兴"妈妈"和他对丽贝卡的看法是一样的，"我虽然并不能打包票，但这妮子将来一定是个了不起的人物，可能会成为歌手、作家，或者成为一个女医生，就像康沃尔镇上的帕克斯小姐一样。"

"女医生要一天到晚呆在家里吧？"科布太太问道，显然她还停留在传统的认识中。

“老天，妈妈，你说得不对。帕克斯就没有一天到晚都在家里，她开着车兜过整个美国了。”

“我觉得丽贝卡不像要当医生的样子，”科布太太沉思了会，说道，“这孩子会说话，这个优点能成就她。也许她可以做演讲，或者表演诗朗诵，就像上次来参加丰收晚宴的那个波兰演说家一样。”

“我想她一定会自己写诗的，”科布先生信心满满地说，“她写诗的速度，一定比她照着书朗诵诗歌的速度还快。”

“只可惜她长得太普通了。”科布太太一边说，一边吹灭了蜡烛。

“长得普通，你这么认为的吗？”她的丈夫一听到这话，惊讶地叫了起来，“看看她的眼睛，看看她的头发，还有她的微笑、她的酒窝！再看看爱丽丝·罗宾逊，大家都说她是我们这一带最漂亮的女孩子，可是她站在丽贝卡身边，马上就给比下去了。有了丽贝卡，谁还会注意到她。我真希望米兰达能允许丽贝卡常来我们家，这样丽贝卡就能在这儿释放一些不良情绪，那么砖屋里的人就能相安无事了。我们以前也有过孩子，虽说那是三十年前的事了，但我们依然会让着孩子的。”

尽管科布夫妇对丽贝卡赞赏有加，但事实上，这个时候，丽贝卡的写作并不好。迪尔博恩小姐让丽贝卡写的题目，都是以前她自己的老师让她写过的：云彩、亚伯拉罕·林肯、自然、慈善、奴隶制、放纵、快乐与责任、孤独等等，但是其中没有一篇能让她满意。

“你平时怎么说话，就怎么写作文。”可怜的迪尔博恩小姐反复强调道，其实她心里明白，自己也从来没有写过一篇好文章。

“可是，迪尔博恩小姐，像自然、奴隶制那样的内容，我连谈论也没有谈论过，连说都没什么好说的，又怎么能写得出来呢？”

“这就是我们要写作文的原因，”迪尔博恩小姐含糊地回答道，“写作文就是让你有话可说。看看你上次写的作文《论孤独》，你没写出任何有趣的内容，写得太平淡了，所以读上去感觉不好。你的作文里到处都是‘你’、‘你们’，你应该把它们都换成‘一个人’这个词，那样就更像是一篇好作文了。比如，‘一个人翻开了自己喜欢的书’、‘孤独的时候，一个人的思维是他最大的安慰’，等等。”

“我对这个星期写的《孤独》，还有上个星期写的《快乐与责任》，都没有什么了解。”丽贝卡咕哝道。

“你想把《快乐和责任》写得滑稽可笑，”迪尔博恩小姐语气中带着责备，“这样当然是写不好的。”

“我并没有想到，您会让我们在班上读自己写的作文。”想到上周在班上朗读作文的情景，丽贝卡尴尬地笑了一下。

《快乐和责任》是布置给高年级学生的励志性的作文题目，老师给了孩子们五分钟的时间。

于是，丽贝卡绞尽脑汁拼命地想，尽管已经汗流浃背，却依然无济于事。轮到她读作文的时候，她只好说自己什么也没写出来。

“你至少写了两行吧，丽贝卡，”老师坚持道，“我看到你石板上的字了。”

“我还是不要念了吧，写得不好。”丽贝卡恳求着。

“念吧，不管写了多少、写得好不好，都要念出来，谁也别想找借口。”

丽贝卡站了起来，由于害怕被同学们暗地里嘲笑、羞辱，她在念自己那两行诗时，特意把声音压得很低——

“当快乐和责任打架
就让责任散架”

迪克·卡特笑得把头埋到了课桌之下，利文·珀金斯也笑得岔了气。

迪尔博恩小姐也笑了。她自己原本也就是个大孩子，教书又不能唤起什么幽默感。

“丽贝卡，放学后你留下来重写，”她说，但是她的脸上却带着笑容，“你的诗歌立意不好，因为一个好姑娘，应该热爱责任。”

“这并不是我的观点，”丽贝卡歉疚地说，“我才写了第一行，就看到您要去敲钟，然后宣布到时间了。我才写下‘打架’，一时想不出什么词可以和它押韵。要不我把它改成这样吧——

当快乐和责任打架
就让快乐散架”

“这样好一些，”迪尔博恩小姐回答道，“不过我认为‘散架’这样的表达，一点诗意也没有。”

丽贝卡现在学会了不定代词“一个人”的用法，知道它能给文学增添优雅的韵味，于是她又大费周章，照着迪尔博恩小姐的意见，把那篇《论孤独》改写了一遍。改好的作文如下，不过这样的作文，无论老师还是她自己，好像都不满意。

论　孤　独

当一个人用一个人灵活的思维去安慰一个人的时候，就不能说一个人是孤独的。的确，一个人独自坐着，但一个人在思考；一个人翻开了一个人喜欢的书，阅读一个人喜欢的故事；一个人对一个人的姨妈或者弟弟说话，抚摩一个人的小猫，或者看一个人的相册。一个人还有一个人的事情要做：如果一个人正好喜欢做事，那么一个人该是多么快乐啊。一个人所有的零碎家务活，都能让一个人不再感到孤独。当一个人拾起柴、生上火，给一个人做晚餐的时候，一个人会感到失意吗？或者当一个人清洗牛奶桶、准备去挤牛奶的时候，一个人会感到失意吗？一个人可以想象，那时一个人不会感到失意的。

丽贝卡·兰德尔

“这真是太可怕了!”放学后,丽贝卡把这篇作文大声朗读了一遍,不由得叹了口气,“在哪儿都用上‘一个人’,并没有让我的作文读起来优美,反而感觉很傻气。”

“那是因为你写的东西太奇怪了,”迪尔博恩反驳道,“我真不知道你为什么想到写那些东西。你为什么要把拾柴火这么普通的事,也写到作文里去呢?”

“因为我在前面一句话里提到了家务活,而且拾柴火的确是我要做的一件家务活儿。您不觉得我把‘晚饭’改成了‘晚餐’不错吗?而且‘失意’这个词也很美吧?”

“哦,这部分是挺不错的。但是小帽、柴火、牛奶桶那些,我不喜欢。”

“好吧,”丽贝卡又叹了口气,“那我把它们删了吧,‘奶牛’也要删掉吗?”

“对,我不喜欢作文里出现‘奶牛’。”要求极高的迪尔博恩小姐说。

米尔顿之行虽然美好,却也带来了一点点不愉快的后遗症。在接下来的那个星期,明妮·斯麦丽的妈妈告诉米兰达·索亚,让她最好管管丽贝卡,因为丽贝卡学了些“不干不净的骂人的话”。她说,孩子们在米尔顿玩的那天下午,有人听到丽贝卡对爱玛·简和利文·珀金斯说了些污言秽语,可那两孩子却大笑着手脚并用地追赶她。

米兰达就去质问丽贝卡,丽贝卡愤怒地否认了这件事,简姨妈也相信她。

“你再回想回想,丽贝卡,想想明妮到底听到你说了什么话,”简柔声说道,“不要这么气急败坏、斩钉截铁,好好想一想吧。她俩什么时候在公路上追着你跑的,你们当时在做什么呢?”

本来一片茫然的丽贝卡，听到这话，突然眼前一亮。

“哦，我知道了。”她大叫了一声，“那天早上雨一直下得很大，您知道的，路上到处都是水坑。爱玛·简、利文和我在一起走着，我走在最前面。看到一股股雨水都流到了水沟里，我想起了那天在米尔顿看到的《汤姆叔叔的小屋》。其中有一幕是：伊莉莎抱着婴儿，踩着浮冰，要过密西西比河，身后还有警犬追赶她。那天看完演出后，我们走到帐篷外，都忍不住大笑起来，因为演出的舞台太小了，所以伊莉莎只好在舞台上转着圈子来回跑，有时候是警犬追着她跑，有时候却更像是她在追着警犬跑。我知道利文一定也还记得那好笑的场景，所以我就脱下雨衣，用它裹住书来充当婴儿，接着我就模仿戏里的伊莉莎，大喊了一句：‘我的上帝啊！这条河！’我和戏里说得一模一样，然后我就从一个水坑跳到另一个水坑，而利文和爱玛·简就扮演警犬追赶我。只有明妮·斯麦丽这个笨蛋看不出我们在演戏玩。而且在伊莉莎说‘我的上帝啊！这条河！’的时候，她可不是在骂人或者诅咒，她更像是在祈祷呢。”

“好吧，就算这样，你也不该在马路中间乱嚷嚷、瞎祈祷，你那祈祷，听上去更像是诅咒吧。”米兰达姨妈说，“不过我要谢天谢地，至少没有太糟糕。你就像炉子里总是往上窜的火苗一样，天生就是个闯祸祖宗。你要是管不住你那不规矩的嘴，我看早晚得惹出麻烦来。”

“我倒希望有时候我能管住明妮的嘴巴。”丽贝卡收拾餐桌准备吃晚饭去了，嘴里却还在咕哝着。

“我说她可真难管教。”米兰达摘下眼镜，放下手里的缝补活儿，对简说道，“简，你觉不觉得她有点疯疯癫癫的？”

“她和我们其他人是有点不太一样，”简认真地想了想后说道，开朗的脸上挂着一丝担忧，“不过这样究竟是好是坏，我也说不上来，要等她长大以后才能看得出。她身上好像潜藏着各种不同的素质，有时候我想，也许我们真的不适合去管教她这样的孩子。”

“胡说八道，”米兰达说道，“这话留着对你自己说去吧。我觉得我能管教好这个世界上的任何小孩！”

“我知道你是那么想的，米兰达，但是你这么想，并不意味着你就真的能做到。”简笑着回敬她。

简最近也养成了自由表达自己观点的习惯，而且这个习惯还在以令人惊讶的速度发展着。

第十二章

如此自我惩罚

这段时间，丽贝卡在看了一本关于斯巴达男孩的书后，形成了这样一个观点：有时候，温和适度地采用某种方式进行自我惩罚，一定对一个人大有裨益。她决定也这么做，而让她决定那么做的直接导火线，是最近的一件伤心事。尽管她遭遇的伤心事也不少，这一件却比任何一件都更悲惨一些。

那天，丽贝卡穿上自己最好的衣服，要去科布先生家里玩。可是在经过小桥的时候，她突然被桥下河水所呈现的美景深深吸引住了，于是她就倚在刚刚刷过油漆的栏杆上，尽情观赏着那飞泻的瀑布、湍急的水流。她把胳膊支在护栏上面的木板上，身体舒服地略微前倾着，站在那儿浮想联翩起来。

大坝的上游，河水形成了一个湖泊，明亮如镜，湖面上倒映着湛蓝的苍穹、青绿的河岸，景色醉人。瀑布演绎着水的神奇，打着旋涡、闪着金光飞泻而下，永不止息，永不疲倦，顷刻又消失在那似乎深不可测的白色泡沫中。阳光下，它发出闪闪金光；夏日的夜晚，它透着淡淡微光；十一月的天空下，它冷冰冰、灰蒙蒙的；暑旱的七月，它涓涓流淌过大坝；四月雨季来临的时候，它又骚动起来，充满了力量。多少双年轻的眼睛，曾经凝望过这神秘、壮观的瀑布；多少颗年轻的心灵，曾经倚靠在小桥的护栏上，憧憬过他们的未来；又有多少个年轻人，在目睹了这样“辉煌壮丽的动人美景”之后，又见证了它最终隐没在“朴素平常的天光水色”之中。

每次丽贝卡经过这座小桥时，都要倚靠在栏杆边，惊叹一番，沉思片刻。在这个特别的时刻，她正在给自己的诗做最后的润色：

缅因州的小河边
两位少女在漫游
其中一个唤作丽贝卡
还有一个是爱玛·简
“我愿一生如这小河流，”
爱玛柔声说，
“平静又顺畅，
没有痛苦，不用难受。”
“我宁愿做那奔腾瀑布中的
一滴小小水珠！
也绝不选择那沉寂的湖泊，
那和我根本毫不相符！”
（刚才的话语
出自那黑肤色少女的口中
这两名好朋友
一点也没有沾亲带故）
可是，也许我们都不能够，
得到自己想要的生活！
平静的生活也许归了我，
激荡的日子，却给了爱玛·简！

“我不喜欢‘激荡的日子，却给了爱玛·简！’这句，但又想不出别的。哎呀，怎么有一股油漆味道？完了，油漆粘在我身上了，完了，我最漂亮的衣服上全是油漆！天哪，米兰达姨妈会怎么说我啊？”

自责的眼泪，从丽贝卡的眼睛里不停地流了出来。她飞快地爬上山冈，向科布先生家里跑去。她明白他们一定会同情她，还有可能帮到她，虽然只有一线希望。

科布太太只看了一眼裙子，就明白了状况，她说她能把任何布料上的任何污渍洗掉。科布先生也在一旁帮腔，他发誓说‘妈妈’什么都洗得掉，虽然有时候她洗的衣服上还有斑斑点点，不过‘妈妈’的手巧，一定能洗掉。

丽贝卡把这件粘满油漆的衣服脱了下来，科布太太马上把弄脏的部分全部浸在松节油中。丽贝卡换上了科布太太的蓝印花棉布衣服，她这样的装束把大伙都逗乐了。

“别让这件事影响你的胃口，”科布太太柔声安慰道，“我为你准备了奶油饼干和蜂蜜。要是松节油不管用，我一会再拿滑石粉、泻盐和温肥皂水试试，要是还不行，就让你大叔一会跑趟斯特罗特家，借点玛西从米尔顿买的那种东西，那东西把她婚纱上的醋栗饼渍都洗掉了。”

“我还没弄明白，你是怎么把油漆染上去的？”杰里叔叔一边把蜂蜜递给丽贝卡，一边开着玩笑问道，“小桥上不是到处都挂着‘油漆未干’的牌子吗，就算是个瞎子也看得到啊。我真不知道你怎么会粘上油漆的。”

“我压根就没注意那些牌子，”丽贝卡伤心地说，“我一直在看瀑布。”

“瀑布不是从开天辟地时就一直在那里的吗，而且我看它永远也不会消失，你何必这么着急地去看它呢？小孩子总是容易兴奋，不过我想我们得忍着他们点儿，妈妈。”他一边说，一边朝科布太太使着眼色。

吃完晚饭，丽贝卡坚持要帮忙刷盘子洗碗，而科布太太则继续搓洗那件衣服，她使出了浑身的劲，这可不是个容易活儿啊。丽贝卡总是不时地跑出厨房，紧张地弯下腰，看水盆里的衣服有没有起色，而杰里大叔也在一旁指手画脚，不停地出着主意。

“你肯定把整个人都扑到桥上去了，亲爱的，”科布太太说，“你看，不但胳膊肘、肩胛和腰那儿有油漆，连整个前胸也都是油漆呢。”

看着衣服上的油漆洗掉了些，丽贝卡的心情也好多了。终于，衣服洗好了，晾在外面吹风。丽贝卡回到了客厅。

“能给我一张纸吗？”丽贝卡问，“我想把刚才粘到油漆时酝酿的诗歌写下来。”

科布太太做缝纫活去了，科布先生则拿出一个方布袋子，取出里面的细绳，开始解上面的一个个结——这是他晚上最喜欢的娱乐活动。

丽贝卡冷静地再次思考后，把自己的诗修改了下，然后用她那小女孩特有的胖嘟嘟的小手，把她的大作写了下来——

两 个 愿 望

丽贝卡·兰德尔

缅因州的小河边
两位少女在漫游
黑皮肤的唤作丽贝卡
白皙的那个是爱玛·简
“我愿一生如这小河流，”
白皙的少女柔声说，
“平静、顺畅、波澜不惊，
心旷神怡、风平浪静。”
“我宁愿做那奔腾瀑布中的
一滴小小水珠！
也绝不选择那沉寂的湖泊，
那和我根本毫不相符！”
（刚才的话语
出自那黑肤色少女的口中
这两名好朋友不是姐妹
也没有一点沾亲带故）
可是，也许我们都不能够，
得到自己想要的生活！

平静的生活或许归了我，
激荡的日子，却属于爱玛·简！

写完后，她大声朗读了一遍。科布一家觉得这诗美得超凡脱俗，简直是一首了不起的杰作。

“我想，要是那个住在波特兰国会街的作家听到你这首诗，也一定会震惊万分的。”科布太太说，“要是问我的话，我说你的诗和他的那首《请别用哀伤的数字向我说》(应该是《请别用哀伤的诗句向我说》，译者注)一样精彩呢，而且比他那首更加明白好懂。”

“我从来都没弄明白，‘哀伤的数字’是什么玩意儿。”科布先生用挑剔的语气说道。

“那我想你一定没学过分数！”丽贝卡笑道，“杰里叔叔，莎拉阿姨，你们能不能帮我修改修改，特别是最后一句，最后一句一定要体现主题，可我总感觉写得很别扭，你们能帮我想个好一点的结尾吗？”

“这是你自己动脑筋写出来的，你自己再用心想想吧，肯定能更好。不过我觉得这个结尾已经够好的啦！”科布先生评论道。

“哦，这可太糟了，”丽贝卡咕哝道，“我不该把‘我’写到诗里去。我这是在写诗呢，不该让别人知道，站在河边的人就是我，应该改成‘丽贝卡’或者‘黑皮肤的少女’。‘激荡的日子，却给了爱玛·简！’这句也太糟糕了。有时候我真觉得我不该去写什么诗，要把诗写好真是太难了，可有时候它们又自己从我脑子里冒出来。看看这样会不会好一点？

可是我们未必能过上
我们祈愿的那种日子
平静的生活或许属于
那个渴望热闹的孩子

我不知道这样是好点了，还是更糟糕了。要不我再把最后一段改改！”

几分钟后，这个小诗人抬起头来，因为胜利的喜悦而红光满面。“这真是太简单了，你们听听！”于是她用细微、哀婉的声音，缓缓地朗诵道：

我们的命运或许辉煌或许暗淡
或许充满欢笑，或许浸满泪水
请相信这一切都是上天的安排
唯有信念能帮助我们度过流年

科布夫妇交换了下眼神，眼神里除了钦佩，再无其他。杰里大叔禁不住转过头去对着窗外，偷偷地用手里的绳袋擦了擦眼睛。

“这些句子你是怎么想出来的呢？”科布太太惊叹道。

“哦，这很容易啊！”丽贝卡回答说，“礼拜会上的那些赞歌，都是这样的。您知道，在维尔汉姆神学院，每月都会刊印一期校报。迪克·卡特说，那份校报的编辑一直都由男生担任，但好在编辑允许女孩子来投稿，他会选出其中最好的，刊登在校报上。迪克说我的作品能被选上，能在校报上发表呢。”

“发表！”杰里大叔叫道，“就算整张校报上都是你一个人的文章，我也一点不会感到惊讶。至于那个男生编辑，我敢说，你用一半力气就能赢他。”

“我们能不能把你刚才的诗，抄在我们家的那本《圣经》上？”科布太太恭恭敬敬地问道。

“哦！你们喜欢那首诗吗？”丽贝卡问，“当然可以了！我要用最好的钢笔，蘸上紫墨水，清清楚楚、工工整整地给你们誊写上去。不过现在我得先去看看我那件可怜的衣裳。”

于是老夫妇俩跟着丽贝卡，来到了厨房。衣服已经干透了，说实话，莎拉阿姨一番辛苦还是帮了些忙的。不过由于搓洗太用力，衣服褪色了不少，原来的图案也模糊了，有些地方还没有洗干净。科布太太又做了最后的努力，用热熨斗把衣服烫得平平整整。他俩劝丽贝卡快把衣服换上，看看穿上后，油漆的污渍是不是还那么明显。

可是不幸的是，那些污渍是那么顽固，就算眼力再差的人，也能看得清清楚楚。丽贝卡仔细地看了一遍，然后一边到门口的钉子上拿帽子，一边说道："我该走了，晚安！要是一定得挨骂，我希望时间短一些，挨过去就好了。"

"这可怜的不走运的小家伙，怎么运气这么差呢？"杰里大叔目送着丽贝卡走下山坡，叹了口气，"我希望她能留心看着脚下的路，可别摔跤了。我发誓，要是她是咱们的孩子，就算她把油漆泼得家里到处都是，我也不会责骂她。这是她留下来的诗，再大声念一遍给我听听，妈妈。我的神啊！"他点燃了烟斗，呵呵笑了起来，"我好像看到，在震耳欲聋的欢呼声中，丽贝卡被选为编辑，那个失败的男孩灰溜溜地躲进了树林，他衬衣的下摆还有一角暴露在外面。其实我也不清楚编辑究竟是做啥的，但丽贝卡一定清楚，她一定能做个好编辑的。

请相信这一切都是上天的安排
唯有信念能帮助我们度过流年

天哪，妈妈！你听这写得多好啊，就像福音书一样。你说，这些话，她是怎么想出来的？"

"在她这样的年龄阶段，应该想不出来，"科布太太说，"这一定是她猜的，她猜人生就该是那样。有些事情，是不需要别人说就能明白的，杰里。"

丽贝卡像一个战士一样挺过了姨妈的责骂（这次她的确应该挨批）。米兰达姨妈喋喋不休地说她这个不好、那个不对，还说，像她这样心不在焉、糊里糊涂的小孩，长大了准是个拖着鼻涕、流着口水、喜欢胡说八道的白痴。作为惩罚，姨妈不准许她去参加爱丽丝·罗宾逊的生日派对，还罚她必须一直穿着那件衣服——那件衣服现在看上去又脏又旧、样貌可憎——直到穿破为止。六个月后，为了让丽贝卡少受点罪，简特意给她做了一条褶边凸条花布围裙：这条精心设计和裁剪的围裙，能遮住所有的油漆污渍。仁慈的简姨妈，总会帮助这个可怜的“小罪犯”，尽力减轻她的“罪行”所带来的后果。

在丽贝卡听完了米姨对自己的处分后，她回到了自己朝北的小房间，陷入了沉思。丽贝卡最不希望将来发生在自己身上的事，就是成为一个白痴，而且还是个拖着鼻涕、流着口水、喜欢胡说八道的白痴。因此她决定，要是以后她再闯祸，惹自己那位品性端正的姨妈生气，她就一定要惩罚自己。闯一次祸，就罚自己一次。至于不能去参加爱丽丝·罗宾逊的生日派对，对她来说，并不是十分介意。她曾跟爱玛·简说过，那个派对一定像在墓地上野炊一样。罗宾逊家距离墓地实在是近得不能再近了。到她家去的孩子们，每次都只能走后门，而且每次去拜访，孩子们都必须站在报纸上。因此，爱丽丝的朋友们总是恳求她，可不可以在小棚屋或者谷仓里“接见”他们。罗宾逊太太不但“整洁得要命”，而且还“小气得要命”，所以她家准备的茶点，很可能就是薄荷糖和一杯清水。

丽贝卡想出了两种惩罚自己的方式，一是贴身穿扎皮肤的马海毛毛衣，二是在鞋子里放上小石子。可是仔细考虑后，她把这两种方式都否定了：扎皮肤的毛衣，她根本找不到；在鞋子里放上小石子，一定会被姨妈发现，要知道姨妈的目光实在是太敏锐了。而且，她不光得做家务，每天还得走半公里的路去上学，在鞋里放石子实在太蠢太傻了。

她为第一次自我惩罚所做的努力，实在算不上成功。她决定留在家里，不去参加这个星期主日学校的音乐会，这可是她最喜欢的活动之一，如果忽略其他一些更诱人的活动的话。由于她没去，两个经常靠她提示歌词的孩子忘了词，真是太不光彩了（丽贝卡记得所有孩子的歌词，并且比他们本人记得还要清楚），另外，那天她所在的唱诗班，必须按照座位顺序轮流朗诵《圣经》中很难的一章。那个安息日的下午，孩子们只好接受任务，埋头苦练。他们根本没有料到，丽贝卡的缺席，会让一切都乱了阵脚。对他们最致命的打击是，那些最不善于学习的孩子，却被迫要在音乐会上朗诵《耶布斯人》、《亚摩利人》、《革迦撒人》、《希末人》、《比利洗人》，那些都是《圣经》中最让人头疼的部分。

所以恰当的自我惩罚，应该从自己家里开始，就像做慈善事业一样，但和做慈善事业不同的是，为了不殃及无辜，自我惩罚也应该在家里结束。丽贝卡坐在窗边，茫然地环顾了一下自己的房间。她必须得放弃点什么，但事实上，她几乎一无所有。什么都不属于她，她又能放弃什么呢？有了，那把粉色小阳伞应该可以。她不能简单地把伞藏到阁楼里了事，因为她害怕自己脆弱的时候，会再把它取出来。她又担心自己没有足够的勇气把伞毁了。此时她的目光，从阳伞上移到了侧院的苹果树上，最后落在了水井栏上。她可以把她拥有的最心爱的东西，扔到井水深处，这个方法一定能奏效。她一向想到就做，绝不迟疑，于是她摸黑溜下了楼，潜出了前门，来到她打算做出牺牲的地方。她打开水井盖子，有点于心不忍，打了一个寒战，然后用力把阳伞扔了下去。在那最为关键的一瞬间，她觉得自己的英勇行为，就像把自己的孩子扔给恒河鳄鱼的那些异教徒母亲。这个想法最后帮助她完成了自己的壮举。

那天晚上她睡得很香，第二天早上醒来，也感到特别神清气爽。供品献出，心无杂念，理应如此，而事实也正是这样。可是早饭过后，水井就很难汲水了。此时，受过精神洗礼、情绪无比高昂的丽贝卡已经上学去了。姨妈们找阿拜贾·弗拉格来帮忙。他打开水井盖，仔细勘察了一番后，终于找到了问题的“元凶”，又费了九牛二虎之力，才把那东西取了出来。原来，阳伞的象牙挂钩卡在了抽水机的链齿轮上，抽水机一抽水，就把这个代表忏悔的祭品猛地拉弯了，坚硬的伞骨戳进了井壁，和一根小树枝缠在了一起。世界上就算是顶尖的变戏法高手，也完成不了这样的伟绩，除非有某种隐秘的力量在暗中相助，而这个一心追求美德的不幸的小姑娘，却不费吹灰之力就做到了。

至于丽贝卡放学回来经历的事，我们还是少说几句吧。亲爱的读者，您也许年事已高、阅人无数；您也许善于辞令、能言会辩，可是如果要您解释，为何会把自己钟爱的粉色阳伞扔到米兰达·索亚的水井里去，如果要您说明这扔伞一事背后曲折的心路历程，您也会畏缩不前、心生胆怯吧；如果要您对着一个双唇抿紧、目光漠然、不通事理的人，谈论自我惩罚的功效，您觉得您能胜任吗？米兰达姨妈，她总是把常识、公正和逻辑全部集结在自己身边，于是，可怜的丽贝卡被逼得走投无路的时候，只好把她下决心丢弃阳伞背后的深层原因，一五一十地说了出来。她的姨妈听完后说道："丽贝卡，你现在听我说。你已经长大了，我不会再用鞭子抽你，我永远也不会那么做了。不过以后要是你觉得自己没被惩罚够，你来告诉我，我会再多想出一些罚你的法子。和有些人相比，可能我没他们那么聪明，不过办法我还是想得出一些的。而且无论我用什么法子惩罚你，那也只是罚你，不会惩罚全家人，让全家人喝用象牙末、木头屑、丝绸碎片搅拌过的水。"

第十三章

白雪与红玫瑰

就在感恩节前夕，辛普森家的状况糟糕透了，简直到了不可收拾的地步。他们家的孩子们，一直生活在水深火热之中，生活在贫困之中，时刻面临着种种危险、种种无常的挑战，可就算是他们，也没有遭遇过眼下的情况。

可以说，利维波洛人一直以来想尽各种办法，想要把辛普森一家赶回他们的老家去。大家认为，辛普森老家应该为他们一家人提供衣食和住处，直到孩子们长大、能够自己谋生为止，而收留他们的利维波洛，并没有这样的义务。尽管辛普森太太已经拼尽全力了，他们家里还是吃不饱、穿不暖。每到开饭时间，孩子们就可怜巴巴地守在邻居家的厨房门口，靠别人的一点施舍填肚子。没有人喜欢他们，但总有几个好心肠的家庭主妇，会把自家吃剩的残羹冷菜给他们一点。

十一月的天气寒冷、阴郁，辛普森家的日子分外惨淡、凄凉。此时，别人家里的火鸡已经长得又肥又嫩，别人的谷仓里，也堆满了金灿灿的黄瓜、黄澄澄的玉米。辛普森家的孩子们也想找些既有趣又不需要花钱的事来做，后来他们决定去推销肥皂，换点奖品或零花钱。在初秋的时候，他们已经卖了很多肥皂给周围的邻居，用赚来的钱买了一辆小手推车。尽管那车并不结实，但推着它在乡村小路上走，还是不成问题的。这些孩子精明的商业头脑和出众的管理才能，一定是从他们父亲那里继承来的。现在他们决定拓展市场，在更广阔的区域中推销肥皂。如果能说动邻近村子的村民买他们的肥皂的话，他们就到那些村子去销售。“精益”肥皂公司在全国各地雇佣了不少未成年人做推销员，公司付给他们的佣金是极其微薄的。他们通过散发一些印有夸张图案的传单，来引起孩子们的兴趣。传单上说，售出的肥皂只要达到一定的数量，推销员就能获得相应的奖品。克拉拉·贝尔和苏珊·辛普森为此特地向丽贝卡求教。丽贝卡坚定不移地投入了这项事业，她承诺自己和爱玛·简·珀金森都会来帮忙。他们可能得到的奖品有三类：书架、长毛绒躺椅和宴会灯。辛普森家里当然没有书，所以书架首先不用考虑了。长毛绒躺椅也可以无怨无悔地放弃，尽管它对一个七口之家来说，还是有点用处的（辛普森本人不算，因为他通常“蹲”在别处，吃喝住宿都还不用自己掏钱）。只有那盏宴会灯，让他们眼前一亮，激动万分。顷刻之间他们就喜欢上了那盏灯，他们渴望得到它，那种渴望，超过了他们对食物、水源和衣服的渴望。对此，爱玛·简和丽贝卡都非常理解，并不觉得他们这么想要那盏宴会灯有什么不合适的。她们每天都会对着那张图片瞧上两眼。她们心里明白，如果她们自己是推销员，一定会为了这盏灯而忘我拼搏、吃苦受罪、流血流汗的。想一想吧，在即将到来的那些漫长冬夜里，如果拥有这样一盏灯，那么，自己的房间将会变得多么不同，自己又会多么幸福！从传单上看，这盏灯似乎有八英尺高，爱玛·简还建议克拉拉·贝拉回去量量她家的屋顶有多高。后来他们才看到了传单旁的一条注释，原来灯的高度只有两英尺半。注释中还提到，这盏宴会灯必须放在配套的桌上，才能完全显露出它的尊贵华丽，桌子额外收费三美元。其实，这盏灯是用抛光的黄铜做成的，并不是用纯金打造的，尽管这点让许多人都误会了。配套的灯罩（如果小推销员能再多卖 100 块肥皂，就能免费得到它）是用绉纱纸做的，印上了各种鲜艳的图案，目眩神迷、眼花缭乱的小推销员可以从中挑选自己最中意的那一款。

“跷跷板”辛普森并没有加入他们这个推销阵营。克拉拉·贝拉是个非常成功的小推销员；但是苏珊却咬字不清，除了“飞皂”、“飞皂”以外，其他什么也不会说，所以从来没有做成过一桩大买卖；而那对双胞胎由于年龄太小，不是特别让人放心，所以每次都只给他们六块肥皂，而且每次他们出去推销，都必须带上一张清单，清单上得注明每一块、每一打、每一箱肥皂的价格。丽贝卡·简和爱玛说，她俩愿意顺着某个方向走上两三里，看能不能让"白雪"和"红玫瑰"这两个牌子的肥皂畅销起来。"白雪"是洗衣专用的肥皂，"红玫瑰"则是盥洗室专用的肥皂。

为了这次行动，两个女孩做了不少准备，准备的过程中，充满了欢笑喜乐。她俩在爱玛·简的阁楼上开了很长时间的讨论大会。她们按照公司发的宣传资料上的内容，准备好了精彩的推销词，而且，她俩现在还记得清清楚楚，上次在米尔顿，有个药品销售商向她们推销的情景。任何人，一旦见识了他的推销方法、他的神态举止、他的言语措辞，就再也忘不了了。于是模仿着他，爱玛·简把丽贝卡当客户演练了一次，丽贝卡也把爱玛·简当客户演练了一次。

"今天下午，我能向您推荐一种肥皂吗？这种肥皂叫做'白雪与红玫瑰'，每箱共有六块。白色肥皂只卖 20 美分，红色肥皂只卖 25 美分。它由最纯净的原料提炼而成。它芳香润泽、物美价廉、充满诱惑，甚至让人忍不住想咬一口呢。"

"哦，丽贝卡，我们不能这么说！"爱玛·简大声反对道，"这么说让我觉得自己是个傻瓜。"

"你怎么总觉得自己是个傻瓜呢，爱玛·简，"丽贝卡反驳她，"有时候真让我认为，你说不定就是呢。我从不轻易觉得自己是个傻瓜。要是你不喜欢'咬一口'那句，就跳过去好了，继续往下说吧。"

"'白雪'很可能是有史以来最好用的洗衣皂。只需要把衣服浸入水盆，用它轻轻搓洗污渍，泡上一个晚上，第二天，就算是小小的婴儿，也可以不费吹灰之力就把衣服洗干净了。"

"婴孩，不是婴儿。"丽贝卡对照着宣传资料，纠正了简。

"不是差不多吗？"简反驳道。

"差不多倒是差不多。不过在宣传资料中，'婴儿'总是被称作'幼儿'或者'小儿'，在诗歌里也是这样。你不如说'幼儿'

算了。”

“我可不想那么说，”爱玛·简咕哝道，“‘幼儿’比‘婴孩’更加不好听。丽贝卡，你觉得我们要不要像宣传资料上说的那样，先让爱莉亚和爱莉莎试用一下，然后再去推销这种肥皂？”

“我简直想不出来，一个婴孩用肥皂，不管是哪种肥皂给全家人洗衣服，会是什么样子。”丽贝卡答道，“不过这应该是真实的，否则他们也不敢印刷这样的宣传资料，所以我们就不要麻烦了。哦，爱玛·简，这难道不是天下最有趣的事吗？跑到陌生人的家里去，他们不可能认识我，我也不会被吓到，我要把这些宣传词全部讲出来，包括‘婴孩’、‘充满诱惑’什么的。要是记得住的话，我还要说出宣传册子上最后那句话，‘我们全心全意，只为让您满意。’”

这是星期五下午放学后，她俩在爱玛·简家里的谈话。这个周末，两个姨妈要去波特兰参加一个朋友的葬礼，所以丽贝卡要在爱玛·简家里暂住两天，这可把她开心坏了。星期六是假日，她们打算套上那匹老白马，驱车前往三英里外的北利维波洛，正午十二点和爱玛·简的亲戚一起吃个饭，下午四点准时回家。

孩子们问珀金斯太太，她们在往返的路上，能否去拜访几户人家，为辛普森家的孩子们推销一些肥皂。起初，珀金斯太太断然拒绝了她们的请求。其实珀金斯太太非常溺爱孩子的，她对爱玛用这样特殊的方式自娱自乐，并不怎么反对。她顾忌的是丽贝卡，丽贝卡的姨妈米兰达·索亚是那么的难缠。可是两个孩子不停地恳求她，她们说这推销活动其实算得上是慈善活动，她才勉强同意了。

孩子们去了沃森先生的小店，领了几大箱肥皂，把它们记在了克拉拉·贝拉名下。她俩把肥皂箱子一个个抬上了马车，放在车厢后面，然后就出发了。马车沿着乡间小路行驶着，车上坐着的丽贝卡和她的同伴是那么兴高采烈，似乎全天下都没有人比她俩更高兴的了。尽管已经进入深秋，这一天却风和日丽、阳光明媚，让人丝毫感觉不到季节的更迭，其实感恩节都已经近在眼前了。孩子们的面前，是一个美丽绚烂的世界：猩红、淡黄、明黄、红棕、深红，颜色各异，五彩缤纷。路边的橡树和枫树上还有很多叶子，正在完美地演绎着红色、棕色、金色的变幻。空气就像冒着气泡的苹果酒一样醇香。田野里，金黄色、赤褐色的庄稼已经熟透了，随时可以收入谷仓、送到磨坊或是运往市场。那匹老马也忘记自己已经二十岁了，正使劲地嗅着这清甜的空气，像小马驹一样轻快地小跑着。远处淡蓝色的诺克米斯山清晰可见。丽贝卡站在马车里，突然觉得生活是那么美好，于是她情不自禁地大声赞美道：

伟大的、宽广的、美丽的、神奇的大地，
美丽的河流环绕着你，
美丽的小草装点着你，
大地，你打扮得如此多姿。

呆板无趣的爱玛·简，从来没有像今天这样让丽贝卡感到如此亲近、如此可爱、如此可靠、如此真诚；而忠心耿耿的爱玛·简，也觉得丽贝卡从来没有像今天这样才华横溢、神秘莫测、让人着迷。这次结伴出游，给她们带来亲密和自由的感觉，而那激动人心的商业活动，更增添了她们心中的喜悦。

一片美丽的树叶，突然飘到了马车里。

“看到鲜艳的颜色，你会不会觉得有点晕头转向?”丽贝卡问。

“不会，”爱玛·简停顿了半天后，又补充道，“不会，绝对不会，一点也不会。”

“或许‘晕头转向’这个词不够准确，但它是最接近的一个词了。我真想把颜色吃下去，喝下去，真想睡在颜色里。如果你能成为一棵树，你会选择做什么树?”

类似的问题，爱玛·简早就被她问过许多次了。丽贝卡总是能吸引她的耳朵、擦亮她的眼睛、打开她的话闸子，然后她也就自然而然进入状态“尽情游戏”了。

“我愿意做一棵开花的苹果树，就像我们家猪圈后面、开着粉红花朵的那一棵一样。”

丽贝卡笑了。爱玛·简的答案，总有一些出人意料。“我愿意做池塘边那棵火红火红的枫树，”她用鞭子指着远处的一棵枫树说，“这样，相比你那棵猪圈边的苹果树，我能看到更多的风景。我可以看到整个树林；我可以从我那美丽的穿衣镜、也就是我的池塘中，欣赏我那火红的衣裙；我还可以欣赏黄色和棕色的树木在水中的倒影。等我长大了，能自己赚钱了，我要给自己买一条颜色像这树叶一般的裙子，红宝石般的光泽，薄薄的质地，长长的拖裙，波浪般的卷边，再配上一条和树干一样颜色的棕色腰带。那么，我什么地方应该是绿色的呢？不知道有没有绿色的衬裙，如果有，我希望那条绿色的衬裙，会时不时地从火红裙子下面显露出来，这样就能显示我的成长和变化了——在变成火红色前，我是一片绿色的枫叶。”

“我觉得这样的衣服，一定不好看，”爱玛·简说道，“我打算穿上一件雪白色的绸缎长裙，再配上粉红的腰带、粉红的长筒袜、褐色的鞋子、一把美丽的折扇。”

第十四章

阿拉丁先生

在她们商业生涯的第一个小时里，两个孩子经历了种种挫折，体验了失败的滋味，不过，这丝毫没有影响到她们那高涨的热情。选好目标后，她们通常不会一起上门推销，因为她们明白，如果她俩一起，就不能像模像样地推销了。于是每到一户人家，她们就分头行动，一个人看马车，一个人拿上肥皂样品，拜访看上去比较好说话的主顾。爱玛·简卖掉了三块肥皂，而丽贝卡已经售出三小箱了。本来她俩说服别人的本事就相去甚远，所以这也不足为奇。不过两个孩子都认为她们的成败只是偶然的，是不可抗拒的客观环境造成的。那些家庭主妇看到爱玛·简的时候，并不想买肥皂，等她介绍完肥皂的优点后，还是没有购买的欲望。而丽贝卡却像受到了上天的庇佑一样：她拜访的那些客户，不是觉得他们现在就需要肥皂，就是想到他们将来需要肥皂。在整个推销过程中，最显著的一个特点就是，丽贝卡似乎不费吹灰之力就取得了成功，而可怜的小爱玛·简，无论怎么绞尽脑汁、竭尽全力，也没能卖出几块肥皂。

“现在轮到你了，丽贝卡，我很高兴能休息一下了。”爱玛·简走到了一户人家大门前，指着远处的一幢房子说，“刚才那户人家让我浑身发抖，我到现在还没有缓过来呢。”（刚才的主妇从楼上探出头来，对爱玛·简大声叫道：“小姑娘，走远点。不管你那箱子里装的是什么，我们都不需要。”）“我不知道这里住的是谁。只是前面的百叶窗是关着的，如果这家没人，那就不能算数，下一家还是你去。”

丽贝卡沿着小巷走过去，来到侧门边。侧门边是门廊，门廊边的摇椅上，一个人正坐着剥玉米。他好像很年轻英俊，不过或许已经人到中年了吧，丽贝卡并不能猜出他的年龄。无论如何，他身上拥有一种大都会人的气派——他的脸刮得干干净净，胡子修得整整齐齐，衣服也穿得得体合身。遇到这样的人，出乎丽贝卡的意料，因此她有一点点害羞。现在她除了赶紧说明来意之外，还能做什么呢？于是她上前问道："请问这里的女主人在家吗？"

"目前我就是这里的女主人，"这个陌生人慧黠地笑了一下，"我能为你做什么吗？"

"你是否听说过——你是否想要——哦，我是说，你需不需要肥皂呢？"丽贝卡结结巴巴地问道。

"你觉得我看上去需要不需要呢？"他的回答完全出人意料。

丽贝卡笑了笑，露出了酒窝："哦，我不是这个意思。我想向你推销一些肥皂。我是说，我想向你介绍一种非常好用的肥皂，是目前市面上最好的肥皂。这种肥皂叫——"

"哦，我一定听说过这种肥皂，"这位绅士和蔼地说道，"它是由纯植物脂做的，对吗？"

"最纯最纯的植物脂。"丽贝卡赶紧应和道。

"里面没有酸性物质对吧？"

"一点也没有。"

"小孩也可以用它帮家人洗衣服，而且不用费一点力气。"

"是婴孩都可以呢。"丽贝卡纠正道。

"哦，哈哈，是婴孩啊。原来是'小孩'，现在是'婴孩'，看来这孩子不是一年年长大，而是一年年变小，这真是个聪明的孩子。"

今天真是好运，遇到了这么一个事先已经熟知产品所有优点的客户。丽贝卡和他越聊越投机，脸上的笑容也越来越灿烂。在这位新朋友的盛情邀请下，丽贝卡来到门廊边，坐在他身旁的一张椅子上。她打开装有"红玫瑰"的漂亮盒子，把两种肥皂的价目表取了出来。这段时间爱玛一直在大门口默默地等着，可此刻丽贝卡已经把她忘了个一干二净。她和眼前这位客户滔滔不绝地聊着，好像他俩是认识多年的老朋友一样。

“我今天是帮忙照管这屋子的，不过我并不住在这里，”这位讨人喜欢的绅士解释道，“我是来探望我姑妈的，她去波特兰了。我小时候在这里生活过，所以特别喜欢这一带。”

“在我看来，天下没有一个地方，可以取代一个人童年时生活过的农场。”丽贝卡说道，她终于在日常会话中用上“一个人”这个不定代词了，这让她激动无比、自豪不已。

这位先生闻言，立刻瞥了丽贝卡一眼，放下了手中的玉米叶，问道：“这么说，你已经把你的童年看成是过去式了，对吗，年轻的女士？”

“我现在依然记得那个时候，”丽贝卡严肃地回答道，“不过那的确是很久以前的事了。”

“我也清楚地记得我的童年。在我的记忆中，那是一段特别不开心的岁月。”这个陌生人说道。

“我也是呢。”丽贝卡叹了口气，“你那时候最大的烦恼是什么？”

“主要是缺衣少穿。”

“哦！”丽贝卡同情地叫了一声，“我最大的烦恼是没有鞋子穿，另外家里小孩子太多了，也找不到书看。不过你现在很顺利、很开心吧？”丽贝卡带着疑惑问道。尽管这位先生看上去英俊潇洒、衣食无忧、春风得意，可是任何小孩子都能看得出来，在他不说话的时候，他的眼神是那么疲惫，他的嘴角挂着几分伤感。

“我现在过得还不错，谢谢你！”这位先生带着愉快的笑容说道，“现在你告诉我，我今天应该买多少肥皂？”

“你姑妈手头还有多少肥皂？”这位缺乏经验的小推销员怯生生地问道，“她需要买多少肥皂呢？”

“哦，这个我可不清楚。不过肥皂可以保存很久，对吗？”

“我不确定，”丽贝卡认真地回答道，“不过我可以在宣传册里查查，宣传册上一定有说明的。”说着，她从口袋中拿出了宣传册子。

“这买卖能让你赚一大笔钱吧，打算怎么用呢？”

“我们销售肥皂，不是为了自己赚钱。”丽贝卡悄悄地告诉他，“门口那个站着看马车的女孩，是我的朋友，她是一个富有的铁匠的女儿，根本不缺钱用。我家里不富裕，但我住在姨妈的砖屋里，她们可不会让我做这样一个小商贩的。我们出来推销，是想为我们的朋友赢取一件奖品。”

先前，丽贝卡在向客户推销时，从来没想过向他们说明这件事的来龙去脉，不过这次她竟然说起了辛普森先生、辛普森太太，还有他们一家，这让她自己都觉得奇怪。她讲到了他们家的穷困潦倒，讲到了全家人生活的了无生趣，讲到了他们多么迫切地需要一盏宴会灯，因为那盏灯会照亮他们的生活。

“你并不需要跟我解释那么多，”这位先生笑了，然后站起身来，看了一眼门口那位“富有的铁匠的女儿”。“我明白。如果他们那么想要那盏灯，那么的确应该得到它，尤其是你那么希望他们得到那盏灯。我自己也尝过那种家里没有一盏宴会灯的滋味。把传单给我，我们来算一算，辛普森家的孩子，现在还需要卖出多少块肥皂？”

“要是他们这个月和下个月能再卖出两百块肥皂的话，圣诞节的时候，他们就能得到那盏灯了，”丽贝卡回答道，“要是能一直这样下去，到夏天他们就能得到灯罩了。不过我怕过了今天，我就帮不了他们了，因为米兰达姨妈不会允许我这样做的。”

“明白了。好吧，我打算买三百块肥皂，这样辛普森家的孩子就既能得到灯，又能得到灯罩了。”

丽贝卡坐的椅子，处于门廊的边缘地带。听到这话，她浑身一震，跌倒了，和椅子一起消失在旁边的丁香花丛中，幸亏跌得并不远。那位忍俊不禁的资本家把她拉了起来，扶她站好，还给她掸掉了身上的尘土。“接一宗大买卖的时候，你可不能表现得这么惊讶啊，”他说，“你应该说，‘能不能买三百五十块呢？’而不是这样一下摔倒在地上，这可不像做生意的样子呢。”

“哦，我永远也不会那么说的。”丽贝卡大声说道。刚才那尴尬的一跤，让她的脸涨了个通红，“不过你一下子买这么多，好像不太对劲啊。你确定你买得起吗？”

“要是我买不起，我就在别的地方省一点。”这位诙谐的慈善家说。

“万一你姑妈不喜欢这种肥皂怎么办呢？”丽贝卡又紧张地问道。

“一般我喜欢的东西，我姑妈都会喜欢。”他回答。

“我姨妈就不是那样。”丽贝卡叫道。

“那是你姨妈不好。”

“或者是我不好。”丽贝卡笑了。

“你叫什么名字呢，年轻的女士？”

“丽贝卡·罗恩娜·兰德尔，先生。”

“什么？”他又给逗乐了，“你有两个名字啊？你妈妈可真大方。”

“她想出了两个名字，又不想放弃其中任何一个。”

“你想知道我叫什么名字吗？”

“我想我已经知道你的名字了，”丽贝卡瞥了他一眼，眼睛里洋溢着神采，“我想你一定是《一千零一夜》里的阿拉丁先生。哦，请允许我现在跑过去，把这个好消息告诉爱玛·简吧。她一定等得不耐烦了，听到这个好消息，她一定会很高兴的。”

那位先生刚一点头，丽贝卡就冲出了小巷，快到马车边时，她忍不住大声喊起来：“哦，爱玛·简！爱玛·简！肥皂全部卖光了！”

满脸笑容的阿拉丁先生，跟在丽贝卡身后走了出来，所以丽贝卡刚才说的话，尽管让人诧异万分、难以置信，却是千真万确的。阿拉丁先生把马车后所有的肥皂箱都搬了下来，还答应帮她们写信给精益公司，替她们索要奖品。

“要是你们能守住秘密的话——你们两个小姑娘——那么

辛普森家就能在感恩节那天意外地收到宴会灯，这一定是个天大的惊喜，不是吗？”他一边问，一边把旧围毯轻轻裹在她们腿上。

两个小姑娘高兴地承诺，她们一定会保守秘密，接着又激动地频频向他道谢，此时丽贝卡的眼睛里，涌动着快乐的泪水。

“哦，不用客气！”阿拉丁先生笑了笑，举起自己的帽子和她们告别，“我以前也做过旅行推销员——那是很多年前的事了——所以我喜欢把事情做好。再见了，丽贝卡·罗恩娜小姐！下次你如果有什么东西要推销，记得来找我，因为我现在就确定，凡是你推销的东西，我肯定都需要。”

“再见了，阿拉丁先生，我一定会的！”丽贝卡高声喊道。她一边拼命向他挥手，一边兴奋地把两条黑黑的辫子甩到了背后。

“哦，丽贝卡！”爱玛·简完全怔住了，她低声说道，“他竟然向我们行了举帽礼，我们还没满十三岁呢！再过五年，我们才能成为女士呢。”

“哦，不用担心，”丽贝卡回答，“我们正在成为女士的路上。即便是现在，我们也能算是小小的女士了。”

“他还帮我们盖围毯，”爱玛·简继续说道，陶醉在美好的回忆中，“哦，他真是太有风度了！你不觉得他真的很好心吗？他买下了我们所有的肥皂。想想看吧，我们只辛苦了一天，就换来了宴会灯和灯罩两样东西！你现在为自己穿上这件粉红方格裙子感到高兴了吧，尽管妈妈让你在里面穿上法兰绒内衣，你看上去还是那么漂亮。你穿粉红和红色就特别好看，穿上褐色和棕色就非常一般。”

“我知道，”丽贝卡叹了口气说，“我真希望我能像你一样，穿什么颜色都好看。”丽贝卡羡慕地看着爱玛·简那圆圆的、玫瑰色的脸颊，可惜没有任何神采；看着她那双蓝色的眼睛，可惜那双眼睛并不会说话；看着她那俊俏的鼻子，可惜那个鼻子没有个性和特色；看着她红红的嘴唇，可惜从那红唇中，从来没有迸出过任何值得一听的话语。

“不用担心！”爱玛·简安慰丽贝卡，“大家都说你绝顶聪明、伶俐乖巧，我妈妈认为，你长大了会变得更漂亮的。你肯定不相信，其实我小时候丑得要命，直到一两年前我还是不怎么好看，后来我的红头发颜色变深了一些，我才好看了一点。刚才那个好人，他叫什么名字啊？”

“我根本就没想过要问他的名字！”丽贝卡说，“米兰达姨妈一定会说，我就是那个样子，她说得没错。我叫他阿拉丁先生，你听说过阿拉丁先生和神灯的故事吧？”

“哦，丽贝卡，你怎么能第一次见面，就给人家起绰号呢？”

“阿拉丁可不能算是绰号。不管怎么说，他当时听到后笑了，好像还挺喜欢我这么叫他。”

回到家以后，凭借一股超人的力量，两个女孩好像用封条封紧了嘴巴一样——世间还从没有人能把嘴巴封得那么紧——严守着她们美丽的秘密。尽管任何人都能看出她们古里古怪、不太正常，可谁也不知道究竟发生了什么事。

感恩节那天，那盏宴会灯到了。包装宴会灯的大盒子，是“跷跷板”辛普森打开的。他取出了灯，并把它安装好。顿时，他对自己姐妹们出众的商业才华，佩服得五体投地。丽贝卡也听到消息，知道宴会灯已经到了，不过她等到天快黑的时候，才在征得姨妈的同意后，赶往辛普森家。这样她就能亲眼目睹那件华美照人的奖品被人点亮，然后欣赏从那红色绉纱纸灯罩中，折射出来的深红色的夺目光辉。

第十五章

宴会灯的光芒

感恩节那天，砖屋来了两位客人。下午一点，主人和客人一起享用了一顿丰盛的节日大餐。这两位客人是伯恩汉姆姐妹，她们住在北利维波洛和史克尔村之间的一个地方。在过去的二十五年里，她们每年都赶来和索亚姐妹共度感恩节。丽贝卡把午餐的盘子洗完后，就一个人静静地坐着看书了。快到五点的时候，她问姨妈，能不能去辛普森家玩一会。

“今天是感恩节，你找辛普森家的孩子做什么？”米兰达小姐质问道，“你难道就不能安安静静地坐上一会，听听长辈们的真知灼见吗？真不知道你一个人在搞些什么名堂，我看你永远是一刻也坐不住的样子。”

“辛普森家有一盏新的宴会灯，爱玛·简约我一起去看点灯的场面，他们想借这个机会，开个小小的晚会。”

“他们要宴会灯做什么？买灯的钱，他们是从哪里弄来的？要是他们的爹艾伯纳在家，我一定认为他又在乱做‘交易’了。”米兰达小姐说道。

“那是辛普森家的孩子们卖肥皂获得的奖品。”丽贝卡回答说，“他们已经辛辛苦苦干了一年了，而且您知道，爱玛·简和我也帮过他们，就是那个星期六下午，我们去波特兰的时候。”

“当时我没注意你说的话，今天还是第一次听你说起宴会灯。好吧，你可以去一个小时，不能再多了。你要知道，六点钟天就黑了，和半夜一样黑。你要不要带点鲍尔温苹果给他们？你口袋里装的是什么，把新衣服撑得这么鼓？”

“这是刚才吃饭时你给我的坚果和葡萄干。”丽贝卡回答道。

在米兰达姨妈面前，她可别想隐瞒什么秘密，哪怕那是最清白的秘密。“这些都是您放我盘子里、给我吃的。”

“那你为什么没有吃掉？”

“因为午餐时我已经吃得够饱了。我想，如果能把这些省下来，就能让辛普森家的派对有意思一点。”丽贝卡结结巴巴地说着，她最害怕在客人面前被姨妈数落或者质问了。

“给你了就是你的了，丽贝卡，”简姨妈插话道，“如果你愿意省下来送给别人，也是可以的。在这个感恩的日子里，我们应该给邻居们一些值得他们感恩的东西，而不是总想着我们自己能得到什么好处。”

丽贝卡走出家门时，伯恩汉姆姐妹赞许地点了点头。她们说，能在这么短的时间里取得这样大的进步，成长得这么快的孩子，她们还从来没见过。

“要是她和你们住在一起，你们就会知道，这孩子身上需要改正的地方还多着呢。”米兰达说，“附近这一带无论有什么大大小小的事情，她都要插上一脚，她不但什么都要插一脚，而且还经常是个带队的小头目，她特别喜欢出鬼点子、搞恶作剧。在所有我听到过的愚不可及的事情中，这宴会灯的事算得上是其中最蠢的了。辛普森那一家人向来尽做蠢事，不过我没想到他们家的小孩子，倒还有点生意头脑。”

“在他们中，至少有一个一定是那样的，”艾伦·伯恩汉姆小姐说，“因为那个小女孩去过北利维波洛的莱德家推销肥皂。听亚当·莱德说，那是他见过的最不同一般、最迷人可爱的小精灵。”

“那一定是克拉拉·贝拉了，不过我可不认为她有什么不同一般的地方，”米兰达小姐说，“亚当又回来了吗？”

“是啊，他已经在他姑妈家住了好几天了。人家说，他赚的钱已经多得数不清、用不完了。他回来总买礼物给邻居们。这次他送给姑妈一套毛皮衣服。想一想，我们还记得他小时候穷得没有鞋穿，总是赤着脚，身上只有一件衣服的样子。奇怪的是，他有这么多钱，怎么还没有结婚，而且他又那么喜欢小孩，身边总有一群孩子围着他转。”

“不过他还是有希望的，”简笑着说道，“因为我怎么也看不出来，他已经有三十多岁了。”

“就算他有一百三十岁，他也能在利维波洛娶上太太。”米兰达评论道。

“亚当的姑妈说，他非常喜欢那个卖肥皂的小女孩。克拉拉·贝拉，你说她叫这个名，对吧？他说他打算送一份圣诞礼物给那个小女孩呢。”艾伦小姐继续说道。

“好吧，萝卜青菜各有所爱，”米兰达小姐叫道，“克拉拉·贝拉一对斗鸡眼，头发那么红。不过他要送圣诞礼物，那也不关我们的事。他送得多点，别人就可以少送点了。”

“辛普森家还有别的女孩子吗？”丽迪亚·伯恩汉姆小姐问，“因为那个女孩不可能长着斗鸡眼。我记得莱德太太说过，亚当还特意提到了那孩子的眼睛，说她的眼睛非常美丽动人。他说，他就是为了那双眼睛，才买了三百块肥皂。莱德太太把那些肥皂都堆在储藏室里了。”

“三百块肥皂！”米兰达姨妈惊叫道，“好吧，在利维波洛，有一种庄稼，永远都有好收成。”

“哦？是什么庄稼呢？”丽迪亚小姐礼貌地问道。

“这种庄稼的名字叫愚蠢。”米兰达姨妈简洁地回答道，然后就转移了话题。这让简如释重负，因为刚才十五分钟的谈话内容，让她一直觉得心绪不宁、坐立不安。在利维波洛地区，除了丽贝卡，还有哪个孩子能用不同寻常、迷人可爱来形容？除了她们家的丽贝卡，又有谁有那么美丽动人的眼睛呢？还有最后一点就是，除了丽贝卡，这个世界上还有哪个孩子，能让一个成年男子一次买下三百块肥皂呢？

在她们津津乐道地谈论这件事的时候，这个“不同寻常”的孩子正在路上飞跑着。暮色已经越来越浓了。不过她还没有跑多远，就听到一阵急促的脚步声，只见一个熟悉的身影正朝她跑来，原来是爱玛·简。一会儿她俩就会合了，还上气不接下气地互相拥抱了下。

“有个糟糕的事儿呢。”爱玛·简喘着气。

“你别告诉我是灯坏了。”丽贝卡叫了起来。

“不，不，不是这个。灯装在箱子里，周围垫满了稻草，送到的时候完好无损。当时我就在场，不过你卖了三百块肥皂换来宴会灯的事，我一个字也没提。我想，应该等大伙都在的时候，由你亲自讲述整件事情的经过。”

“是我们两个一起卖了三百块肥皂，”丽贝卡纠正道，“你做的和我做的一样多。”

“不，我没有，丽贝卡·兰德尔。我当时只是坐在门外看马车而已。”

“是的，当时你是不在。不过是谁家的马车带我们去北利维波洛的呢？而且那不过是正好轮到我去推销罢了。如果是你去了，遇到了阿拉丁先生，他也会买那么多的，如果是那样的话，那盏宴会灯就是你赢得的了。对了，到底出了什么糟糕的事？”

“辛普森家没有煤油，也没有灯芯。我想他们一定以为，那盏宴会灯会自己发光，根本不需要别的材料。‘跷跷板’已经去医生家借灯芯了，妈妈让我带一品脱油过去，不过她说，就只能给这么多了。我们从来没有想到，点燃宴会灯，还要花别的钱，丽贝卡。”

“是啊，我们从来没有想到这些问题，不过不要担心，一切等晚会结束后再说吧。我带了一把坚果和葡萄干，还有几只苹果。”

“我带了一些薄荷糖和枫糖。”爱玛·简说，“他们今天能吃一顿真正的感恩节大餐：医生给他们送去了一些甘薯、蔓越莓和萝卜；我爸给他们送去了一大块排骨；科布太太给他们送去了一只鸡和一罐肉末。”

五点半的时候，任何一个人如果从辛普森家的窗户里望进去，都会发现他们的晚会达到了高潮。那个时候，辛普森太太刚熄灭了厨房的柴火，她带上最小的婴儿，也来参加这个热闹的聚会了。那盏宴会灯好像在主持这场晚会、招待它的客人一样。孩子们把一张小桌子搬到房间内，放在角落里当作灯座。灯座上，摆放着那盏神圣的、心爱的、孩子们朝思暮想的宴会灯。它几乎和宣传册上画的一样漂亮，不过看上去却只有图画中的一半大。黄铜做成的灯体，就像金子一样闪烁着微光，深红色的绉纱纸灯罩，就像一块巨大的红宝石一样，发出耀眼的光芒。灯光洒满了整个房间，辛普森一家坐在地上，沐浴在这肆意流泻的灯光中，而爱玛·简和丽贝卡则手牵着手，就站在他们身后，周围弥漫着庄严肃穆的宁静。大家都不想说话，任何语言都不适合这激动人心的重要场合。大家心照不宣地认为，这盏灯让今天的晚会格外高贵，它的存在本身就给孩子们带来了无穷乐趣。它就像一把自动钢琴或者一支弦乐队那样让人满意。

“我真希望爸爸也能看到它。”克拉拉·贝拉孝顺地说。

“要是他见到这盏灯，肯定又想把它交换掉。”精明的苏珊咕哝道。

姨妈规定回家的时间到了，丽贝卡恋恋不舍地离开了这个让人心醉的地方。

“我会算着时间，等你和爱玛·简差不多到家了，我才把灯灭了。”克拉拉·贝拉说道，“哦，我很高兴你俩离我家都很近，这样你们就可以看见我们窗子里的灯光。我想，要是每天晚上只点一个小时，不知道这些灯油能用多长时间？”

“你不需要担心煤油的问题，”说话的是“跷跷板”，这时他刚从储藏室走出来，“我们储藏室里有一大桶呢，是塔布斯先生从北利维波洛给我们带来的，他说那是别人邮寄给我们的。”

丽贝卡兴奋地捏了爱玛·简的胳膊一下，爱玛·简也在狂喜中回捏了她一下。两个孩子在通往大门的小径上一路小跑着，丽贝卡对爱玛·简悄悄说道：“那个人一定是阿拉丁先生。”“跷跷板”跟在她们身后，很有风度地提出要护送她俩回家，可被丽贝卡断然拒绝了，他也不敢再坚持，只好回家上床睡觉，希望能在梦里遇到她。他那天果真梦到她了，在他的梦中，丽贝卡的两只眼睛闪着电光，两只手中各拿着一柄燃着火焰的宝剑。

丽贝卡兴高采烈地回到家中，来到餐厅里。伯恩汉姆姐妹已经告辞了，两个姨妈在做针线活。

“这个晚会真是太棒了！”她一边摘掉帽子、脱下披肩，一边大声说道。

“回过去看看你刚才有没有把大门关紧，再把它锁上。”米兰达用一如平常的冷淡口气说道。

“这个晚会真是太棒了！”丽贝卡锁了门回来，又重复了一遍刚才的话。她实在太兴奋了，因此姨妈的冷淡并没有打击到她，“哦！简姨妈，米兰达姨妈，快到厨房来看看吧，从水槽上的窗户就能看到，那盏宴会灯把一切都照得通红，看上去就好像辛普森家的屋子着火了一样。”

“说不定一会还真会着火呢。”米兰达姨妈说，“我可没有耐心看这些蠢东西。”

简陪着丽贝卡来到厨房。从这么远的地方看过去，其实只能看到一点微弱的灯光，根本谈不上是什么璀璨绚烂、光彩夺目的奇观，不过她还是竭力表现出兴奋的样子。

“丽贝卡，是谁卖了三百块肥皂给北利维波洛的莱德先生的呀？”

“什么先生？”丽贝卡叫道。

“北利维波洛的莱德先生。”

“这是他的真名吗？”丽贝卡惊讶地问道，“看来我猜得不错，莱德和拉丁差不多么。”她偷偷地笑了。

“我在问你呢，卖肥皂给亚当·莱德的人是谁？”

“亚当·莱德，这么说他名字的缩写就是阿·拉丁，这真是太有趣啦！”

“回答我，丽贝卡。”

“哦，对不起，简姨妈，我刚才在想一件事。是爱玛·简和我一起把肥皂卖给莱德先生的。”

“你有没有捉弄他？你没有强求他买肥皂吧？”

“简姨妈，您想一想，我怎么能让一个大人买他不需要的东西呢？他很需要那些肥皂，他要把它们作为礼物送给姑妈，所以才买下的。”

简小姐心里还是有些疑问，不过她只是轻描淡写地说道：“我希望你的米兰达姨妈不会介意这件事，不过你知道她有多挑剔。丽贝卡，我真的希望你在没有征得米兰达姨妈同意前，不要做什么出格的事，因为你的行为有时候非常古怪。”

“这次我真没做错什么。”丽贝卡信心十足地回答道，“爱玛·简把肥皂卖给了她的亲戚和杰里·科布大叔，我先去了伐木场那儿的新租户家里推销，然后去了莱德先生家。莱德先生买下了我们所有的肥皂，还要我们保守这个秘密，直到奖品送到为止。从那时起，我走到哪里都觉得那盏宴会灯就在我身上，它发着光，发着亮，大家都看得到。”

这时丽贝卡的辫子松开了，她的黑发垂在额头，就像起伏的波涛一样。她的眼睛闪闪发亮，两颊泛着红晕，她的脸上似乎包含着一切——细腻敏感、纤柔娇美、真挚热情，既有五月花朵的芬芳，又有小橡树苗的力量，但是你很容易就能猜测出来，她也许就属于那种类型的人——

“天赋秉性高韬出尘
百千劫难堕入凡尘”

“你看上去是有点那个样子，好像心中有一盏灯在熊熊燃烧一样。”简姨妈叹了口气，“丽贝卡！丽贝卡！我希望你能轻松一点，慢慢来，有时候你让我觉得害怕。”

第十六章

成长的季节

斗转星移，时光飞逝，转眼间，夏天慢慢融进了秋天，秋天又让位给了冬天。砖屋里的生活，近来风平浪静了许多。因为丽贝卡尽量认认真真、妥妥帖帖地做好每一件事，就是在玩的时候，也变得安静多了。她渐渐明白了以柔克刚的道理，因为只有自己柔顺绵软，才能化解姨妈的怒气。

或许，是米兰达发脾气的机会比以前少了，或许更公正地说，是她没有以前那么爱挑剔、爱乱发脾气了。

有一次米兰达动怒了，不过那次也确实不怪她。因为丽贝卡的好客有点过了头，而且后来越来越戏剧化，简直出乎人的意料。

在一个星期五的下午，丽贝卡问米兰达姨妈，能不能把自己的面包和牛奶，拿一半上楼分给朋友。

“你楼上究竟有什么朋友？”米兰达姨妈追问。

“是辛普森家的小婴儿，要在我们这儿住到星期天。如果您允许的话，辛普森太太说她可以来住几天。我把她带下来，给你们看看好不好？她穿着爱玛·简以前的衣服，看上去特别可爱。”

“你可以把她带下楼，但你别把她带给我看。你是怎么偷偷把她弄进来的，就怎么把她弄出去，还给她妈妈。你脑子里在想什么，怎么会把别人的孩子带来过星期天！”

“您已经习惯家里没有婴儿的生活了，您不知道您这种生活有多么枯燥。”丽贝卡软了下来，她叹了口气，向门口走去，“我在农场的时候，家里总有个小婴儿，可以玩、可以抱。虽然我们家婴儿多了点，也总比一个都没有好得多吧。好吧，我这就送她回去。她一定很失望，辛普森太太也一定很失望，她都计划好去米尔顿了。”

“她可以把计划取消。”米兰达姨妈说。

“或许我可以待在楼上照顾这个婴儿？”丽贝卡提议，“我把她带回家，就是想星期六可以一边照顾她，一边照常做家务。”

“这儿的活已经够你忙的了，没必要再去别人家里借个婴儿来添乱。好了，不要多说了，喂她吃点晚饭，然后她从哪里来，就送她去哪里吧。”

“您不允许我从前面的楼梯下来，那我能不能从这个房间出来，让您看看她呢？她长着一头黄头发，还有一双蓝色的大眼睛！辛普森太太说，她像她的爸爸。”

米兰达姨妈尖刻地笑了。她说，像不像有什么用呢？等她长大，她爸爸早就把自己家里掏空了。

此时，简姨妈在楼上的壁橱边忙活，星期六要换干净的被单和枕套，她现在得找出来。于是丽贝卡就跑去她那儿，寻找安慰和支持。

“我把辛普森家的小婴儿带到家里来了，简姨妈，我想有她在，星期六我们就不会那么寂寞无聊了。可是米兰达姨妈不许她呆在这里。爱玛·简答应了下个周末照顾她，爱丽丝·罗宾逊轮到下下个周末。辛普森太太希望从我开始照顾宝宝，因为我有丰富的照顾小孩子的经验。简姨妈，您进来看看，她就坐在我的床上呢。您瞧她有多可爱。她是那种胖嘟嘟、喜欢笑的宝宝，不像有的宝宝，长得又瘦又喜欢哭闹。我本来打算每天给她穿一次衣服、脱一次衣服的。哦，天哪！我真希望手上有本现成的书，所有我能做和不能做的事，那本书里都早已写清楚了，那该有多好，那样我就不会总让别人失望了。”

“丽贝卡，没有哪本现成的书能够适合你的，”简姨妈回答，“因为没有一个人可以预先知道你要做些什么事。这个宝宝真重，你打算把她抱回家吗？”

“不，我打算把她放在运肥皂的小推车里。来吧，宝宝！把你的手指从嘴里拿出来，坐上车和丽贝卡姐姐一起回家喽。”她伸出自己那年轻有力的手臂，抱住了这个啼叫着的婴儿，和她一起坐在了一张椅子上。然后她顺手就把孩子翻转过来，取下了腰带上一支弯曲的别针，随手扔了，抱着孩子(孩子还是翻转的姿势)走到梳妆台边，换了一支更大更安全的别针，把她短小的红色法兰绒衬裙和一件像衬衫一样的衣服别在一起。无论是肚皮朝下、脑袋向下还是双脚悬空，辛普森家的小婴儿好像知道照顾她的人是个行家一样，并不害怕，反而一直平静地咯咯笑着。一旁的简姨妈看着这娴熟的表演，简直目瞪口呆。

“我的天哪，丽贝卡，”她大声说，“真想不到，你这么会照顾小孩子。”

“我必须会啊，我们家有三个半孩子是我一手带大的。”丽贝卡一边帮宝宝穿上袜子，一边开心地回答。

“我以为你会更喜欢洋娃娃呢。”简姨妈说。

“我是喜欢洋娃娃，不过它们一点变化也没有，它们永远都是一个样子，它什么时候生气了，什么时候生病了，什么时候喜欢你，什么时候讨厌你，都要你自己去想象。婴儿虽然麻烦多了点，却非常有趣。”

简姨妈把自己修长纤细的手伸向孩子，露出了她手指上戴着的细细的、已经磨旧了的金指环。那个婴儿立刻伸出了胖乎乎的小手，紧紧抓住了那个指环。

“您手上带的是订婚戒指吗，简姨妈，您曾经想过要结婚，对吗？”

“是的，孩子，那是很久以前的事了。”

“那后来发生了什么事，简姨妈？”

“他死了，就在我们结婚的前夕。”

“哦！”丽贝卡的眼睛湿润了。

“他是一名士兵，被子弹打中了，后来在南方的一家医院里过世了。”

"哦,简姨妈!"丽贝卡柔声说道,"当时您不在他身边吧?"

"不,我那时就在他身边。"

"他年轻吗?"

"是啊,他年轻、勇敢、英俊,丽贝卡。他是卡特先生的弟弟,叫做汤姆。"

"哦!当时您就在他身边,我为你们感到高兴。他当时也很高兴吧,简姨妈。"

于是简想起了那些快要遗忘的岁月:当年汤姆见到她时,是多么开心,他憔悴的脸上立刻绽开了笑容,他疲乏的双眼中闪着泪花,他向她张开双臂,用微弱的声音说:"哦!珍妮!亲爱的珍妮!我是多么想你、多么需要你啊,珍妮!"这实在让人无法承受。这么多年以来,她从来没有向任何人提起过这段往事,因为普天之下没有人能够真正理解那种悲痛。为了掩饰自己那快要夺眶而出的眼泪,简伤心地把自己的头靠在了她身旁那稚嫩的肩膀上,说:"这一切太痛苦了,丽贝卡。"

辛普森家的婴儿把头埋在丽贝卡的膝盖中,心满意足地吮着自己的大拇指。丽贝卡低下头来,把下巴贴在姨妈灰白的头发上,轻轻拍着她,说道:"我真为您难过,简姨妈。"

此刻,丽贝卡的眼神无限温柔,她的内心正在成长、变化。对人类情感的甜蜜芬芳、缠绵悱恻、深不可测,她有了更深的了解。现在她的心观照着另一颗心,感受着它的起伏跳动,聆听它的轻轻叹息。所有心灵都是这么成长的。

像这样的一些片断,赋予了宁静不变的日常生活不少活力和生气。迪克·卡特、利文·帕金斯、赫尔达·米瑟夫等几个大孩子离开了利维波洛,去维尔汉姆深造了;一些年龄较小的孩子,因为天气寒冷也不来上学了,因此冬天的学校格外冷清。这一切都让丽贝卡的生活更单调了。

不过,对丽贝卡这样个性的孩子来说,就算有点单调冷清,生活永远也不会是彻头彻尾的枯燥乏味、缺乏刺激。她天生就能适应变化、知道变通,有着很强的接受能力。无论跑到哪里,她都能交到新朋友;无论在哪个角落里,她都能找到熟人。

她常常去小棚屋,给屠夫和渔夫送饭;她对那些流动小摊贩的家族历史了如指掌;邻村常常有孩子邀请她去吃晚饭或者留下过夜,而这些孩子的父母,丽贝卡的姨妈连名字也没听说过。在浅薄的人看来,丽贝卡的确有许多朋友。事实上,虽然她的朋友多,但是友谊的性质却参差不齐。尽管丽贝卡总是满腔热情地呼朋引伴,追逐着友谊的脚步,换来的却往往是一场失望,以及因此产生的更强烈的渴望。因为丽贝卡向往的友谊,可不是那些浅薄的人轻易结成的亲密关系。她爱爱玛·简,可她们之间的友谊不过是地缘巧合罢了,只是环境的产物而已,并不是真正的心灵相惜。她欣赏这位邻居身上的种种优秀品质,比如和蔼可亲、始终如一、乐于奉献,虽然她非常看重这些美德,但她一直在寻觅超越这些美德的另一种精神财富。她寻寻觅觅,却从不曾在爱玛·简身上找到,因为尽管爱玛年龄比她大些,却仍然很不成熟。赫尔达·米瑟夫天生爱找乐子,这一点很吸引丽贝卡,另外,她的两个姐姐分别嫁到了米尔顿和波特兰,她去那些城市看她们,所以也算见多识广,可是她为人尖酸刻薄、缺乏爱心,这又让丽贝卡很反感。迪克·卡特成绩不错,丽贝卡至少可以和他讨论讨论功课。他是个雄心勃勃的男孩子,对自己的未来有许多规划,他也经常和丽贝卡畅谈自己的未来,可每当丽贝卡谈起自己的将来时,他就马上没什么兴趣了。爱玛·简、赫尔达·米瑟夫和迪克好像从来都没有进入丽贝卡的理想世界,他们和丽贝卡之间存在着难以逾越的鸿沟。

杰里叔叔和莎拉阿姨是丽贝卡另一种类型的好朋友。他们给予丽贝卡的友谊让她心满意足。丽贝卡每次去看他们,总能让他们开心得忘乎所以。她活泼欢快的话语,她对生活的怪诞见解,总让两位老人目瞪口呆。她随便说的话,他们也当作预言一样,格外重视。丽贝卡尽管从来没有受到过这样的待遇,但觉得这样得到赏识虽然值得高兴,却多少有点危险,虽然说,这样重视和赏识她的,只是科布夫妇这两位平凡的老人。只要一看到丽贝卡那小小的身影在山顶上出现，莎拉阿姨就会飞奔到食品储藏室或地下室，出来时，手里一定端着一盘水果馅饼或一个奶油蛋糕。不管天气如何，只要看到杰里大叔站在厨房窗户边翘首以待的身影——他总是穿着干干净净的白衬衫，显得有些瘦削——丽贝卡就会觉得心头一热。在下雪前，杰里大叔曾经多少次坐在大门外的一堆木板上凝视远方，看丽贝卡会不会出现在山坡上，向他家走来。秋天时，丽贝卡经常陪伴在老人的左右，看他挖土豆、剥豆子。现在是冬天了，科布大叔把马车交给一个比他年轻的人驾驶了，于是丽贝卡常常陪他待到晚上，看他挤牛奶。可以毫不夸张地说，在利维波洛，杰里大叔是唯一一个让丽贝卡完全信任的人。丽贝卡只对他一个人倾吐自己的心声——她的希望、她的梦想、她模模糊糊的雄心壮志。在砖屋里，她循规蹈矩、小心翼翼，可在科布家的小屋中，她可以像鸟儿一样自由歌唱，中间还夹杂着自己的即兴表演。虽然都是一些很简单的表演，但在两位朴实的观众看来，简直就是精彩纷呈，无与伦比。在这里，她开心快乐；在这里，她倍受宠爱；在这里，她如鱼得水；在这里，她得到赞美、受到重视。可是，她总是想，要是有那么一个人，不但爱她，而且理解她，能使用她的语言、了解她的愿望、回应她神秘的憧憬，那么该有多好啊！也许在维尔汉姆那个更广阔的天地中，有人会和她一样地思考、一样地憧憬、一样地疑惑。

事实上，简对她外甥女的了解，并不比米兰达多到哪儿去。两姐妹的区别在于，丽贝卡的言行让简感到困惑的同时，也常常吸引了她。每当丽贝卡做了什么在她看来稀奇古怪、不同寻常的事后，简虽然不能理解，情感上却总倾斜在她这一边，她总是想找到背后的原因，而且总是往好处想。丽贝卡到来后，砖屋里变化最大的就是简了。可是这种变化是偷偷进行的，又被小心翼翼地遮掩着，并没有露出什么痕迹，因此一般人是看不出来的。现在，简有了生活的动力，那正是她以前所缺乏的。她们已经不在厨房里将就着吃早餐了，现在她们有三个人了，所以在餐厅里铺上桌布，似乎也不再是小题大做了。早餐也比以前丰盛多了，以前没有孩子，吃什么并不需要考虑太多。因为丽贝卡要上学，早晨的时光变得欢快起来：先要把丽贝卡的午餐包好，装在篮子里；在孩子出发前，提醒她不要忘记雨伞、雨衣、橡皮，叮嘱她在学校乖点；她出门了，简还会下意识地站在窗前，等着丽贝卡向她挥手说再见。丽贝卡现在水灵起来了，脖子和脸颊都比以前红润了，脸色也好多了，这让简感到骄傲。每当珀金斯太太没完没了地自夸自擂、炫耀她的女儿爱玛·简脸色有多红润白皙的时候，简总忍不住会说，丽贝卡的头发现在又长长了，不仅顺滑，而且有光泽。给丽贝卡做亚麻羊毛裙子，应该选红色还是棕色的布料呢，每当丽贝卡和米兰达在这个问题上有了分歧的时候，简总是毫不犹豫地帮着丽贝卡。有一次，为了给丽贝卡的黑毡帽上配一个红色小鸟徽章，简甚至破天荒地和姐姐激烈争论起来，让人印象十分深刻。每天晚上，当简看着丽贝卡伏案学习时，她内心的宁静和喜悦，是没有人能猜得到的。在米兰达去参加祈祷会的那些夜晚，简有多么享受单独和丽贝卡度过的宁静时光。同样也没有人可以想象得到，在那些夜晚，丽贝卡会为简大声朗诵《海华沙之歌》、《巴巴拉·弗里彻》、《号角歌》或者《小溪》。简的生活本来就平庸无奇、狭隘无趣，而丽贝卡的灵动活泼，就像露水一样浇灌着她的生命之花。在那颗年轻心灵的碰撞之下，呆板的简变得活泼起来。丽贝卡身上总是散发着“天堂圣火的生命之光”，简似乎从她身上获取了那生命之火一样。

丽贝卡曾经希望，自己能像她的朋友罗斯小姐一样，成为一名画家，可现在这个念头已经淡了下来，因为她显然得不到绘画上的指导。米兰达可不想把丽贝卡培养成画家，她认为画家赚不了钱，而且在利维波洛也没人重视手绘插画，大家欣赏的是色彩鲜明的石印画和典雅庄重的钢版画。在音乐方面，丽贝卡倒有希望跟着莫顿小姐学一点，但这希望却非常渺茫。莫顿小姐在教堂演奏竖式风琴，丽贝卡能否上到她的音乐课，完全取决于莫顿太太，要看她愿不愿意为了一个干草架，让女儿花一年的时间教丽贝卡。虽然广告已经打出来了，但是在该把打草场卖了还是租了的问题上，她还在迟疑不决，所以她以后一直没有回复米兰达。在米兰达小姐看来，音乐和其他的技艺一样，都是微不足道、毫无用处、愚蠢透顶的娱乐活动，但是她允许丽贝卡每天用自家的旧钢琴练习一个小时，除此之外还可以再上点音乐课，前提是简得保证，这一切都不用花现钱。

太阳溪农场传来的消息，让人满怀希望。安表姐的丈夫去世了，丽贝卡最喜欢的弟弟约翰，因此去寡居的表姐家帮忙了。他负责照管马匹、奶牛和谷仓。另外，老医生留下了一个小小的医学藏书室，里面大约有几十本医学方面的书籍，也归他照管，这对他更有吸引力。另外作为回报，表姐将供他上学。约翰一直以来的梦想就是：自己做一名乡村医生，让丽贝卡帮他打点家务。现在，这个梦想几乎快要成真了，他几乎能想象出自己驾着马车驰过雪堆、去救治病人的场景，或者，他又想象着尽管没有那么刺激，却同样充满吸引力的一幕：在阴凉的乡间小路上，一辆整洁的出诊车徐徐行驶着，坐在车上的正是他——兰德尔医生，他的两脚中间还放着一只药箱，而丽贝卡·兰德尔小姐则穿着黑色的丝绸裙子，就坐在他的身旁。

汉娜现在把头发盘起来了，她的个子长得很快，因此她的裙子常常遮不住脚踝了。马克摔断了锁骨，好在现在康复得不错。小米拉越长越漂亮。另外有传言说，从汤普朗斯到普鲁威尔将要修建一条铁路，这条铁路会经过兰德尔农场附近。如果真是这样，那么这块原本一文不值的土地，有望卖个好价钱。但兰德尔太太并不抱太大的希望，她认为家里的财政状况，没什么好转的可能。她现在满足于日出而作，日落而息，养活孩子。作为母亲，她在乎的是孩子们的未来，而不是自己现在的生存状况。凡是母亲都一定会这样考虑的，尽管她自己的命运是这样艰难困苦、了无意趣。

第十七章

阳光和阴霾

自从在辛普森家度过感恩节以后，丽贝卡的生活风平浪静。回忆过去一两年的生活，丽贝卡只记得几件大事，堪称是她这段日子中的里程碑。

第一件大事发生在圣诞节。那是一个清新的早上，树上挂着垂饰般的冰柱，晶莹剔透，雪地上反射着淡蓝色的光芒。辛普森家的红色谷仓，在皑皑白雪的衬托下，格外耀眼。为了给太阳溪农场的家人准备礼物，丽贝卡已经忙活好几个星期了。她打算送给七位家人每人一份礼物，可她手头只有五十美分，这还是她省吃俭用、好不容易才积攒下来的。要用这点钱准备七份礼物，可真叫人为难。不过最后她还是做到了。在圣诞节的前两天，她已经把那个来之不易的包裹邮寄过去了。索亚小姐给她外甥女的礼物是：一个漂亮的灰松鼠暖手筒和一条披肩。这条披肩一点都不适合丽贝卡，比其他所有服饰都更不适合。简姨妈给她做了一条漂亮的绿色羊绒裙子，尽管做工简单，但那柔和的绿，就像树叶的嫩绿，让人眼前一亮。此外，丽贝卡收到的礼物还有：妈妈送的一条漂亮的梭织围脖，科布太太送的红色连指手套，爱玛·简送的手绢。

丽贝卡自己设计并制作了一个精美的茶壶保温罩，并在上面绣上了米兰达姨妈的首字母 M，还有一个带褶边的针垫，并在上面绣上了简姨妈的首字母 J。她打算把它们分别送给两位姨妈。这样一来，就算没别的事发生，圣诞那天也一定会过得很愉快。不过那天还真的发生了一件非比寻常的事。

那天早餐时分，有人在外面敲门，丽贝卡去开的门。来者是一个小男孩，他问丽贝卡·兰德尔小姐是否住在这里。在得到肯定的答复后，他把一个写着她名字的包裹递给了她，丽贝卡好像做梦一样地接过了包裹，回到厨房里。

“这是一份礼物，一定是的，”她有点疑惑地看着这个包裹，“可是这会是谁送的呢，我真的一点也想不出来。”

“打开看看不就知道了。”米兰达小姐建议道。

丽贝卡打开包裹，看见里面放着两个更小的包裹。丽贝卡用颤抖的手指，打开了那个写有她名字的包裹。此时此刻，任何人的手指都会颤抖的。包裹里面是一个盒子，打开盒盖，里面是一条精美的长项链。项链是用粉红色的珊瑚珠子串成的，它的末端是一个玫瑰花蕾构成的小十字架，也是用珊瑚做的。十字架下面有一张卡片，上面写着“阿拉丁先生祝你圣诞快乐”。

“我的天哪！”两位年长的女士惊叫着，从她们的坐位上站了起来，“这是谁送的？”

“是莱德先生。”丽贝卡小声说道。

“亚当·莱德！我真没想到！你还记得吗，上次艾伦·伯恩汉姆说，亚当打算给丽贝卡送一份圣诞礼物，不过我真没想到他居然还记得这件事。”简说道，“另外一个包裹里装的是什么？”

丽贝卡打开一看，原来是一条银项链，上面还有一个蓝色珐琅做的吊坠，是给爱玛·简的。谜底终于全部揭开了。他还记得她们俩！包裹里还有一封信，是这样写的：

亲爱的丽贝卡·罗恩娜小姐：

送圣诞礼物给你，似乎完全没有必要。不过我注意到，这样的礼物总是能得到人们的欢心，所以我把它们送给你和你的朋友，希望我没有挑错。今天下午请你一定要戴上这条项链，我想亲眼看到你戴上它的样子。下午我将坐上新雪橇登门拜访，并且带你俩去兜风。另外，我的姑妈非常喜欢那些肥皂。

你真诚的朋友

亚当·莱德

“好，好，”简小姐叫着，“他真是个好人啊！莉迪亚·伯恩汉姆说，他最喜欢孩子了。丽贝卡，你赶紧把早餐吃了，等我们洗盘子的时候，你就去爱玛家，把项链给她吧。你怎么了，孩子？”

丽贝卡的喜怒哀乐，似乎总是埋藏着的，埋藏在心灵深处的一个个相邻的小房间里，因此总会交织混杂在一起。此时此刻，她已经高兴得说不出话了，连刚才吃到一半的面包和黄油，也几乎快要噎住了，一行行的泪水，却时不时地偷偷爬满她的脸颊。

莱德先生果然如约前来，并结识了丽贝卡的两位姨妈。他才和她们聊了五分钟，就聊得非常投机了，好像他们是相识多年的老朋友一样。丽贝卡坐在火炉边的一个小凳上，羞涩地沉默着，一言不发。她知道今天自己穿着漂亮的衣服，也知道米兰达姨妈在场，所以她一句话也不敢说。今天是她最容光焕发的日子之一。快乐和兴奋的包围，绿裙子的明亮色泽，粉红珊瑚项链的温柔触感，这一切让这只不起眼的棕色小鹪鹩变成了一只羽翼华美的鸟儿。亚当·莱德注视着她，显然对她的打扮非常满意。然后莱德就带着孩子们坐雪橇兜风去了，这时候，丽贝卡才终于开口了，她像只喜鹊一样叽叽喳喳地说个不停。这光辉灿烂的圣诞节就这样过去了。在这以后的无数个夜晚，丽贝卡睡觉前，总是把那条珍贵的珊瑚项链小心地放在枕头下，还用一只手压在上面，以确保项链万无一失。

另一件大事是：辛普森一家拖着大大小小的包裹，离开了利维波洛。在他们的全部家当中，那盏宴会灯算得上是最显眼的了。再也不用看到讨厌的“跷跷板”了，这真值得庆幸。可是一下子少了好几个玩伴，利维波洛的孩子们还是觉得空荡荡的，丽贝卡也只好和罗宾逊家最小的孩子交了朋友。在那年冬天，他是村子里唯一一个穿长袍的孩子。忠心耿耿的“跷跷板”，在他离开村子的前天晚上，特意来到了砖屋，敲开了侧门。他看着给他开门的丽贝卡，一本正经、结结巴巴地问道：“等你长——长大以后，我可——可不可以和你交往？”“当然不可以。”丽贝卡说完马上就关上了门，把这个早熟的追求者拒在门外。

辛普森先生已经及时回家了，他要把妻儿迁回他们出生的那个小镇，虽然那里的人们，绝对不会欢迎他们回来的。辛普森一家的搬迁，由村里的官员负责监督，而其他所有的村民，也都为此焦虑不安地操着心。尽管大家非常小心地提防着，但最后教堂讲坛的一把椅子、几盏煤油灯、还有一个小火炉还是不翼而飞了。辛普森先生在驱车前往新家的路上，已经顺利地把这些东西“交换”给了别人。在艾伯纳·辛普森搬家途中经过的一个村子里，有个雄心勃勃的年轻牧师，最近他为村里教堂的大厅，弄到了一盏华美无比的宴会灯。得知这个消息，丽贝卡和爱玛·简难过了好久。据说这桩交易没有涉及现金，牧师用一辆旧自行车换到了那盏灯。整件事中唯一有趣的小插曲是，孩子们失去了他们最心爱的东西，哭闹不停，辛普森先生实在没办法抚慰他们，只好蹬上他交换来的那辆自行车，逃之夭夭了。他消失得无影无踪、彻彻底底，很多天以后，还是没有任何关于他的消息。

这一年值得关注，还因为在这期间丽贝卡像棵小树一样茁壮地成长着，一下子窜高了许多。从十岁开始，她就好像一点也没有长高，可是一旦开始了，她就像做别的事一样，以不可阻挡的能量，飞快地让自己长着个子。几个月来，简姨妈除了帮她把裙子和衣袖改长、把衣服的腰部放大以外，其他几乎什么事也做不了。这位节俭的新英格兰女人，动用了一些办法，能加长就加长，能放大就放大，可是最后再也没有添补的余地了，她只好把这些衣服送往太阳溪农场，让妹妹改改后给珍妮穿。

这段时间还发生了一件大事，但那是一件伤心事。在太阳溪农场的一棵柳树下，新添了一座小小的墓碑。米拉，兰德尔家最小的孩子，不幸离开了人间。丽贝卡因此回去了两个星期。那一动不动的小小身躯，就是曾经的米拉。她从出生开始，就是丽贝卡一手照顾的。丽贝卡看着那小小身躯，心里感慨万千、唏嘘不已。有时候，正是神秘的死亡，让人意识到生命的变幻莫测，同时又超过了死亡本身。

这次回乡，丽贝卡觉得分外伤感。米拉死了，她最亲爱的弟弟约翰不在家，妈妈是那样伤心，小农场是如此与世隔绝，家里的生计又是这样难以为继、百般拮据，这一切都让丽贝卡这么一个向往美好与和谐的孩子，感到万分沮丧。

丽贝卡不在家的这段日子，汉娜似乎长成一个漂亮的女人了。尽管汉娜身上一直有种古怪的大人味道，可是现在她似乎比简还要年长、还要老成，因为她比简更清醒冷静、更因循守旧。她是很漂亮，可是漂亮得索然无味，不过，她很能干。

这次回家，丽贝卡走遍了她从前玩耍过的地方，走遍了她童年时代逗留过的角落，走遍了她曾经最熟悉的秘境。有些地方约翰也去过，有些地方只有她一个人知道。她走过水晶兰盛开的原野，来到那片泥沼地边，那儿的龙胆根长得最大最蓝。她望着那棵岩枫，她曾在那儿发现了黄莺的鸟巢；那排树篱，那儿是田鼠的家园；那个覆盖着苔藓的树桩，上面总会突然冒出白色的羊肚菌，就像变魔术一样；在那棵老松树下有个小小的树洞，那是一只德高望重的蛤蟆的家。所有这些，都是她快乐的童年时代的地标，可现在她旧地重游，却觉得这些景物都已经离她非常遥远了。这条亲爱的洒满阳光的小溪流，是除了约翰以外她最亲密的伙伴。可是在这个季节，它却不能算是个好伙伴。阳光下，它没有一点点欢快四溅的水花。在夏天，这条欢乐的小溪在白色的鹅卵石上流淌，一路跳着舞，直到前方的深潭它才安静下来，似乎陷入了沉思。可是现在，这条小溪就像米拉一样，那么冰冷冷、静悄悄，全身被白雪裹得严严实实，像裹了一层裹尸布一样。不过，丽贝卡还是在小溪边跪了下来，把耳朵贴在光滑的冰面上，她想，从小溪的最深处，一定会传来细小微弱、叮咚叮咚的流水声。没错！只要春天一到，这条太阳溪一定会再次放声歌唱的。也许到那个时候，米拉也会在哪个地方再次放声歌唱。丽贝卡想，那个地方在哪里呢？妹妹已经永远睡着了，要怎么唱歌呢？每当她一个人在原野中漫步，她总会想啊想，想着同一个问题。汉娜从来没有这样的机会，她永远都不能从家里的琐事、农场的劳作中抽出身来。而她，丽贝卡，却占尽了这些优势。砖屋里的生活，尽管不能说是充满了玫瑰般的甜蜜美好，但的确非常舒适安逸，在那儿，她还可以和小伙伴一起玩耍，还可以上学、看书。利维波洛并不是整个大千世界，但是管中窥豹，通过它可以看到外面的世界，比什么也看不到要强多了。丽贝卡不舍得放弃砖屋的生活，不过在默默地流了多次眼泪后，她终于决定做出牺牲，把好东西让给姐姐。于是，在快要回去前的一天早上，她勇敢地和汉娜谈起了这个话题。她说："汉娜，这个学期过完，我就回家来，让你去姨妈家。米兰达姨妈一直希望你去，现在该轮到你去了，这样才公平。"

这时汉娜正在织补袜子，她把线从针眼里穿过，掐断了多余的线，然后回答道："不用了，谢谢你，丽贝卡。妈妈离不开我，我也不喜欢读书。我现在会读会写，别人会的我也会，这就够了。让我靠教书谋生，我宁愿去死。今年冬天很快就会过去的，因为威尔·梅尔米尔答应把他妈妈的缝纫机借给我，我打算用简姨妈寄来的棉布做几条白色的衬裙，裙边上再打上褶，那样就更结实了。新年以后，汤普郎斯会开办个音乐学校，还要成立社交团体。现在我已经长大了，可以去那些地方玩乐了。我不会觉得寂寞的，丽贝卡，"说到这里，汉娜的脸红了一下，"我喜欢这个地方。"

丽贝卡知道她说的是实话，不过姐姐突然脸红的原因，要过一两年以后，她才能明白。

第十八章

丽贝卡做代表

这些日子里，还发生了一件事，这么轻描淡写地说远远不够，因为这是一件里程碑式的“大事件”。这件大事给附近一大片的居民留下了深刻印象，而且还引发了一连串其他事件。这件大事就是：尊敬的阿莫斯·伯奇神父携妻带子回到利维波洛了，他们刚从叙利亚传教回来。

为此，传教士援助协会决定，在三月的一个星期三召开一次会议。这一年，丽贝卡已经结束在利维波洛的学业，进入维尔汉姆神学院读书了。那一天天气阴冷、狂风大作，地上堆着积雪，天上似乎还有更多的雪要下。米兰达和简都感冒了，她们认为这样的天气里，自己绝对不能再出门去。米兰达姨妈为自己的缺席感到不安，因为她是这个协会的执事之一。她一边胡乱地在餐桌上摆上早餐，一边沮丧地说，为什么简总是在她生病的时候跟着生病。最后，她决定让丽贝卡代表她们去参加会议。“你去总比我们一个都不去强，丽贝卡，”她讨好地说道，“简姨妈会给你写张请假条，下午你就不用去上学了。你可以穿胶鞋去，开完会从那儿直接回家。如果我没记错的话，这位伯奇先生，认识你的外公索亚，在他是候选人的时候，还来过我们家。说不定他还记得我们，所以你一定要去，代表全家向他问好。到时候，你一定要注意自己的言行举止；祈祷的时候，要把头低下来；所有的圣歌都要跟着唱，但声音不能太洪亮；记得问候斯特劳太太的儿子；告诉大家我们两个的感冒有多糟糕；在开会之前，用你口袋里的手绢把风琴上的灰尘抹一抹；另外，从客厅的火柴盒里拿二十五美分出来带在身上，说不定到时要捐款呢。”

丽贝卡高兴地接受了姨妈的安排。无论什么事情，都能引起她的兴趣，哪怕是村子里的传教会议，更何况这次她要代表全家去参加会议，一想到这点，她简直快要陶醉了。

会议在主日学校的教室里召开。尽管丽贝卡到的时候，伯奇牧师已经站在讲台上了，可其他会众才到了十来个。丽贝卡觉得有点害羞，而且参加这种会议，她的年纪也实在太小了点。丽贝卡四下搜寻着熟悉的面孔，想给自己壮壮胆。她看到罗宾逊太太坐在前排靠边的位子上，于是她就沿着过道走过去，在罗宾逊太太身边坐了下来。

“我的两位姨妈都得了重感冒，”她轻轻地说道，“所以她们派我来代表她们参加会议。”

“站在讲台上的就是伯奇太太和她的丈夫，”罗宾逊太太低声说道，“她晒得真够黑的，不是吗？看来要想拯救别人的灵魂，就必须得牺牲自己的容貌。尤肚克西·莫顿太太怎么还没有来。我真希望她快点来，要不然一会米利肯执事又要把风琴的音调调高了，就算登在梯子上头，我们也跟不了那么高的调。在她清嗓子准备唱歌前，你最好去调下音。”

伯奇太太身材苗条，体格瘦弱，她有着黑色的头发、宽广而偏低的前额。她身上穿的黑色丝裙已经很破旧了，整个人看上去也很疲惫。丽贝卡不由同情起她来。

“他们一贫如洗，”罗宾逊太太向丽贝卡耳语道，“可要是你送东西给他们，他们立刻就会转手送给那些异教徒。他在帕森斯菲尔德有一批教徒，他们筹款给他买了一块金表，就是现在他手上戴的那一只。我猜想，异教徒一定是根据太阳来判断时间的，因此他们根本不需要手表，否则恐怕这块手表也早被伯奇先生送掉了。尤肚克西还没有来。丽贝卡，看在上帝的份上，你可得赶在米利肯执事前头，帮我们把风琴的音调低一点。”

会议开始了，先是祈祷。尊敬的伯奇牧师用蒙顿调诵读起来：

“上帝的教堂里我登台亮相
神圣的真理发出耀眼光芒
照得我全身遍布金色光辉
主的光辉必将延伸到远方
一直到那遥远的异国他乡

那儿无论君王还是异教徒
必将沐浴在主的光辉之下
他们将挚爱并颂扬我的主
如浮云掠过天空他们前来
如鸽子飞向窗台他们皈依”

“在座哪位能帮我们伴奏一下?”他突然问道。

大家面面相觑,没有一个人站起来。这时,从远处的一个角落那儿,传来了一个声音:“丽贝卡,你怎么不去试试?”说话的是科布太太,她可并不拘泥于那些礼节。丽贝卡早就偷偷地学会了蒙顿调,于是她就走到风琴前,毫不费力地给牧师伴奏,尽管她的家人都不在场,也不能给她鼓励。

伯奇接下去的演讲非常一般。他充满激情地呼吁大家散布和推广《福音书》,还诚恳地请求道:尽管你们很多人不能亲自探访那些生活在黑暗中的人民,但是你们应该大力支持那些可以那么做的人。除此之外,他还说了许多别的。他是一个成功的、激情的演说家,在讲道的过程中,他穿插了许多自己在异国他乡生活的小故事——异域人民的风俗、礼仪、语言、观念等等;他甚至还谈到了自己每天的工作安排、日常起居、家务琐事;谈到了他那忠实的帮手伯奇太太、还有他们的孩子在那儿都做了哪些事。他们的孩子都出生在叙利亚的天空下。

丽贝卡坐在那里听得入神,仿佛牧师把通向另一个世界的钥匙交给了她一样。利维波洛的一切逐渐在她眼前消失了。这主日学校的教室,连同罗宾逊太太的红色呢子披肩、米利肯执事戴歪了的假发、光秃秃的长椅、破旧的赞美诗小册子、墙上悬挂着的经文和地图，都在她的眼前消失得一干二净。现在出现在她眼前的，是蔚蓝的天空、闪烁的群星、洁白的穆斯林头巾和欢乐的笑脸。尽管伯奇先生并没有提到，丽贝卡却在想，那儿说不定还有清真寺、神殿、尖塔和枣椰树呢。牧师的那些在叙利亚天空下出生的孩子，他们一定知道许许多多有趣的事吧。就在她浮想联翩的时候，突然有人叫她的名字，让她伴奏《耶稣普治歌》。

募捐箱在歌声中传递着，伯奇先生闭上双眼一直在祈祷。最后，他终于睁开了眼睛，唱完了最后一支赞歌。他看了看这为数不多的一小撮会众，又看了看募捐箱子里四散的角币和分币，想起了自己的使命，不仅仅是募捐善款、修建教堂，还要让爱心在那些偏僻荒远的地区传递不灭，这是他的事业、他的信念，也是未来岁月里他唯一的希望。

“如果哪位姐妹愿意招待我们，”他说，“伯奇太太和我愿意留下来，和您共度今晚和明天。那样的话，我们可以开一个客厅聚会。我太太和我的一个孩子将会穿上叙利亚的民族服装，我们还会向您展示一些叙利亚的手工艺品，另外，我们还会分享我们教育孩子的方法。这种非正式的客厅聚会和教堂里的集会不同，可以随意提问、自由谈话，通常是非常有趣的。现在我再说一遍，如果哪位热心会众对这样的活动有兴趣、愿意为我们提供方便，我们将很乐意留下来，和您分享更多的传教工作。”

死一样的寂静，笼罩了这个小小的会场。几乎每个姐妹都有充分的理由证明自己不便接待客人。有些人家里没有空余的房间，有些人家里储存的食物有点少，有些人家里有病人，还有一些人“和异教徒一样被不公正地牵绊住了头脑”，他们不喜欢把陌生的牧师带到自己家里去。伯奇太太那双纤瘦的双手，紧张不安地摩挲起自己的黑色长裙来。“难道没有人说话吗？”丽贝卡想，她越发同情起他们来，自己的心也跟着怦怦直跳。这时候，罗宾逊太太靠了过来，意味深长地对丽贝卡耳语道：“牧师一家以前通常都是住在砖屋里的，你的外祖父活着的时候，绝不会让他们到别的地方住。”她这么说的用意是讥讽米兰达小姐的吝啬：她家里有四间屋子闲置着，一年到头都空着，没人住。可是丽贝卡却把她的话当成了一个建议。如果这的确是从前的规矩的话，或许姨妈希望她也能做出同样正确的决定，要不她还怎么代表她们家呢？一想到这圆满的解决方法，丽贝卡不由满心欢喜，于是她立刻从座位上站了起来说道：“我的姨妈米兰达小姐和简·索亚小姐，很荣幸地邀请你们去砖屋做客。她们的父亲在世的时候，传教士总是住在那儿。她们让我向你们致敬。”她的声音是那么甜美，但她说话时的神态，却和村子里其他的年轻人都不一样，有自己鲜明的特色。“致敬”这个词语，通常用来表达对一座城池获得解放或者一尊骑士雕像的崇敬之情。要是姨妈们预见到，丽贝卡会在这样的场合用这个词，一定会吓得浑身发抖。不过这却给在场的众人留下了深刻的印象，他们认为米兰达·索亚一定快要飞升、离开这个世界了，否则她的内心，怎么可能发生这样的突变？

伯奇先生彬彬有礼地鞠了一躬，接受了这个邀请。他此刻的心情就和丽贝卡发出邀请时的心情一模一样。接着他就请米利肯执事带领大家一起做祈祷。如果上帝的耳朵也会疲倦的话，它一定早就不再聆听米利肯执事的祈祷了。四十年来，他的祈祷词几乎一模一样，鲜有改变，在这一点上真没有人能比得上他。然后是珀金斯太太带领大家祈祷。她有许多愿望想向上帝祷告，这些愿望都很虔诚、很善良，可那是她大费周折、把不同经文混在一起的产物，所以免不了有些生硬枯燥。有件事就常常让丽贝卡感到困惑，在现在这样的和平岁月，为何她总是以这样的话结束祈祷：“战争之神啊，愿您与我们同在，我们将奋力前行，就像基督的士兵义无反顾地走向战场一样。”不过，今天丽贝卡觉得她说的一切都很真实，因为她自己的心里一片虔诚，刚才伯奇先生谈到的许多事，都莫名其妙地感动着她。当丽贝卡抬头时，她的目光正好和牧师直视的目光相遇了，于是牧师说道："这位年轻的姐妹，可否带领大家祈祷，以此结束今天的集会？"

听到这句话，丽贝卡感觉自己周身的血液都快要凝固了，而自己的心脏也几乎快要停止跳动了。在一片寂静中，科布太太紧张的呼吸声是那么清晰可辨。伯奇先生提出这样的要求，其实并没有什么离奇之处。他游历四方，参加过许多次这样的乡村集会，也经常遇到非常年轻的会众，他们往往在八九岁时就加入教会了，虽然年龄小，却都是"老教徒"了。丽贝卡现在十三岁，她刚才用风琴给他伴了奏，带大家唱了歌，还如此得体地转达了姨妈的邀请，这一切都让伯奇先生认为，她一定是教会年轻一代中的中坚力量，所以就理所当然地请她带领大家祈祷了。

丽贝卡陷入一个两难的困境。她怎么可以拒绝呢？她怎么能够解释自己其实还不是教会的会员呢？可她又怎能在这么多年长妇女的面前，带领众人祈祷呢？这个可怜的孩子此刻承受的痛苦，不会比当年被绑在柱子上的约翰·罗杰斯少半分。她站了起来，忘记了女士们应该坐着祈祷、只有执事才是站着祈祷的规矩。现在她满脑子都是各种画面，尊敬的伯奇先生则是那些画面的主角。她当然了解那些常用的祈祷语，像她这样一个经常参加周三晚上教堂集会的新英格兰孩子，怎么会不了解呢？不过她私下里自己的祈祷词，却不是那个样子的。不管怎么样，她终于颤抖着开了口：

"我们天国的上帝，您是缅因州的神，也是叙利亚的神。今天在叙利亚，天空蔚蓝、星光闪烁、骄阳如火，和暖的空气中，大树随风翩翩起舞。可在这儿，我们脚下依然是厚厚的积雪，对于上帝而言，这点路程一点都不遥远。他在这儿和我们同在，也在那儿与他们同在。我们的灵魂向他皈依，就像'鸽子飞向主人的窗户'。

我们不可能都成为传教士，都劝勉人们一心向善。我们中有些人，自己都还做不到一心向善。但是，如果您的国度将要来临，如果您的意愿将要实现，就如您的天国那样，那么，大家都会奋发努力，大家都会帮助别人。年老体衰的人会如此，年轻力壮的人也会如此。我们刚才听说的那些孩子，他们出生在叙利亚的天空下，他们将会为您开展新奇有趣的工作。我们之中也同样有人愿意为了您，不远万里远赴重洋，勇敢地劝说那些异教徒，让他们抛弃对石头和木头的崇拜，而奔向您的怀抱。也许我们许多人必须呆在家里，做我们该做的事，有时还得做我们不喜欢的事。但是，或许正如圣歌中唱的那样，甜蜜的芳香来自于每天清晨的牺牲与奉献。上帝用这样的方式，教育我们要温顺、忍耐，这样的信念将为我们驱除恐惧和担忧，帮助我们度过艰难的岁月。阿门！”

可怜的、无知的、又充满幻想的孩子！她的祈祷不过是一连串圣歌歌词的集合，再加上刚才牧师传道时说过的内容而已。但她却把它们重新进行组合，改变它们的用途，并且以自己的方式表达了出来，因此她的祈祷词别具一格，好像是专属她一个人的一样。由于个人性情的原因，有的人一开口，话好像就变了味，失去了原有的风采，但是丽贝卡却能把话说得娓娓动听。

刚说完“阿门”，她就坐了下来，或者说，她认为自己坐了下来，坐在了她认为是椅子的地方。然后就是祈祷仪式。过了一会，丽贝卡觉得眼前的房子不再旋转了，就走到了伯奇太太身边。伯奇太太热情地亲吻了她一下，说：“亲爱的，我真高兴能住到你们家去。要是我们五点半过去，会不会有点太晚了？现在三点了，我们还得去车站取行李、接孩子。我们把行李箱和孩子都留在车站了，因为当时我们并不知道，我们是留是回。”

丽贝卡回答说，五点半正是她家吃晚饭的时间。然后她就接受了科布太太的邀请，和她一起坐马车回家了。丽贝卡满脸涨得通红，嘴唇发抖。莎拉阿姨明白她此刻的心情，所以在驱车回家的路上，她们几乎一句话也没有说。萧瑟的冷风和莎拉阿姨静默的陪伴，让丽贝卡逐渐回过神来。不过，等她走进砖屋时，她又高兴起来了。她有这么多消息要宣布，连在侧门走廊脱下胶鞋的时间，她都等不及了。她小心地把一块编织地毯拿到起居室铺在地上，站在上面开始了她的汇报：

“火炉边给你烘着鞋呢，”简姨妈说道，“你边换上鞋边讲吧。”

第十九章

执事后继有人

“这个集会参加的人不多，米兰达姨妈。”丽贝卡开始说起来，“那个传教士和他妻子都很友善。今天晚上还有明天，他们要来我们家住。我希望你们不要介意。”

“来我们家!”米兰达惊叫起来，手里的针线活掉到了膝盖上。她把眼镜摘了下来，那是她极度紧张时的习惯动作。“他们是不请自来的吗?”

“不是的，”丽贝卡回答道，“是我替你们邀请他们来的，当时我必须得这么做。而且，我还以为你们会喜欢这些有趣的客人。事情是这样的——”

“你先别解释了，告诉我他们几点来，马上吗?”

“不，他们两个小时后才来，五点半左右吧。”

“那你可以先给我解释解释，要是你能解释得了的话。是谁给了你这么大的权利，让你邀请一群陌生人到家里来过夜的?你明明知道，二十年来我们从没邀请过任何客人，在以后的二十年里，我们也不想邀请任何人。至少只要我活着，还掌管着这个家，就不会那么做。”

“别忙着责怪她，先听她讲讲到底是怎么回事吧。”简说道，“其实我一直在想，如果是我俩去参加会议，或许也会这么做的，毕竟伯奇先生认识我们的父亲呀。”

“这次聚会参加的人不多，”丽贝卡说，“我把你们感冒、不能参加大会的消息，告诉了所有人，大家都有点失望。因为主席不在，马修斯太太主持了会议。这可真让人遗憾，因为那座位相对于她的身材来说，真是太小太小了。她让我想起了我们唱的圣歌里的一句歌词：‘就像异教徒的国度那么宽广。’而且她戴的那顶海狸皮的园艺帽还总是歪到一边去。伯奇先生说了许多关于叙利亚异教徒的事情，他说得可好啦。大家圣歌也唱得很好。募捐篮传到我面前的时候，我看到里面大概有四十美分。这点钱连拯救一个异教徒的婴儿都不够，不是吗？然后伯奇先生询问，如果哪位姐妹愿意接待他们，他们愿意留下来住一晚，第二天再在利维波洛举办一个客厅聚会，到时候伯奇夫人会穿上叙利亚的民族服装，他们还会向大家展示一些漂亮的外国工艺品。可是他等了又等，也没有一个人回应他。我当时觉得特别窘，不知道该怎么做。这时伯奇先生又重复了一遍刚才的话，还解释了他为什么想要留下来，您明白的，他认为那是他的责任和义务。就在那时，罗宾逊夫人悄悄对我说，以前外公在世的时候，传教士通常是寄宿在砖屋的，外公绝不会让他们在别的地方过夜。我并不知道您已经不让他们来寄宿了，因为自打我来到利维波洛，除了一个星期天早上有个传教士经过以外，还从没有传教士来过这儿。所以我想我必须邀请他们，因为你们都不在，不能亲自邀请他们，而且您之前跟我说过，我去参加会议，代表的是咱们家。”

“那你当时是怎么做的？在其他人都出去后，再走上前去介绍你自己的吗？”

“不是的。我当时马上就站了起来。我必须那么做，因为如果没有人回应伯奇先生的话，他会受到感情上的伤害。所以我站起来说：‘我的姨妈米兰达小姐和简·索亚小姐，很荣幸地邀请你们去砖屋做客。她们的父亲在世的时候，传教士总是住在那儿。她们让我向你们致敬。’说完我就坐了下来。伯奇先生为外公做了祈祷，说他是圣徒；他还感谢天父，说他的精神依然存在于子孙后代的心中（他说的就是你们）；他还说这古老的房子，曾经鼓舞、帮助了那么多传教士兄弟，如今它依然友好地为陌生人和行路人敞开大门。”

有时候，当不同的天体恰到好处地结合在一起的时候，大自然似乎就是一件最完美的艺术品。同样，直接发自内心的言语和行为，尽管当初并没有考虑到后果，却似乎充满了鼓舞人心的力量。

通向米兰达·索亚灵魂深处的某扇大门，已经紧紧关闭了很多年。这扇大门并不是在一朝一夕间关闭的，而是在连她自己也没有完全意识到的情况下，渐渐合上的。冰冻三尺，非一日之寒。要是丽贝卡足够圆滑世故，要是她曾为此事谋划思虑，她就不会贸然闯入这个禁地。现在在米兰达和丽贝卡她们两人都不知情的情况下，机遇的微风吹动了这扇门。锁门的铰链，原本早已僵硬生锈，现在却被风吹得摇动起来，接着门缝被风吹开了，而且随着时间的流逝，那条门缝被吹得越来越大。所有的事情都惊人地向着好的方向发展。过去尘封的记忆在米兰达心中被唤醒了。她想起了自己那个虔诚可敬的父亲，想起了过去父亲生活的点点滴滴。索亚家族向来受到人们的尊重和赞扬。丽贝卡的所做所为，证明她的确是外公伊斯雷尔·索亚执事的亲外孙女，也充分证明了她并不像她们想象的那样，"从头到脚都流着兰德尔家的血液。"想到这些，米兰达的心里平静了许多，她为事情发生了这样的转变而感到高兴。不过，她并不想把她此刻的愉悦表现出来，也不想让任何人因此认为，她这次表现出来的热情好客，将让今后无条件的慷慨大方顺理成章。

"好吧，我明白当时你的确必须那么做，丽贝卡，"她说，"你邀请他们时使用的措辞，也不比任何人的差。我真希望简姨妈和我没有感冒得这么重，不然我们也不会像现在这样什么也干不了。幸亏所有的房间，无论是开着的还是关着的，都收拾得整整齐齐，这证明平时时刻保持屋子整洁，是多么重要。另外家里准备好的熟食也足够多。这样无论发生什么事，别人都不会对我们感到惊讶，或者看不起我们了。我们家还有六间屋子空着，只要伯奇夫妇不是特别挑剔或懒惰的人，招待他们应该不是什么难事。他们怎么没有和你一起过来呢？"

“他们要先去车站拿行李、接孩子。”

“还有孩子要来?”米兰达不满地咕哝道。

“是的,米兰达姨妈,他们都出生在叙利亚的天空下。”

“这么说他们有个叙利亚的外婆!”米兰达又惊叫起来(当然这可不是事实),“他们一共有几个孩子?”

“我忘问了。不过我会为他们准备好两个房间,要是不够的话,就让剩下的孩子和我一起睡好了。”丽贝卡回答道。她心里悄悄地盼望着,事实果真是自己设想的那样,“既然你们俩都生病了,能不能信任我一次,让我给他们准备呢?等我叫你们,你们再上楼,行吗?”

“我看也只能这样了。”米兰达不太情愿地说道,“我和简先去卧室躺会,看看一会能不能恢复点精神,下来做晚饭。现在是三点半,五点你一定要叫我起来,一分钟也不能耽误。厨房的炉子里,我已经生上火了。我一点也不明白,为什么我会煮上那么一大锅豆子,今天又不是周末,这下正好派上用场了。爸爸过去说过,从外乡回来的传教士,最喜欢吃猪肉、豆子和黑面包了,用这些招待他们最合适不过了。丽贝卡,你去把朝南的那两个房间收拾收拾吧。”

丽贝卡有生以来第一次得到这样的允许,不禁心花怒放。现在,她终于可以放手大干一场了。于是她立刻像一阵旋风一样奔上了楼。砖屋的每个房间都非常清洁雅致、洁白胜雪,她只要取下家具上的罩子、再掸一掸上面的浮尘、用小笤帚扫一下地就可以了。她不停地跑来跑去,一会拍打着枕头和羽毛铺盖,一会甩着毛巾,一会又把锅碗瓢盆弄得叮当作响。她一边做着这些杂务,一边用清脆的声音唱着歌:

过度的仁慈徒劳无用
上帝的恩惠遍撒四方
异教徒生活在黑暗中
对着石头和木块鞠躬

丽贝卡已经是个心灵手巧的小姑娘了。只要她会做的事，她像一阵风一样一会就都做好了。五点，她准时叫姨妈们起来，验收她的活计。她们看到的简直是个奇迹：床头柜和洗脸盆边上摆放着新毛巾；床铺都收拾得整整齐齐；大水壶中灌满了热水；肥皂和火柴也准备好了；点火用的报纸、引火的东西还有木材都放在盒子里；每一个封闭的火炉里，都有一大块木柴在缓缓燃烧着。"我想我最好先把屋子暖一暖，"她解释说，"因为他们刚从叙利亚过来。哦，对了，我得在他们到来之前，先翻翻地理书，了解下叙利亚。"

既然一切都没有问题，两姐妹打算下楼去，稍微收拾下自己，换身衣服。在她们经过会客室的大门时，米兰达隐约听到了里面"噼里啪啦"的一声响，于是她停下来，朝会客室看了一眼。只见里面所有家具上的罩子都已经取下了，前厅打开的火炉里，火苗正欢快地跳动着，内室的壁炉里也生了火。墙角的大理石桌面上，摆着丽贝卡自己的宴会灯——那是阿拉丁先生送给她的第二件圣诞礼物。透过玫瑰色的灯罩，那盏灯散发着柔和的光芒，把这个原先古板灰暗的房间，瞬间变成了一个温馨的场所，一个可以让街坊邻居安坐下来表达爱与关心的地方。

"看在上帝面上，丽贝卡，你告诉我，"米兰达小姐在楼上喊道，"你觉得我们要连客厅都向他们开放吗？"

丽贝卡出现在楼梯平台那儿，一边梳着自己的辫子一边回答道：

"我们在感恩节和圣诞节的时候不是都开放了吗？我觉得这也是一个隆重的场合啊！"她说，"我已经把壁炉架上的蜡花移开了，这样它们就不会被火烤化了。另外，我还把贝壳、珊瑚和那只绿色的毛绒小鸟放在高处了，这样孩子们就不会看到这些东西，也不会吵着要玩了。米利肯执事一会会过来，他要找伯奇先生谈点事，要是科布先生和太太也过来了，我是绝对不会感到惊讶的。你们先别去地下室，我马上要去那儿再看看。"

米兰达和简交换一下目光。

“她难道不是这个世界上最爱逞强的小东西吗?”米兰达大声说道,“不过她肯用心思的时候,事情还真办得不错。”

五点十五分,一切都已经准备好了。邻居们,至少是那些可以望见砖屋的邻居们(冬天树上的叶子都掉光的时候,砖屋在附近一带特别显眼),对这一切都好奇极了。两个客厅里的遮盖物全部拿掉了!两个朝南的房间也是!而且生起了火,要是眼睛没有看错的话,几乎每个房间都生了火!幸亏有一名已经参加聚会的好心女士,特意登门给大家说明情况,要不然,那天晚上,肯定有许多邻居会因为太过好奇而失眠的。

传教士一家准时来了。为了节约路费,他们只带两个孩子过来,把剩下的七八个孩子都留在了波特兰的教友家里。简带他们上了楼,米兰达则在厨房准备晚饭。丽贝卡马上把两个小女孩从她们母亲身边带走了,帮她们脱去外套,给她们梳顺了头发,然后带她们去了厨房,叫她们闻一闻煮豆子的香味。

晚餐非常丰盛。因为有小孩子在场,所以气氛一点也不拘束。吃完饭后,简姨妈清理餐桌、收拾剩菜,米兰达则在会客室里陪客人。丽贝卡带着伯奇家的那两个小女孩在厨房洗碗。她们简直在厨房里开起了“狂欢会”,不过造成的损失倒并不算大,她们一共打碎了一个杯子、一个盘子(那个盘子早就有裂缝了),还用银勺子把洗碗水泼到后门外面(要知道在砖屋,这可是明令禁止的),另外她们还把咖啡渣倒在水槽里。不过,丽贝卡小心地把所有犯罪证据都毁灭了,还尽可能地挽回了一切损失。然后她们三人就回到客厅里,这时候科布夫妇、米利肯执事夫妇都已经来了。

这个晚上真是太愉快了!有时候,就让那些处于蒙昧中的异教徒,暂且去膜拜木头和石块吧,传教士他们(包括伯奇先生)也得喘口气啊。当然他们并不会丢下那些异教徒太久的。伯奇夫妇给大家讲述了许多离奇有趣、美好动人、不可思议的见闻。伯奇家的两个小女孩合唱了一首歌。丽贝卡在伯奇太太的一再邀请下,坐到了那架叮当叮当的老钢琴前,弹奏了一曲《一个漂泊的印第安女孩，聪明的阿尔法拉塔》，她弹得既有力度、又有风度。

八点左右，丽贝卡穿过房间，把一柄芭蕉扇递给了米兰达姨妈。表面上，她是想用芭蕉扇帮姨妈遮挡灯光，实际上，这是她耍的小聪明，她想乘机和姨妈说句悄悄话："我们要拿饼干给客人吃吧？"

"你觉得有必要吗？"米兰达小姐低声反问她。

"珀金斯家就经常这样做啊。"

"好吧，你知道饼干放在哪里的。"

丽贝卡飞快地向门边走去，伯奇家的两个小孩立刻跟着，好像她们一刻也离不开她一样。五分钟后，她们回来了，两个小家伙捧着盘子，盘子里是葛缕子做的薄脆饼，有心形的，有菱形的，还有圆形的，上面都精心地撒上了糖，还点缀着从屋后花园里采来的葛缕子籽。做这样的薄饼是简小姐的特长。丽贝卡跟在两个孩子身后，手里拿着一个托盘，托盘上是六只小小的水晶酒杯，里面倒满了蒲公英酒。酿制这种酒米兰达姨妈最拿手了，她还曾经因此而出名好几年呢。这手艺其实是老伊斯利尔执事传下来的，那套水晶酒杯还是他当年亲自在波士顿买的呢。米兰达非常欣赏那套酒杯，因为它们不仅美观，而且容量非常小。在没有买这些小酒杯之前，他们都是用倒雪利酒的酒杯来倒蒲公英酒的。

在利维波洛，人们把这样的饭后茶点称作"过滤"。大家享用完这些茶点后不久，丽贝卡看了看钟，然后从孩子堆里站了起来，用欢快的声音说道："来吧，小传教士睡觉的时间到啦。"

大家都被她俏皮的话给逗乐了，两名大传教士更是乐坏了。孩子们和大人们握手告别，然后丽贝卡就带着她们消失了。

第二十章

心灵的转变

“您的外甥女是这些年来我见过的最不一般的女孩。”卧室的门关上的时候，伯奇先生说道。

“她好像是最近突然变聪明的，不过她还是很粗心大意，”米兰达回答，“而且还有点活泼过了头。”

“我们可得明白，世界上最大的麻烦，不是活力过度，而是缺乏活力。”伯奇先生回道。

“她将来要是做传教士，一定非常棒！”伯奇太太说，“她有甜美的声音，吸引人的魅力，还有出类拔萃的语言天赋。”

“要我说，比起传教士，她倒更适合做个异教徒呢。”米兰达姨妈简洁地回答道。

“我姐姐不主张过分夸奖孩子。”简赶紧插话，边说边看了一眼伯奇太太。伯奇太太显然非常惊讶，她大概正打算开口问一问，是不是丽贝卡还没有参加教会组织呢。

科布太太整个晚上一直在等待这个问题，她害怕他们会讨论丽贝卡的祈祷天赋，丽贝卡可是她最喜欢的孩子啊。下午在教堂，在伯奇牧师让丽贝卡带领大家做祈祷的时候，她甚至对这位可敬的人物产生了一种突发的、莫名的厌恶感，因为她看到了丽贝卡变得苍白的脸蛋，看到了她眼睛中流露出来的不知所措，看到了她抖动着的睫毛，因而体会到当时丽贝卡内心所经受的痛苦煎熬。不过这位伯奇先生谈吐文雅、举止得体，多少消除了她对他的偏见。可是此刻，她感觉伯奇太太快要踏入一个危险的领域了，于是她赶紧转移话题，问伯奇太太，从叙利亚过来是否要转好几趟车。她自己也觉得这个问题有点不合时宜，不过至少它管用。

与此同时，米利肯执事对索亚小姐说："米兰达，你知道丽贝卡让我想起了谁吗？"

"我知道你想说的是谁。"她回答。

"这么说你也注意到了！开始我看她长得像她父亲，以为她应该和她父亲差不多。不过我现在看出来她不是那样的，她像你的父亲，伊斯利尔·索亚。"

"我真不明白，你是怎么看出来的！"米兰达惊讶极了。

"今天下午，她站起来代替你们邀请传教士的时候，她就给我留下了深刻的印象。说起来真有点神奇，她今天坐的座位，正是以前你父亲做主日学校校长时常常坐的那个座位。你父亲站起来发言前，总会把下巴抬高，头往后仰，你知道的，今天，丽贝卡也是这样，和他一模一样，而且不止我一个在说这事呢。"

客人们在九点前就离开了，全家人也就上床休息了。丽贝卡上了楼，给伯奇太太送蜡烛。当她发现房间里只有她们两人的时候，她害羞地说道："您能不能告诉伯奇先生，其实我还不是教会会员。下午他让我带领大家祈祷的时候，我真不知道该怎么做。我实在没有勇气告诉他，我从来没有在那么多人面前大声祷告过，也不知道该怎么祷告。我脑子里一片空白，心里也特别紧张，真想找个地缝钻进去。当着这么多老会员的面带领大家祈祷，而且还要假装自己真的很在行的样子，这简直太冒失、太顽皮了。可是，我转念一想，如果一个牧师让我当众祈祷，我却违背他的意愿，这样是不是也很不好呢？"

柔和的烛光，流泻在丽贝卡那张敏感细腻、激动红润的脸上。伯奇太太弯下腰来，吻了下丽贝卡，跟她道声晚安。"不要担心了，"她说，"我会把你说的告诉伯奇先生的，而且我想上帝一定也能理解你。"

第二天早上，不到六点丽贝卡就醒来了。一想到有那么多家务要忙，她怎么能安睡呢。她走到窗前，向外望去，外面天还是黑的，看样子又是寒风肆虐的一天。

“简姨妈跟我说，她要在六点半起床，才能让大家在七点半吃上早饭。”她想，“但我敢说她们的感冒一定还没好，而且家里来了这么多客人，米兰达姨妈一定会觉得很烦躁。我想我该悄悄溜下去，把早饭准备好，这样到时一定能给她们一个惊喜。”

于是，她穿上夹衣，套上拖鞋，轻轻地沿着被姨妈禁止通行的前楼梯下了楼。她走进厨房，轻轻带上厨房的门，这样家里其他人就不会被吵醒了。她对每天清晨的例行公事太熟悉了，仅仅忙活了半个小时，她就打点好了一切。然后她回到自己的房间更衣，准备叫两个孩子起床。

出人意料的是，尽管在前一天晚上，简小姐觉得自己比米兰达恢复得快些，可是一夜之间，她的病情却加重了。到了早上，她已经完全起不了床了。米兰达一边匆匆忙忙地洗漱，一边抱怨个没完没了。这一天她已经受够了罪，不知还要再受多少罪，为这她把全世界的人都埋怨了一遍。她甚至还埋怨传教士委员会一通，指责他们为什么派伯奇先生去叙利亚，还大义凛然地指出：那些被派遣到国外拯救异教徒的传教士，应该呆在原地，尽忠职守、克己奉公，怎么能带着一大堆孩子满世界乱跑，到根本不需要他们、也从没邀请过他们的人家家里做客呢？

由于发烧，简头疼得厉害。她躺在床上，焦急万分，完全不能静心休息。没有她的帮忙，姐姐一个人怎么应付得了呢？

米兰达拿一块围巾包住了头，避免头部吹到冷风，然后一步一拖地走到了大厅里。她准备先把早餐准备一下，然后再叫丽贝卡下来帮忙，同时还要借机教导她，以后要是代表全家参加传教士会议，该怎么做才是恰当的。

她一打开厨房的门就惊呆了，她怀疑自己是否错走到别人家去了。

厨房的窗帘已经拉开了，火炉中的火焰呼呼地往上窜着；水壶唱着歌，冒着气泡，喷着一缕缕蒸汽，壶嘴下还压着半张纸条，上面潦草地写着“丽贝卡向您问好”这几个字；咖啡壶是热的，显然刚刚用水烫洗过，咖啡粉也已经盛在碗里了；蛋已经打好，蛋壳还在边上放着；木质的托盘里，盛好了冷土豆和腌牛肉；切菜的刀子上贴了张纸条，上面写的是“丽贝卡问候您”；黑面包端出来了，白面包端出来了，烤面包的架子也拿出来了；牛奶的乳皮已经撇去了；黄油已经从乳品店买回来了。

米兰达把围巾从头上解了下来，一屁股坐在厨房的摇椅中。她情不自禁地低声自言自语道：“真是个爱逞强的孩子！我敢说她一定是百分之百的索亚血统！”

这一天一夜，就这样给在场的每个人带来了荣誉和信誉，连简也受惠于其中——有如神助，她的感冒好了不少。要是她病情加深，那大家愉悦的心情，一定会大受影响。伯奇一家依依不舍地离开了，那两个小传教士，更是激动得泪流满面，她们发誓永远也不会忘记和丽贝卡之间的这份友情。临别前，丽贝卡把自己早餐前写的一首诗，塞在两个小家伙的手心里。

致玛丽和玛莎·伯奇

出生在叙利亚的一方天空下
在更炽热火辣的阳光照耀下
孩子们在这块土地茁壮成长
就好像是那小小的热带花朵
他们看到的生命中的第一道光
来自那遥远的异教徒的土地
不是来自格陵兰的皑皑雪山
不是来自印度国的珊瑚海岸
而是来自某个神秘莫测的国度

那儿的人们，皮肤一片黝黑
那儿的人们，心灵一片漆黑
他们没有真正的宗教和信仰
这是多么悲惨多么让人痛苦
让我们赶紧伸出援助的双手
全力帮助传教士委员会组织
四下寻觅皮肤黝黑的异教徒
教导他们去信仰他们的真主

丽贝卡·罗恩娜·兰德尔

显而易见，返乡传教士的利维波洛之行，具有某种深远的影响力。在以后的岁月里，每当伯奇夫妇回忆起往事，他们都一致认为在他们回国的半年时间里，这样的快乐时光实在是太难得了。这件事也引发了左邻右舍之间相当激烈的讨论：论证与反驳、怀疑与肯定、回顾和展望。为了支持叙利亚人民皈依真主的伟大事业，米利肯执事慷慨地捐赠了十美元。米利肯夫人因此而大病了一场。

如果说，米兰达·索亚在经历这件事后，彻底改头换面、重新做人，那当然是件大好事，不过事实终归是事实。一棵已经歪歪扭扭了二十年的树，不可能在转瞬之间重新长得笔直。但可以肯定的是，尽管在外人眼里，米兰达并没有发生多大的变化，但这种变化毕竟是存在的。现在，她对丽贝卡不像从前那么吹毛求疵了，批评她时也不像从前那么严厉苛刻了，对她的未来也更加有信心了。米兰达突然意识到：丽贝卡思想上、身体上还有灵魂深处的种种特征，大多继承自索亚家族，而不是源于那可鄙的兰德尔血统。在米兰达看来，丽贝卡身上种种有趣的地方、所有的才华、天赋和能力，都应该归功于她在砖屋中所受到的训练。这一想法让米兰达产生了一种由衷的自豪感，她觉得自己就像一个手艺高超的工匠，用最拙劣不堪的材料，创造出最完美无缺的产品。尽管随着她身体的每况愈下、日渐衰弱,她对家族的铁腕统治也宽松了不少,不再那么喜欢压迫和束缚别人,可她依然绝不表现这种对丽贝卡的自豪感,也依然从不流露她对丽贝卡的喜爱之情。

可怜的洛伦佐·德·美第奇·兰德尔,他似乎投错了胎、来错了地,总是被人轻视。认识他的人都认为他荒唐可笑、一无是处,因为他和周围的人毫无相似之处,风马牛不相及。要是把利维波洛突然投入到一个更大的社会中,一个可以容纳更多不同观点、多种风格的地方,那么洛伦佐或许就完全不会引起别人的注意了。可在这小小的利维波洛,他就是唯一的焦点、唯一的名人。幸运的是,他的女儿丽贝卡从母亲的家族那儿,多少继承了点实际能力。要是说洛伦佐在这个世界上一无所成的话,显然不客观,他至少还做成了一件事,那就是他没有让丽贝卡成为彻头彻尾的索亚人,他应该为此感到自豪。尽管他一败涂地,但却慷慨地把自己的全部精华都遗传给了丽贝卡,同时还谨慎地保留了自己身上的缺点,没有让丽贝卡继承它们。世界上恐怕没有几个父亲,能够做出如此精确的区分、如此精巧的安排。

砖屋并没有迅速蜕变成路旁的小旅馆,也没有马上转变成一个来者不拒、可以肆意狂欢的场所。但是传教士一家的来访,的确打开了砖屋已经对外尘封多年的大门。从那以后,米兰达允许整理出一张空床,“以备不时之需。”那套水晶酒杯,以前是放在陶瓷柜子的最顶层,现在放在了第二层。以前丽贝卡必须站到椅子上才能取到酒杯,现在她只要把手一伸就能拿到了。这一切都意味着,在不知不觉中,丽贝卡正在冲破米兰达武断和偏见的藩篱。

米兰达甚至说,她并不介意伯奇一家定期过来留宿,但她害怕伯奇先生会把在她家逗留的事宜扬出去,那样的话,其他的传教士家庭就会源源不断地奔来了。为了证明自己的观点,她还温文尔雅地举了个例子。她说，要是有人偶尔在自家后院施舍给一个流浪汉一顿美餐，这个流浪汉就会在这个地方作下记号，那样其他的流浪汉就会知道，他们在那里也有可能得到同样的好待遇。

可怕的是，在这种不登大雅之堂的比喻中，的确含有那么一点真理。米兰达对她未来将要担负的责任的种种担心，也可以说是有理有据的，尽管事实和她设想的有所出入。一个人要养成坏习惯很容易，要养成好习惯也同样不难。一旦养成好习惯，你的生命就会如鲜花般绽放，你的言行将变得到美好动人，你就会为自己树立起全新的行为规范，你的邻居们也会对你产生期许，渴望你能继续展示出更多的勇气、同情心、才智、友谊和灵感，因为你已经向他们证明，自己拥有这些能力。打个比方，要是你在果园里种了一两季无花果，果园外的人们就不愿再看到你的果园里长满荆棘和杂草了。

伯奇一家的来访对丽贝卡的影响难以用笔墨来描述。多年以后当她回首往事时，丽贝卡依然觉得伯奇先生请她“带领大家祈祷”的那一刻，开创了她人生的新纪元。

你是否发现，当你穿上漂亮的新衣服时，你会变得特别彬彬有礼、温文尔雅；当你闭上眼睛、双手合十、低头鞠躬时，一种敬畏感会在不知不觉中油然而生；你是否发现，如果你每天对别人都是客客气气的，那么你曾经对某人产生的恶感，就会渐渐冰释消融，这一切都会让你明白，采取一些外在的、可见的形式，的确会神奇地影响到我们内在的精神状态，而前者本身就是后者的体现。

只有当一个人真正开始苍老、变得呆滞无趣时，他的灵魂才会变得沉重木讷、不愿上进。但年轻的灵魂永远插着翅膀，一丝微风就能让它扶摇直上。伯奇先生让丽贝卡带领大家祈祷，丽贝卡必须得表明自己的心迹，只是那种感觉是那样模糊地存在着，连她自己也几乎意识不到。她听从了召唤，而她祈祷时说的那些话语，在她说出口的瞬间，已经成为了现实。她所许下的愿望，也都实现了。

“就像鸽子飞向主人的窗户。”她的灵魂也向着一束巨大的光芒高飞。起初这束光芒仅仅依稀可辨，可是随着她越飞越高、越飞越近，那束光芒就变得越来越耀眼、越来越闪亮。在没有和上帝疏远和背离前，就感觉到了自己和上帝心灵上的交融，在孩子们发现上帝的所有方式中，这一定就是最美好的那一种。

第二十一章

天际线更宽广

等了许久、盼了许久的日子终于来了，丽贝卡终于成为了维尔汉姆神学院的一名学生。有些人经历过波谲云诡的社交风云，见识过异国他乡的风土人情，结交过名牌大学的知识分子，对他们来说，维尔汉姆算不上什么。可是维尔汉姆相对于利维波洛来说，就像利维波洛这个小村子相对于太阳溪农场一样，是不可同日而语的。丽贝卡打算把四年的课程，压缩到三年内学完。因为大家都认为，等丽贝卡到了十七岁，她就该成熟了，该挣钱养活自己，该帮助弟弟妹妹，让他们也能受到良好的教育了。在她考虑自己要怎么做才能顺利达成目标时，有些女孩子还在一心盘算着，如何舒舒服服地混过这四年，至于她们的脑袋瓜子在毕业时是否和开学时一样空空如也，她们可一点也不在乎。相比之下，丽贝卡的任务特别艰巨，艰巨到几乎不可能完成。但其实这个任务是可以完成的，而且，在小小的维尔汉姆以外的其他学校，已经有这样的先例了。

从九月开学到十二月圣诞节，丽贝卡每天都坐车往返于家和学校两地。十二月之后那最寒冷的三个月里，她在学校寄宿。一直以来，爱玛·简的父母都认为，把女儿送到埃奇伍德高中（距离利维波洛有三英里远）上一两年学，对她来说就足够了。他们觉得高中教育所传授的知识，已经到了爱玛·简接受能力的极限，也足以让她成功踏入社会了。爱玛·简向来对这一观点深深认同，因为如果说世界上只有一样东西让她深恶痛绝的话，那一定就是读书上课。在她眼中，书一本比一本没意思，要是全世界的图书馆都沉到大海深处去了，她也能高高兴兴地吃下去饭。可是，在她去了埃奇伍德高中、丽贝卡去了维尔汉姆神学院后，出现了让人意想不到的情况。爱玛·简好不容易才挨过了开学后的第一个星期。这七天真是漫长得没有尽头。亲爱的小伙伴不在身边，只有晚上才能见个面，而且各自还得忙着做功课。终于到了星期天，她找了个机会，把这件烦恼事告诉了父亲，可顽固的父亲并不理她。他认为教育并没有什么用处，而且女儿受的教育已经够多的了。当年，他把自家的农场租给别人、来利维波洛谋生的时候，根本不想靠打铁过一辈子。他一直盘算着，等到爱玛·简念完书、能够帮助她妈妈料理牛奶场了，就带着全家回到自己的农场去。

又过了一个星期。大伙眼见爱玛·简日益消瘦下去。她脸上的红润褪去了，胃口也越来越不好，几乎什么都吃不下去。

她的母亲也幽幽怨怨、旁敲侧击地说，珀金斯家族的人，体质羸弱、容易憔悴；她说，她一直担心，爱玛·简的脸色太红润恐怕不是健康的征兆；她说，有些人会为自己女儿雄心勃勃感到骄傲，他们总是乐于给女儿创造最好的条件；她又说，她担心自己身体不好，天天送女儿去埃奇伍德上学太累了，她的身体受不了，所以建议珀金斯先生最好请个小伙子，专门驾车送爱玛·简上学；最后，她还说，如果一个女孩像爱玛·简一样狂热地爱上了学习，那简直就像中邪了一样可怕。

这样的唠叨和抱怨，珀金斯先生忍受了好几天。最后，他自己的心情、胃口和消化功能也明显受到了影响，于是他只好向这不可逃避的命运低头服输。爱玛·简一听到父亲松了口，就像获得了自由的战俘一样，马上飞奔到了好朋友的卧室。要进入维尔汉姆神学院学习，爱玛·简还必须通过几门可怕的考试，可这也并没有让她望而却步。虽然后来她只通过了两门，但她还是欢天喜地地进入了预科班学习，补修那五门没及格的课程。她打算让知识的小溪流缓缓流过她大脑的浅表层，她可不想失去控制地遭遇知识的洪流。不过，一个无法回避的事实是，爱玛·简的确并不聪明。但是，她有顽强的意志、不变的忠心和无私的爱心，这些其实也可以算是一种天赋，而且在数学和语言主宰的世界里，它们还真的挺有价值。

维尔汉姆是一个美丽的小村庄。村子里有一条宽阔的主街道，街道两旁是高大的枫树和榆树。村子里有一家药店、一个铁匠铺、一家维修管道的小店，还有几家别的店铺，此外，还有两个教堂和许多寄宿公寓。但是这个村子最吸引人的，是它的神学院和研究所。这些高等学府本身不相上下，但在教学效率上，却有着千差万别。这主要取决于：有幸登上校长宝座的人，是否拥有才能与灵感。各式各样的学生从本州本县的各个地方涌到这里求学，他们出生不同，条件迥异，贫富悬殊。当然，愚蠢和鲁莽的行为，在这里也有大量滋生的土壤。但总的来说，几乎没有学生会趁机放纵自己，这可真让人惊讶。有些三四年级的学生会成双作对地坐火车，还有些男生会帮女生把沉重的书籍背上山。偶尔，也会有个别太过早熟、不知检点的女孩子，发呆犯傻，做出蠢事，赫尔达·米瑟夫就是其中一个。这位昔日的同学，起初和爱玛·简、丽贝卡很要好，可是随着时间的流逝，她和她俩越来越疏远了。赫尔达·米瑟夫长得的确非常漂亮，她有一头浓密的褐色头发；她的脸上有一些小雀斑，不过，要不是她自己经常提起，除非别人一直盯着她那白瓷般的皮肤、卷曲的睫毛看，否则是不会发现那些微不足道的雀斑的；她有一双含笑的眼睛；相对于她的年龄，她的身段显得丰满成熟。因此，大家都公认她是个迷人的美人儿。利维波洛太小了，缺乏优秀的追求者，所以赫尔达决定，只要条件允许，就一定要好好利用在维尔汉姆的四年时光。她认为，人生的乐趣就在于，身边能永远簇拥着一群不断变换的追随者，他们拜倒在自己的石榴裙下，随时向自己献媚、为自己打杂，而且知道的人越多越好；她认为，人生的乐趣就在于此起彼伏的打情骂俏、说说笑笑。那些轻松活泼的谈话，夹杂着调皮的眼神、深情的一瞥，是多么意味深长、挥之不去啊！她总喜欢向别的姑娘讲述别人追她的事，然后又感慨自己给她们造成了伤害，因为那些姑娘可没有她那么幸运。不过她声称这一切都不是她的错，她其实就像新生的羔羊一样无辜。一般来说，这样的事情只要做上几次，就足以破坏正常的友谊。于是，开学不久，丽贝卡、爱玛·简就和赫尔达分道扬镳了。在往返利维波洛的火车上，她俩坐在火车的一头，赫尔达和她的众多追求者则坐在火车的另一头。有时，赫尔达被宠到天上去了，比如有个名叫蒙特·克里斯多的年轻人，每个星期五都会花三十美分买上一张从利维波洛到维尔汉姆的往返车票，为的是能有机会接近赫尔达。有时，献媚的队伍锐减，只有那个在火车上卖爆米花和花生的男孩子，还围绕在赫尔达的身边。在没有更佳"猎物"的时候，这个男孩子似乎也能给赫尔达带来满足感。

这个时候的丽贝卡，依然是不解风情。从她的年龄上看，这是正常现象。男生是她的好伙伴，仅此而已。丽贝卡喜欢和他们一起坐在教室里背诵课文，和他们在一起的时候，似乎一切都进展得更顺利一些。不过，她的理想保护着她，使她远离那些庸俗的、早熟的调情和挑逗。迄今为止，她还没有遇到能让她痴迷的男孩，他们距离她梦想中的白马王子实在太远了。赫尔达在学校的种种罗曼蒂克，包括那一大堆平庸的细节，并不是丽贝卡梦想中的爱情。如果说她也萌动过对爱情的憧憬的话，那一定是超凡脱俗的爱情。

在维尔汉姆神学院中，有一位老师对丽贝卡的影响很大，她就是埃米莉·马克斯韦尔，教丽贝卡英国文学和写作。她的叔父是缅因州一位前任州长，她的父亲是赫赫有名的鲍登学院的一名教授。她自己在维尔汉姆也非常引人注目，算得上是一个名人。她一共只教了几年书，而丽贝卡正好赶上她在校的那几年，这对丽贝卡来说，真是太幸运了。丽贝卡和埃米莉很快就建立了友谊，没有一点迟疑，也没有任何拖延。丽贝卡的心，就像离弦的箭飞向靶心一样，向埃米莉飞去。她对埃米莉心悦诚服，一心一意地崇拜着她、追随着她，对她充满了敬意。

有传闻说，马克斯韦尔小姐会"写"。"写"这个字如果用某种特殊的语调说出来，就意味着某人的作品已经变成铅字印刷出版了，而不是说某人会用斯宾塞字体或者别的什么字体书写。

“你一定会喜欢她的，她会写。”开学第一天早上做祈祷的时候，赫尔达对丽贝卡这么说。当时，所有的教职员工都坐在前排的座位上，场面非常壮观，“她会写作，我想她一定自命不凡。”

可是关于此事，似乎并没有人能掌握确切的信息，所以大家的好奇心也就无法得到满足。不过，对此大家都确信不疑，马克斯韦尔小姐在杂志上发表的文章，至少有一个人亲眼看到过。老师这么高的成就，让丽贝卡有些不敢接近，但她常常用敬佩的眼神凝望着马克斯韦尔小姐。她那凝望的眼神，是班上大多数同学永远都学不来的，因为造物主没有给他们那么深邃的双眸。每当马克斯韦尔小姐环视教室时，她总能遇到那双乌黑发亮、充满渴望的眼睛；每当她讲到精彩的地方，她总会望一望第二排长椅的角落边，希望能在那儿找到认同，因为，那儿有一张年轻、表情丰富的脸，她想要唤起的任何情感，都能在那张脸上反映出来。

一天，课上讨论本学期的第一篇随笔作文。马克斯韦尔小姐让每位新生都把自己去年写的作文拿给她看，这样她既能了解他们的写作水平，也能准确地定下自己的教学内容。丽贝卡挨在别人后面拖了很久，最后终于战战兢兢地走向了讲台。

“我手头现在一篇作文也没有，马克斯韦尔小姐。但我星期五回家时，可以找一篇来。我把以前的作文，都放在阁楼上的一个小盒子里了。”

“还精心地用粉红和蓝色的缎带束了起来吧？”马克斯韦尔小姐调皮地朝她笑了一笑。

“没有，”丽贝卡坚决地摇了摇头，回答道，“我想用缎带来着，因为别的女孩都用缎带，而且用上缎带以后看上去也漂亮一些。不过我以前的作文，都是特意用麻绳捆扎的。我有一篇作文，题目叫做《论孤独》，是特意用旧鞋带扎起来的。我这么做就是想表达我对那篇作文的看法。”

“孤独！”马克斯韦尔小姐大笑起来，眉毛也跟着向上挑了起来，“这个题目是你自己选的吗？”

“不是的。迪尔博恩小姐认为我们太小了，选不了好题目。”

“其他还有些什么题目呢？”

“《火炉边的遐想》、《士兵格兰特》、《对巴纳姆一生的反思》、《被埋葬的城市》，我现在就记得那么多了。这些作文我写得都不好，我真没脸把它们拿给您看。不过我会写诗，我觉得写诗歌比写作文容易多了，而且我已经写了好多首了，马克斯韦尔小姐。”

“诗歌！”她惊叫道，“这也是迪尔博恩小姐让你们写的吗？”

“哦，不是的，是我自己想写的。我还住在农场的时候，就已经开始写诗了。要不我把它们都带给您看看，其实一共也没有多少。”

丽贝卡有一本空白本子，里面夹着她所有的诗作。她把这本小本子放在马克斯韦尔小姐办公室的门前，然后在门外等候着。她希望马克斯韦尔小姐会叫自己进去，这样她们就能单独谈话了。可是出来开门的只是一个仆人，她只好失望地离开了。

几天之后，丽贝卡发现马克斯韦尔小姐的书桌上，摆放着她的那本小本子。她顿时意识到，让人害怕的评审时间终于来到了。因此，那天下课以后，当马克斯韦尔小姐让她留下来时，丽贝卡一点也不觉得惊讶。

教室里很安静。窗外，红色的枫叶在微风中摇曳着，发出沙沙的声音。有几片红叶还随风飘进了打开的窗户，它们带来了秋天的第一声问候。这时，马克斯韦尔小姐走了进来，坐在丽贝卡身旁的椅子上。

“你是不是觉得这些诗写得不错？”她一边问一边把诗作还给了丽贝卡。

“也不是很好，”丽贝卡坦白回答道，“要我自己作出正确的判断，真的是太难了。珀金斯一家和科布夫妇总是说，这些小诗有多么妙不可言。不过当科布太太说它们比朗费罗的诗歌还要优美的时候，我就开始担心了，因为我知道，那是不可能的。”

丽贝卡这些坦率的话语，让马克斯韦尔小姐更加坚定了自己对她的看法：丽贝卡这个小姑娘，能够明辨真假，能从真话中受益。

“好吧，我的孩子，”她微笑着说道，“你的朋友们说得不对，你自己的判断是正确的。从正常的评判标准来说，这些诗作都糟糕得很。”

“这么说，我必须放弃当作家的念头了！”丽贝卡叹了口气。她现在好似尝到了毒芹的苦涩。她不知道，自己能不能忍住眼泪，等到谈话结束后再让它们流出来。

“不要这么快就下结论。”马克斯韦尔小姐打断她，“尽管你的这些作品算不上是什么诗歌，但是通过它们，还是可以看出你有一定的潜力。比如，你在韵脚和格律方面没有犯下一个错误，这说明你在这方面具有非同寻常的天赋和领悟能力。诗人把这种能力称为‘对形式的领悟力’。等你再长大一些，阅历再丰富一些，我想你一定能写出优美的诗歌。实际上，写诗要求你有话想说。丽贝卡，诗人应该具有广博的知识、开阔的视野、丰富的阅历和无穷的想象力。你现在还不具备这三个条件，不过我觉得你还是有一点想象力的。”

“那我以后就不能再试着写诗了吗？自己写着玩也不行吗？”

“当然不是，你可以写，写诗能帮助你提高散文写作水平。现在我们来谈谈第一篇作文吧。我会让所有的新生写一封信，描述下这个小镇，再写上两笔自己的学校生活。”

“我必须写我自己吗？”丽贝卡问道。

“你的意思是……”

“我是想，丽贝卡·兰德尔写给她在太阳溪农场的姐姐汉娜的信，或者丽贝卡写给她住在利维波洛砖屋的姨妈简的信，一定又单调又枯燥又没意思，如果那是一封真信的话。但是如果我把自己想象成一个完全不同的女孩，要写信给一个能读懂我的每一句话的朋友，我一定能写得更好。”

“太好了！我觉得你这个主意太棒了！”马克斯韦尔小姐说道，“那么你希望把自己想象成谁呢？”

“我非常喜欢有钱人家的女继承人，”丽贝卡开始遐想起来，“当然，我从来没有亲眼见过那样的女继承人。不过在她们身上总会发生一些有趣的事情，尤其是那些有金黄头发的小姐们。我想象中的女继承人，一定不像《灰姑娘》里的那两姐妹一样高傲、虚荣、狠毒。她应该是一个品德高尚、慷慨无私的人。她放弃了在波士顿一所高等学府求学的机会，来到这儿上学，因为这是她父亲童年生活过的地方。那时候，她的父亲还只是个穷小子，现在她的父亲已经过世了。她身边有一个监护人，这个监护人是这个世界上最善良、最仁慈的人。只是，他已经上了年纪，所以他有时候神情严肃、落落寡欢。不过他开心的时候，是个非常有趣的人，因此伊芙琳并不怕他。没错，这个女孩应该就叫伊芙琳，她的监护人应该叫亚当·莱德先生。”

“你认识莱德先生？”马克斯韦尔小姐惊讶地问到。

“是啊，他是我最好的朋友！”丽贝卡兴高采烈地高声喊道，“您也认识他吗？”

“哦，是的。你知道，他是这所学院的托管人之一，他经常来这儿。不过要是我让你这么想象下去，你就会把整封信的内容都告诉我了，那么，等我再看你的作文的时候，就不能有惊喜了。”

丽贝卡怎么看待马克斯韦尔小姐，我们早就心中有数了。那么老师又是怎么看待这名学生的呢，从下面这封写于两三个月后的信中，也许我们能找到一些端倪：

维尔汉姆，十二月一日

亲爱的父亲：

您是了解我的，我对教书并没有多大兴趣。填鸭一样把知识灌入这些年轻男女学生的头脑中去，就是我的职业，您知道有时这真让我沮丧。这些学生往往自以为是，其实他们一无是处。越是蠢笨的学生，就越不知道自己蠢笨。要是我在地理系或者数学系教书，或许还能有点成就感，因为对这些学科而言，只要学生用功努力、学以致用，说不定就能够创造奇迹。可是英语文学和写作就不同了。文学和写作不但要求学生有聪慧的头脑，而且还要求他们有鉴赏力和想象力！我日复一日、年复一年地辛勤耕耘着，剥开了一颗又一颗牡蛎，可是在里面找到珍珠的次数却少而又少。但是，在这个学期，当我毫不费力地剥开牡蛎时，竟然发现了一颗罕见的珍珠！您能想象我内心的喜悦吧。这是一颗黑色的珍珠，不过它的表面如缎子一样光滑，还散发着美丽的光泽。这颗珍珠名叫丽贝卡，她长得还真有点像《圣经》中记载的井边的利百加。她的头发和眼睛都特别黑，也许她有意大利或西班牙血统吧。她现在还什么都不是，没有人雕琢过她。她没有可以炫耀的家世，也没有大笔的钱财，更没有受过什么高等教育。她什么优势也没有。但是自然母亲为她弥补了那些缺憾，自然母亲说：

"这个孩子我要自己带着。她是属于我的，我要亲手把她塑造成真正的淑女。"

感谢华兹华斯！是他为我们启蒙！只是我发现的这颗珍珠，至今为止还从来没有听说过他的大名！一次我为全班朗读《露西》，当我念完的时候，我看到这个十四岁的小女孩，嘴唇因为喜悦而颤抖着，双目也噙满了理解的泪花！请您想象一下这样的场景吧。

亲爱的父亲！您也知道，当您把心爱的种子撒到岩石里、沙砾里、流水里、甚至烂泥里时，心里会有多么沮丧。因为您知道，在那种条件下，就算种子发了芽，也一定得不到营养，早晚会枯萎死去。因此，您可以想象一下，当我发现了一个真正有自己思想的孩子时，我的内心该有多么喜悦。这就好像我把种子撒在了温暖肥沃的土壤中一样，我提前就知道，只要时机成熟，它一定会生根、发芽、开花、结果。

我真的希望，我不要那么急不可耐，那么急于求成！我并不适合做一名教师。没有一名教师会像我这样，讥讽、抱怨学生愚钝。我的这颗珍珠会写一些小诗，读上去古里古怪、土里土气的，应该算是打油诗吧。不过不知怎么回事，她好像总能通过一行诗句、一个想法、一个形象，告诉你她心里的秘密，不过或许她自己也不知道这一点。就此搁笔吧，也许哪个星期五我回家的时候，会把丽贝卡带来，让您和妈妈见识见识她。

爱你的女儿

埃米莉

第二十二章

三叶草和向日葵

“姑娘们，你们好吗？”赫尔达·米瑟夫站在门口，眼睛从门缝中望进来，“你们能不能少看一分钟书，带我参观下你们的香闺啊？你们看，我刚从商店回来，刚买了这双新手套，因为今年冬天，我再也不想戴那种连指手套了，那种手套实在太土气了。你俩比我小，又刚来这边念书，所以我想你俩并不介意带那种手套，可对我来说，如果不能赶上潮流，那就要我的命啦。哇，你们的房间真的太漂亮了，简直无法用语言来形容！我相信，其他同学的房间，都不能和你们的房间相提并论。我也说不上来，到底是什么东西让这个房间如此华丽。是这落地长窗帘呢，还是那优雅的屏风，或者是丽贝卡的那盏煤油灯？不过你俩在整理房间上，的确很有天赋。我也喜欢干净整洁的房间，但我从来都没有时间去收拾。我总是忙着穿衣打扮，所以有半数以上的日子，我的床铺都是到中午时分才铺好的。不过，到我房间里来的都是些女孩子，所以收不收拾也没有什么关系。等我毕业以后，我打算把我们家的客厅重新装修一遍，让它呈现富丽堂皇的皇家气派。我已经学会了印花釉法，我还要再学一门亮光喷漆法课程，这样我就能好好装饰我的屋子了。我要在客厅里挂上落地窗帘，给家具套上罩子，还要在沙发上摆上靠垫。要是得到妈妈的准许，在客厅里安置一个火炉，那样，晚上我就能在客厅里接待我的朋友了。我能不能用你们的暖风机把脚烘烘干呢？除非路上的烂泥水有膝盖那么高，否则我是绝对不穿橡胶鞋的。穿上橡胶鞋，脚会显得特别大，实在太煞风景了。这双法式鞋跟的靴子，是我好不容易才买到的。我觉得男孩子最先注意到的，就是女孩子的脚。昨天，我不小心把脚伸到过道上的时候，被埃尔默·韦伯斯特踩了一下。下课以后，他向我道歉。他说这也不能全怪他，因为我的脚太小了，他没有看见。当然，他不过是说说而已，不能当真，但我毕竟也只能穿两号的鞋。不过，这种法式后跟和尖尖的鞋头，的确能让脚看上去小一点。另外人家说，脚背高的话，脚看上去也会小一点。我以前总觉得自己的脚背太高了，简直快成畸形了，不过别人都说我的脚背特别美。姑娘们，把你们的脚拿过来和我的比比，看看有什么不同。其实我也并不是特别在乎这个，只是觉得好玩而已。"

"我的脚放在这里舒服得很，不想挪地儿。"丽贝卡冷冷地回答她，"这几天我正忙着学代数，我可没有工夫停下来测量脚背的高度。其实我早就注意到了，自从你买了这双新鞋后，你总是把脚伸到过道里，所以你的脚被别人踩到，我一点也不觉得奇怪。"

"也许这双新鞋，我还没有穿习惯吧。这鞋刚开始穿上的时候不太舒服，后来慢慢撑大了点，才好一些。说点别的吧，你们最近不是得到不少好东西吗？"

"你是说我们的圣诞礼物吧？"爱玛·简说，"枕头套子是科布太太送给我们的；地毯是住在北利维波洛的玛丽表姐送给我们的；废纸篓是利文和迪克送来的；衣柜和坐垫的套子，是我们互相送给对方的；那个屏风，是莱德先生送给我的。"

"唉，你俩能遇到他，真是走运！天哪！我希望我也能遇到那样的人。而且他一直这么关心着你们，多有恒心啊！这个屏风正好把床遮住了，不是吗？我总是觉得，无论什么样的房间，只要里面放上一张床，就没有什么品位可言了。要是那床还没有整理过，就更煞风景了。你们的房间竟然有个壁龛，这可是整栋楼里唯一的壁龛啊。我真不明白，就凭你们两个新生，是怎么弄到这么好的房间的。"她愤愤不平地说完了。

"我们本来也弄不到这样的房间，但露丝·贝瑞的父亲突然去世了，她被迫要离开学校，房间就空了出来，于是马克斯韦尔小姐就问我们，要不要住进来。”爱玛·简解释道。

“这位绝无仅有、不可一世的马克斯韦尔小姐，她今年比往年更加冷面无情了，”赫尔达说，“我已经不想去讨她欢心了，因为她一点也不公正。她对自己喜欢的学生好得要命，对其他学生看也不看一眼，要么就是讽刺挖苦他们。明明不关她的事，她却要干涉，管得真宽。昨天，我真想告诉她，她该做的是教我拉丁文，而不是教我规矩礼仪。”

“我希望你不要在我面前说马克斯韦尔的坏话，”丽贝卡激动地说，“你知道我不喜欢听这些。”

“我知道。不过我真不明白，你怎么能忍她。”

“不是忍不忍的问题，而是我喜欢她，我爱她！”丽贝卡大声说道，“我不愿意太阳把她晒得太热，也不愿意寒风把她吹得太冷。我真想在教室里放上大理石讲台，让她坐在天鹅绒的椅子上，前面还要摆上一张金子做的桌子！”

“行啦，不要发这么大的火。她爱坐哪里坐哪里，我无所谓。我还有更高兴的事要想呢。”赫尔达摇头晃脑地说道。

“你现在不学习吗？”爱玛·简问道，她怕赫尔达一会又高谈阔论了。

“我现在是该学习，可是我的拉丁语法书昨天弄丢了。昨天我把书放在大厅里，然后和赫伯特·邓恩大吵了一架。我已经一个星期没有和他说话了，还把教室的钥匙还给了他。他当时也很生气。等我吵完架再回到大厅，已经是半个小时之后了，那本书已经不见了。然后我就到镇上买了这副手套，又去了校长办公室，看看有没有人捡到我的语法书。我的书到现在都还没有找到，所以我才能这么轻松。”

赫尔达穿着一件羊毛裙子。那件裙子本来是灰色的，后来又被染成了鲜亮的蓝色。为了让她的衣服更洋气，她在身上的那件灰色夹克上，编了三排白色的穗带，还加上了一颗白色的珍珠大纽扣。她在灰色的毡帽上插了一根白色的羽毛，并缀上了一层薄薄的白纱。白纱上点缀的黑色圆点，把她娇嫩的皮肤衬托得格外精神。丽贝卡暗暗赞叹，赫尔达帽子后面露出来的红色发髻真是好看，可惜她前额的头发，由于被她不停用卷发棒烫卷，已经没有光泽了。她敞开的上衣里，露出亮蓝色的毛衣，上面别着一大堆小饰品——一面小小的美国国旗、一个维尔汉姆赛艇俱乐部的徽章，还有一两个其他社团的徽章。这些五花八门的饰物足以证明，她在学校里是个受欢迎的人物。她喜欢佩带这些饰物，就像沙龙舞的爱好者喜欢把时尚美女的靓照贴满自己卧室的墙壁一样。打她走进丽贝卡她们的房间时起，赫尔达就不停地把这些饰品别上又取下、取下再别上，还把帽子上的薄纱整理了弄乱、弄乱了又整理。她这么做，只是希望丽贝卡她们会问她，这个星期她手上戴的戒指是谁送的。可是尽管丽贝卡她们一眼就看到了她的新戒指，但她们却偏偏闭口不问。赫尔达迫切地想要她们询问的意图，实在太明显了。她那花里胡哨的打扮，她"又是点头又是招手，脸上堆满笑容"的模样，还有她欢天喜地地炫耀的神情，以及喋喋不休的话语，这一切让她像极了华兹华斯诗歌中刻画的那只鹦鹉：

"调皮、灵巧、好动的小鸟儿
社交的欢乐给你带来无穷灵感
渴望关注渴望重视是你的本色
被人崇拜被人欣赏是多么快乐"

"莫里森先生说，我的语法书一定会有人送回来，所以他就先借给我一本。"赫尔达继续说道。

"他说我就不该把书丢在大厅里，并且说得可严重了。当时在办公室里，还有一位非常优雅的绅士，可我并不认识他。我希望他是新来的老师，可是怎么会有那样的好事呢？要说他是哪个女生的吧，他太年轻了，可要说他是谁的哥哥吧，他的年龄似乎又大了点。不过他真英俊，就像从画里走出来的一样。他穿得也很时髦，非常讲究。他一直看着我，似乎眼睛都没有眨过一下。当时我尴尬极了，我都快听不清莫里森先生的问题了，更不知道该怎么回答。”

“赫尔达，我说，过不了多久，你一定得戴上面具，才能过清静日子了。”丽贝卡说道，“他有没有主动把教室的钥匙借给你？或者，也许他毕业太久，早就用不到那钥匙了？现在你得告诉我们，校长有没有问你要一绺头发，放到他的怀表里去做纪念呢？”

丽贝卡说这些话的时候，面带笑容，神情愉快。赫尔达好一阵子都没弄明白，丽贝卡到底只是在说俏皮话呢，还是在嫉妒她？不过后来她还是认为，丽贝卡应该是在嫉妒她。因为一个女孩子如果没有人注意，就一定会嫉妒别人，这是再自然不过的事了。

“他没有佩带什么珠宝，但是他的围巾夹针上镶着宝石。他还戴着一枚非常漂亮的戒指，那个戒指好像一直在他手指上不停旋转似的，非常少见。哦，我的天，我得赶紧走了。时间怎么过得那么快呢，上课的铃声都响了。”

在赫尔达提到那枚戒指的时候，丽贝卡竖起了耳朵。她想起了一枚特别的戒指，它属于这个世界上唯一一个能够激发她的想象力的人（当然马克斯韦尔小姐除外），那个人就是阿拉丁先生。她对他的感觉，和爱玛·简对他的感觉是一样的。那是一种复杂的感情，不仅有对他本人的仰慕，这种仰慕中既含有浪漫的情怀，又含有崇敬的心情，而且还有对他馈赠礼物的由衷感谢。自从那个与他初次邂逅的圣诞节以来，每一年的圣诞节，他都会给两个女孩子带去美好的回忆。他送给她们的圣诞礼物，都是精心挑选的，既不落俗套，又深谋远虑。爱玛·简只见过他两次，丽贝卡对他却已经很了解了，因为他已经去砖屋拜访了好多回。她常常写一些致谢的便条给他。为了让自己写的和爱玛·简的不同，她可费了不少心血呢。有时候，他会从波士顿写信给她，问她利维波洛发生了什么新鲜事。她就会洋洋洒洒地写上好几张纸，用奇奇怪怪、孩子气十足的口吻和他漫谈，有两次她还在信里附上了自己的小诗。阿拉丁先生把那些信读了又读，怎么也读不厌。如果赫尔达提到的陌生人就是阿拉丁先生的话，那他会不会是专程来看望她的呢？那么她和爱玛·简能不能带他参观她们这漂亮的房间呢？他送的那些礼物，都摆在这个房间里，它们是那么显眼！

不久，两个女孩就在维尔汉姆安顿了下来，成了名副其实的寄宿生。现在，她们觉得自己的生活充满了无穷无尽的快乐。实际上，丽贝卡在这里度过的第一个冬天，是她整个求学生涯中最为宁静、最为幸福的时光。这个冬天永远值得她去回忆。在这个冬天，她和爱玛·简成了室友，她俩把自己有限的宝贝都拿了出来，把她们的房间装饰得既漂亮又温馨。首先，房间里有一条漂亮的红色提花地毯，还有一套枫木家具。至于其他装饰，都是由丽贝卡提供创意，爱玛·简提供材料和劳动力。这样的分工，似乎非常有效、合理。珀金斯太太的父亲生前经营着一家店铺，他去世时，把店里所有的商品都留给了自己这个已婚的女儿。他留下的糖浆、酸醋和煤油，让爱玛一家足足用了五年。直到现在，珀金斯家的阁楼俨然还是一个聚宝盆，里面堆满了印花棉布、棉花，还有许多“美国佬发明的玩意儿”。因此，在丽贝卡的鼓动下，珀金斯太太很快用原色棉布，为她们做好了落地长窗帘和遮家具的盖布。她还用土耳其红棉布，给窗帘和盖布镶上了花边。两张桌子也配上了不同颜色的桌布，这样，两个姑娘就都有了自己的学习空间。丽贝卡连哄带骗，姨妈才准许她把那盏珍贵的宴会灯带来。那盏灯无论放在哪个屋子，都会让屋子顷刻之间蓬荜生辉的。她们又添置了阿拉丁先生最近一次送给她们的礼物——给爱玛·简的日本屏风和给丽贝卡的“英国诗人”书架。布置完房间，两个女孩高兴地断言，结婚成家和掌管家务，也不过如此而已，不会比现在更有趣了。

赫尔达来拜访她们的那天是星期五。每个星期五下午的三点到四点半，是丽贝卡自由支配的时间。这可是她盼望一周的宝贵时光。她可以利用这段时间，好好享受一下生活。通常，她会沿着那条积雪的小径，一直前行，穿过神学院后面的松树林，然后从一条宁静的乡村小路中跑出来，接着便直接走进一幢白色的大房子。那幢房子里住的就是马克斯韦尔小姐。一般情况下，她家的女佣会给她开门。进门以后，她会脱下自己的帽子和披风，把它们挂在门厅里，然后把自己的橡胶鞋和雨伞，轻轻地放在角落里。做完这些，她就能打开那扇通往天堂的大门了。马克斯韦尔小姐的起居室，两边都摆放着书架。丽贝卡可以舒舒服服地坐在火炉边，随心所欲地翻阅那些书籍，在书海中徜徉一个小时甚至更久。然后，马克斯韦尔小姐就下课回家了。她俩会聊上半个小时左右，这短暂的闲聊对丽贝卡来说分外珍贵。闲聊结束丽贝卡就得去火车站和爱玛·简会合，一起坐火车回利维波洛。她将在那儿度过星期六和星期天。姨妈们会让她洗衣服洗澡，再帮她把衣服熨一熨、补一补。当然她还得接受姨妈们的检查。她们又是表扬又是责备，又是提醒又是劝告。那些没完没了的唠叨，足够她消化一个星期的。

这个星期五，马克斯韦尔家花架上的天竺葵盛开了。丽贝卡把头埋在天竺葵花丛中，欣赏了好一会。然后她从书架上取下一本《罗莫拉》，在窗边的椅子上坐了下来，满足地轻叹了一声。在看书的过程中，她不时抬起头来，看一看墙上的钟。还记得上一次，她完全沉浸在《大卫·科波菲尔德》中，竟然把坐火车回家的事忘得一干二净。爱玛·简等不到丽贝卡，心烦意乱，可她又不想一个人独自回家，于是只好从火车站跑到马克斯韦尔小姐的住处，来找丽贝卡。等她们赶到车站，当天去利维波洛的火车就只剩下最后一趟了，而且那趟车停靠的地方，离利维波洛还有三英里的路。下车后，两个女孩在雪地里奋力前行，直到走得筋疲力尽，才回到各自家中，那时天都已经黑了很久。

看了大约半小时后，丽贝卡瞟了一眼窗外，看见两个人从树林中的小路走来。那红色的发髻和妖艳的帽子，在这个世界上只属于一个人。等他们走近了，丽贝卡才看清，赫尔达旁边的人，不是别人，正是阿拉丁先生。赫尔达优雅地提着长裙，小心翼翼地为她的高跟鞋寻找安全的落脚点。她的脸蛋容光焕发，她的双眼在黑白相间的薄纱下，闪耀着楚楚动人的光芒。

丽贝卡悄悄地从窗前挪到火炉前的小地毯上，把头倚靠在宽大的安乐椅上。她害怕此刻自己内心爆发的狂风骤雨；她害怕这突如其来的事实；她害怕自己内心那种莫名其妙的感觉，那种感觉是她以前未曾有过的。她似乎马上意识过来，她绝不能容忍自己和阿拉丁先生的友谊被赫尔达夺走：赫尔达是那么聪明、活泼、俏丽，又是那么欢快、主动，她是一个多么完美的伙伴啊！一直以来，她都乐于和爱玛·简一起分享阿拉丁先生那宝贵的友谊。也许在她的潜意识中，她清楚地知道，在阿拉丁先生的心目中，爱玛·简永远只能排在第二。可是，她自己又如何呢？在他的心目中，她是自己所希望的那个第一吗？

突然间，有人轻轻打开了房门。来人向房间里瞧了一瞧，说："马克斯韦尔小姐告诉我，能在这儿找到丽贝卡小姐。"

听到这熟悉的声音，丽贝卡浑身一震，一下子从椅子上跳了起来。她高兴地喊道："阿拉丁先生！哦，我知道你在维尔汉姆，可是我一直担心你没有时间来看我们呢。"

"'我们'是谁？你的姨妈并不在这里呀，对吗？哦，你是说那个富有的铁匠的女儿吧，我从来都不记得她的名字。她也在这里吗？"

"是啊，她现在是我的室友。"丽贝卡回答。她暗自想，要是他真的忘了爱玛·简的名字，那离忘记她的名字估计也就不远了。

房间里的光线，此刻柔和了很多。炉火欢快地燃烧着，发出"噼里啪啦"的响声。他俩谈天说地，聊了很多。终于，往日那种熟悉亲密的美好感觉，又悄悄回到了丽贝卡的心头。亚当已经好几个月没有见到丽贝卡了。他现在想听听，对学校的事，她本人有些什么看法。因为他已经从莫里森先生那里，了解到丽贝卡的学习进展情况了。

"好吧，丽贝卡小姐，"他终于从椅子上站了起来，"我得准备驾车去波特兰了。明天我要去那里参加一个铁路董事会议。我总是喜欢利用这样的机会，参观参观校园，然后针对学校的教育和财政事务，提出一些有用的建议。”

“我总觉得你做学校董事有点滑稽，”丽贝卡沉思后说道，“我觉得这职位并不适合你。”

“你真是个冰雪聪明的年轻人，我太同意你的观点了，”他回答道，“事情其实是这样的，”他严肃地补充道，“我接受这个职位，完全是为了纪念我那可怜的母亲，因为她生命中最后一段幸福时光，是在这里度过的。”

“那是很多年前的事了吧？”

“让我算一算。我今年三十二岁，虽然我开始有白头发了，但我毕竟只有三十二岁。我母亲刚从这里毕业一个月，就结婚了。我十岁时她过世的。是啊，我母亲在这里生活的年代，距离现在是很久远了，那时这个学校也不过才成立十五或二十年左右。你想见见我的母亲吗，丽贝卡小姐？”

丽贝卡轻轻接过了亚当先生手里的皮盒子。她打开盒子，看到一张纯真无瑕、白里透红的脸，像雏菊一样清新。那张脸是那么率真、那么敏感，一下子就走进了丽贝卡的心中。丽贝卡陡然觉得自己长大了，有了丰富的经验，有了强烈的母爱。她渴望自己能立即去安抚、去呵护那张年轻、娇嫩的脸。

“哦，多么甜美的脸蛋，像鲜花一样！”她低声细语。

“可是这朵鲜花必须忍受一场又一场的狂风暴雨，”亚当先生严肃地说，“世间严酷的天气折弯了它的茎干，压低了它的头颅，最后把它拖进了泥土。我那时还是个孩子，没有力量去保护它，没有本事去滋润它。在它深陷困境的时候，没有一个人站出来为它排忧解难。现在我成功了，拥有金钱和权利，能挽救她的生命了，能让她过上幸福的日子了，可是一切都已经太晚了。她是因为得不到关爱、照顾和呵护而离世的，这一点我永远也忘不了。我常常觉得，我现在拥有的一切都毫无用处，因为我不能和她分享。”

面前坐着的，是一个丽贝卡未曾见过的阿拉丁先生。听完他的一番话，丽贝卡的心颤动了一下，充满了同情和理解。她终于明白他的双眼为何总是带着一丝疲惫，哪怕在他谈笑风生、兴高采烈的时候，这疲惫的眼神也总会时不时地流露出来。

“我很高兴你让我知道了这些，”丽贝卡说，“我也很高兴能够通过玻璃框看到你的母亲。我看到了她那黄色的卷发、天蓝色的眼睛。我似乎感觉，她现在就在我的面前，正在把这顶白色的棉布帽子系在下巴上。她一定有过开心的日子。我真希望她能一直这么开心，我真希望她能够好好活下去，能看着你茁壮、快乐地长大成人。我的妈妈总是很忙碌、很忧伤，不过有一次在她凝视着约翰时，我听到她说：‘有了你，就能弥补一切了。’我想，如果你的母亲还在世，她一定也是这么想的，或许她当初就是这么想的。”

“你这小家伙真会安慰人，丽贝卡。”亚当边说边从椅子上站了起来。

丽贝卡站起来的时候，她的睫毛上仍然闪烁着晶莹的泪水。亚当先生见状，开始用全新的眼光打量起眼前的小姑娘来。

“再见！”他握了握丽贝卡那双纤细的深棕色的小手，又像第一次见到她一样补充道：“看来，我们的小‘白雪与红玫瑰’正在变成一个全新的姑娘！想在三年的时间里修完四年的课程，就得熬夜学习，这一定会让一个人的双眼失去神采、两颊变得苍白。不过我们的丽贝卡，她的眼睛还是这么明亮，两颊还是那么红润！她长长的辫梢编在一起，在她背后形成了一个黑色的大写字母U。她的头顶上还扎着几个大蝴蝶结。她一下子长得这么高，快要到我的肩膀了。我真不希望她长这么快！如果没有这位善解人意的小伙伴，阿拉丁先生要如何是好呢？他可不喜欢那些拖着长裙、穿着华丽、成熟世故的年轻淑女。她们让他害怕，让他无聊！”

“哦，阿拉丁先生，”丽贝卡急切地喊道，她把他的玩笑当真了，“我现在还没到十五岁呢，还要三年时间，我才能变成年轻淑女。请不要现在就不理我，到你不得不丢下我的时候，再丢下我吧。”

“我不会丢下你的，我向你保证，”亚当说，“丽贝卡，”他停了会儿又接着说，“你认不认识一个年轻的女孩，她长了一头漂亮的红头发，言行举止都很都市化？刚才她送我下的山。你知道我说的这个人是谁吗？”

“那一定是赫尔达·米瑟夫。她也是从利维波洛来的。”

亚当用一根手指托着丽贝卡的下巴，直视着她的双眼。她那双眼睛，还是那么柔软、那么清澈、那么纯洁、那么充满童真，和她十岁时的眼睛一模一样。他想起了另外一双极具挑逗性的蓝眼睛。在那半睁半闭的眼皮之中，在那弯曲上扬的眉毛之下，那双眼睛会不时射出卖弄风情的撩人秋波。于是他严肃地对丽贝卡说道：“不要学她的样，丽贝卡。在太阳溪农场边的田野里生长的三叶草，不应该和华而不实的向日葵绑在同一个花束里。因为三叶草的花，实在太甜美、太芬芳、太健康了。”

第二十三章

农场艰难时期

在维尔汉姆第一年快乐的时光就这样过去了，丽贝卡觉得，她的天地变得宽广多了，她的视野变得远大多了，她的机会也比以前更多了。整个暑假她一直在学习，因此在开学返校时，她顺利地通过了好几门考试。这意味着，如果下学期她能继续保持这样的进度的话，她就能用三年的时间，完成四年的学业。不过，她并没有取得班里的最高分，因为时间有限，她做的练习不够，想取得最高分是不可能的。但是，她有几门必修科目成绩非常好，其他科目成绩也不差，因此平均分还是相当不错的。无论怎样，她也许永远都不可能成为一个杰出的学者，因为在数学和自然科学等领域中，班上很多女生的成绩都比她高。但是，令人难以置信的是，随着时间的推移，她竟然成了学校里的名人。有时候，她把可以支撑论点的相关论据，忘了个一干二净。本来没有这些论据，她就无法全面充分地答题，可她总能自己找到一些原创的理论，把问题阐释得清清楚楚。当然，她自创的理论并不都是正确的，但它们独一无二，有时候还妙趣横生。她的拉丁语和法语语法只能算是中等水平，但是一说到翻译，她总能自由发挥、文思泉涌。她的遣词造句、她对原文精髓的透彻理解，让老师们倍感欣喜，也让她的竞争对手望尘莫及。

"她完全可能对哪个话题一无所知，"有一次，马克斯韦尔小姐对亚当·莱德说，"可是只要给她一点线索，她就能摸着门道，她就能开动脑筋，直到完全理解那个话题。而其他许多女孩子，就算脑袋瓜里填满了信息，也是木头木脑，永远不开窍。"

在维尔汉姆的第一年，除了少数几位老师以外，大多数老师还没有发现丽贝卡的天赋。而她自己，则利用这一年的时间，静静地适应着新的环境。显然，她是学校中少数几个家境贫寒的女生之一。她没有可以吸引别人的漂亮衣服。她在城里没什么朋友，也没什么人去探望她。她要花更多的时间去学习，因此她也没什么时间去结交别的女孩。当然，如果她选择的是享受学校生活的另一种乐趣，她一定能开心地交到不少新朋友的。尽管如此，但酒香不怕巷子深，到了第二年春天，她又轻轻松松、自自然然地成为了某种意义上的领袖人物，这和当年她在利维波洛当孩子王如出一辙。那年春天，大家全票通过，推选她为《维尔汉姆学院先驱报》的助理编辑。于是丽贝卡成了校史上第一位女编辑。这个职位让人艳羡，但也非常辛苦，有时候还吃力不讨好。当她把自己编辑的首份期刊拿给科布夫妇时，杰里大叔和莎拉阿姨是那样为她感到骄傲，甚至到了吃不下睡不着的程度。

“她一定能赢得那些选票，”谈起那次选举，赫尔达·米瑟夫这么说道，“因为无论什么事情，不管她懂还是不懂，她给人的感觉就是她懂；无论她有没有能力担任这个职位，她给人的感觉是她一定能胜任。我现在希望我也和她一样，高个子、黑皮肤，让别人觉得我也是不得了的人物。不过有件事怪有趣的：虽然男孩子们都说她长得很清秀，但是并没有什么人真的去关注她，没有人打扰她的清静。”

有件事的确是不争的事实：尽管丽贝卡已经十五岁半了，但她对异性的态度仍然是不闻不问、无动于衷。凡是见过她的人都不能否认，她身上的某个地方，的确埋藏着一种潜在的吸引力。不过这种吸引力此刻就潜伏在她的体内，按兵不动，愉快地静静等待着时机的到来。按常理来说，一个人在一段特定的时间内，只能做好有限的几件事。因此，毫无疑问，人们一定会首先设法去满足自己最紧迫的需求、去实现自己最强烈的愿望、去施展自己最重要的抱负。最近，丽贝卡的心中有一些不安和恐惧，因为在砖屋的事情进展得并不顺利，而在太阳溪农场，一切简直是毫无希望。她太忙碌了，负担也太重了，因此她全部的心思，自然都放在解决日常生活中的棘手问题上。

那一年的秋冬，丽贝卡觉得米兰达姨妈变得前所未有地吹毛求疵、小题大做。丽贝卡记得，她刚来砖屋那会，姨妈也不过和现在一样挑剔而已。一个星期六，丽贝卡跑到楼上大哭起来，她对简姨妈大声说道："简姨妈，她无休无止的指责刁难，我再也受不了了。无论我做什么，都不能让米兰达姨妈满意。她刚才还说，我这辈子也休想摆脱兰德尔家族的遗传基因，可我根本就没想要摆脱什么遗传基因，于是我们就不欢而散了。"

简姨妈一向很少表露自己的感情。她试图去安慰丽贝卡，结果却和她一起哭了起来。

"你必须要有耐心，"她一边说，一边擦干了自己的眼泪，然后又给丽贝卡擦了擦眼泪。"有件事我没有告诉你，因为我觉得你学习已经那么辛苦了，再拿这件事来烦你，对你是不公平的。其实，你米兰达姨妈最近身体不怎么好。大约在一个月前，有天早上她突然晕倒了。当时情况也不是特别严重，但是医生担心那是休克。医生说，如果真是休克的话，那就是不好的预兆。我觉得她的身体现在是一天不如一天了，所以她现在才这么烦躁、这么易怒。当然，她还有其他的麻烦，那些事你都不知道。总之，要是你现在对米兰达姨妈不好的话，那你以后一定会后悔的。"

听完这番话，丽贝卡脸上的不满和委屈都消失了。她停止了哭泣，后悔地说道："哦，可怜的人！现在无论她说什么，我都不会介意了。她刚才让我给她弄点牛奶吐司来着，我害怕见她，所以还没送过去。不过现在一切都不同了，我知道该怎么做了。不要担心，简姨妈，也许情况并没有你想象的那么糟。"

片刻之后，丽贝卡给姨妈送去了吐司。她特意用镶着金边的瓷碗盛放，那可是家里最好的碗。她还在托盘里铺上了带着花边的纸巾，在放盐的小碟子上放了一枝天竺葵。

"吐司来了，米兰达姨妈，"她欢快地说道，"我希望你品尝后，会咂咂嘴说好吃。这可是地道的索亚家的招牌牛奶吐司，和兰德尔家族一点关系也没有。”

“你总会变着花样让我高兴。”米兰达姨妈回答道，“这吐司味道还真不赖，但是如果你没有浪费那枝天竺葵就好了。”

“这可不能说是浪费，”丽贝卡的话好像充满了哲理，“也许这枝天竺葵一直期待着能为某个人的晚餐增光添色呢。也许它等待这一天，已经等待了很久。所以你可不能假装你不喜欢它啊，它一定会失望的。我以前曾经听到天竺葵哭泣呢，就在一个大清早！”

简隐约提到的那件神秘的烦心事，的确真的存在，不过姐妹俩都对此三缄其口，不愿公开。索亚姐妹的财产不多，但她们把其中的两千五百美元，都投资在父亲一个朋友的公司里。这家公司每年付给她们一百美元的红利。大约五年前，父亲的这位朋友去世了，他的儿子继承了那个公司，所以一切照旧，什么也没改变。最近，她们突然收到一封信，信中说那家公司已经破产了，所有的一切都血本无归，因此索亚家的那笔钱，也随之付诸东流了。

每年损失一百美元的收入，也许微不足道，可是对这对未婚老姐妹来说，却犹如当头一棒。有这一百美元，她们可以过得舒舒服服，没有这一百美元，她们就必须勒紧裤带过日子。她俩一向谨小慎微、很有分寸，所以要让她们再节衣缩食是很困难的。而且这打击来的实在不是时候，因为丽贝卡正好要交学费和寄宿费。这笔费用虽然数额不大，却要马上用现金支付。

“我们还能继续供她上学吗？或者我们应该告诉她事情的原委，让她辍学回家算了。”简流着眼泪问姐姐。

“开弓没有回头箭。”米兰达的语气很严厉，“我们当初把她从农场接来时，就答应了她的妈妈，要给她提供良好的教育。我们必须说话算数。照我看来，她是奥莉娅将来唯一的希望。汉娜的时间和心思，都花在给自己找如意郎君上了。等她结婚成家了，她哪里还会管她的妈妈，恐怕连看也懒得看一眼呢。约翰不好好干庄稼活，却成天想着做什么医生，好像现在生病的人还不够多一样。我可没发现哪个年轻医生能让病人起死回生的。我们能节约就节约，能将就就将就吧。不管怎样，我们一定只能动用利息，绝对不能动用本金。”

在许多节俭的新英格兰妇女的心目中，“动用本金”是一种罪过，这种罪过仅次于纵火、盗窃和谋杀。在常人看来，这个规矩有时候太不通情理了。就拿索亚家来说，现在既然急需用钱，那么这对年过六十的老姐妹，完全可以动用一点她们平日的积蓄。这又不是什么罪过，而是对大家都有利的善行。

丽贝卡对这些都一无所知。她只看到两个姨妈越来越节俭了。两个姨妈这个也不用，那个也不买，毫不留情地删减着一切开支。她们买进门的鱼肉荤腥越来越少了；她们还解雇了家里的女佣，本来那女佣一周也不过只来两次，帮她们熨洗衣服、打扫卫生；她们还把去年的旧帽子拿了出来，浆洗浆洗、整理整理，打算今年再戴；她们也不再驾车去茅德里逊和波特兰旅行了。处处都节省到了极点。尽管米兰达的一言一行，都可以用沮丧悲观、顽固不化来形容，可是她并没有迁怒于丽贝卡，并没有把她当成一个负担。因此，除了穿旧衣服、戴旧帽子、猴年马月也换不上新衣新帽以外，索亚家最近的不幸遭遇对丽贝卡的生活，几乎没有造成其他影响。

可是太阳溪农场的变故，却是两个姨妈无法隐瞒的。这整整一年可以说是祸不单行，一个又一个的灾难，就像连载小说一样纷至沓来。地里的土豆歉收了；树上的苹果没结几个；干草的收成也糟糕得很；奥莉娅总是动不动就头晕；马克又摔伤了脚踝，这已经是他第四次摔伤了。米兰达忍不住想问他，人的身体里到底有多少骨头。她说：“这样我们就能知道，你什么时候才能不再一次次地骨折。”最糟糕的是，又到支付抵押贷款利息的日子了。贷款利息就像梦魇一样，吞噬着兰德尔一家的全部快乐。它每年来了又去，去了又来，阴魂不散。而今年他们似乎无力支付那四十八元的利息了，十四年来，这还是头一回。这一年，兰德尔一家唯一的开心事就是：汉娜和威尔·梅尔维尔订婚了。梅尔维尔是个青年农民，他家的农场和太阳溪农场相邻。他有一幢不错的房子。另外他家里一个亲人也没有了，所以什么事他都能给自己作主。汉娜对这出人意料的美好未来满意极了，因此她一点也体会不到母亲的焦虑和煎熬。世界上的确有这样一种人，身处逆境的时候，他们能彰显美德、忍辱负重，可一旦好运突然来了，他们就会迅速蜕变、腐败变质。汉娜最近来砖屋玩，住了一个星期左右。米兰达私下对简说，汉娜给她的印象一点都不好。她说，汉娜极端吝啬又极端自私，简直像一张树皮一样。她这样的人，一旦爬到了一定的高度，就会毫不犹豫地踢掉脚下的梯子。一次，姨妈们试探着问她，你自己快过上好日子了，以后打算怎么帮助自己的弟弟妹妹？她竟然说，自己已经做得够多的了，还说不想让自己的这些穷亲戚，给威尔增添负担。"她跟她奶奶苏珊·兰德尔一个德性！"米兰达大声说道，"我真巴不得她快点回汤普朗斯去。如果说谁能帮助农场还清那笔贷款，那个人不可能是汉娜，只可能是丽贝卡或者我自己。"

第二十四章

阿拉丁擦神灯

“你的大作《维尔汉姆的野花》已经被《先驱报》录用了，爱玛·简小姐。”丽贝卡一进门就宣布了这个消息，这时爱玛·简正在织补长袜。“我刚才留下来和马克斯维尔小姐喝茶了，我提前回来就是为了能早点告诉你这个好消息。”

“你在开我玩笑吧，丽贝卡！”爱玛·简停下了手里的活儿，抬起头来，颤抖着说道。

“绝对不骗你。我们编审读了你的文章，觉得很有教育意义。你的文章会在下一期刊登出来。”

“那我的文章不是要和你那首诗一起发表了？就是你‘当我们离开学校，金色大门就在我们身后关闭’的那首诗。”爱玛·简说完屏住了呼吸，等待着丽贝卡的回答。

“的确是这样的，爱玛·简小姐。”

“丽贝卡，”爱玛·简像灾难降临了一般说道，“我不知道我自己能不能承受这样的好消息。万一我有个三长两短，我郑重地请求你，请你把那一期《先驱报》和我葬在一起吧。”

丽贝卡并不觉得爱玛·简的话有多么夸张，她认真地回答道：“我明白。当初我也是这样的感觉。即便是现在，每当我一个人的时候，我还会把那些过期的《先驱报》拿出来，重新读一读上面我的文章。读着读着，我经常会大笑起来，心里开心极了。不是因为它们有多么好，而是因为我每读一次，就觉得它们比我上次读的时候更差了。”

“要是我们老了，我们还一起住在一间小屋里，”爱玛·简陷入了沉思，她拿着针线的手停在半空中，双眼凝视着对面的墙壁，开始进入她梦想的世界，“那我就把所有的家务活还有一日三餐都包了，我还要帮你誊写所有的诗歌和故事，然后把它们送去邮局。你只管写作就好了，其他什么都不用操心。这样的日子真是太美好了！”

“我也喜欢这样的日子，不过我已经答应约翰了，要帮他料理家务。”丽贝卡回答。

“他要很多年后才会成家的吧？”

“是啊，”丽贝卡悲伤地叹了口气，靠着桌子一屁股坐了下来，用一只手撑着下巴，“要等我们还清了那笔讨厌的贷款后，他才能成家呢。可惜那一天非但不是越来越近，反而越来越远了。我们今年连利息都还没还上呢。”

她随手扯了一张纸，胡乱地在上面写了起来。一会她大声念道：

抵押贷款对农场说道：
“你们能否快快地还款，
我说这地方我已经厌倦。”
“我们早就厌倦了彼此，”
丽贝卡·兰德尔大声说
“我再不想看你那臭脸！”

“纸币上倒是有人脸，”爱玛·简评论道，她数学还是学得挺不错的，“我怎么不知道抵押贷款也有‘脸’啊？”

“我们家的抵押贷款，是长着一副臭嘴脸的。”丽贝卡仇恨地说道，“就算我在伸手不见五指的黑夜里遇到它，我也认得它那副嘴脸。等一下，我把它的嘴脸画出来给你看看。看看它长啥模样，对你有好处。等你成了家，有了丈夫和七个孩子的时候，你可千万别让它靠近你们农场。方圆一英里内，你都别让它靠近。”

丽贝卡画好的草图，胆小的人在睡觉前可千万不能观看。

这张画的右边是一座很小的房子，房子前头一家人正在抱头痛哭。画中既像魔鬼又像妖怪的东西，就是抵押贷款。那个东西沾满鲜血的右手中，高举着一把斧头。一个有着瀑布般黑色长发的人，正努力承受着这一切。丽贝卡满足地解释道，这个人是她照着自己的样子画的，尽管她目前还不知道，要用什么办法才能达到目的。

“它真的好吓人，”爱玛·简说，“不过它又干瘪又矮小。”

“因为这笔贷款总共只有一千两百美元，”丽贝卡说，“这叫小额贷款。约翰有次见到一个人贷了一万两千美元呢。”

“你打算将来做作家还是做编辑?”爱玛·简突然转移了话题。她说话的口气，好像这两个职业都唾手可得、就等丽贝卡挑选了一样。

“我想我得先解决眼前的事情。”

“你可以去叙利亚当传教士呀，伯奇夫妇不是竭力鼓动你去那里吗?传教士委员会会给你报销一切费用的。”

“要不要做传教士，我现在还不能做决定。”丽贝卡说，“首先，我觉得我自己不够优秀，没有资格；其次，我也感觉不到上帝的召唤。伯奇先生说，真正的传教士，一定能感觉到上帝的召唤。我愿意为别人做些事情，让他们的生活越来越好。可我不想跑到千里之外的地方，去教别人怎么生活，因为我自己都还没有透彻地理解生活呢。再说，那些异教徒好像也不需要我，我想他们以后一定能够凭借自己的力量，过上好日子的。”

“怎么能够呢?如果所有应该去拯救他们的人，都和我们一样呆在家里，那他们怎么能得到拯救呢?”爱玛·简反驳道。

“要知道，不管上帝是什么样子，无论他在哪里，他都一定在某个地方耐心地等待着。他不会到处乱跑，让人们错过他。也许那些异教徒，要多花点时间才能找到他，但是上帝会体谅他们的。因为上帝明白，他们生活的地方是那么炎热，因此他们可能会懒惰迟缓一点；另外，那些鹦鹉、老虎、毒蛇、面包树什么的也分散了他们许多注意力；再说了，他们没有书籍，所以也无法好好思考。但是，总有一天，他们一定会通过自己的方式找到上帝的。”

“如果他们在找到上帝之前就死了，那该怎么办？”爱玛·简问道。

“哦，那也不能怪他们。他们又不是自己要死的。”丽贝卡好像很懂神学知识。

这些日子，亚当·莱德因公去了好几次汤普朗斯。他要办的公事，和现在正在筹建的一段被大家戏称为“约克和扬基”的铁路有关。在那里，他对太阳溪农场的情况作了一些初步了解。其实修建新铁路的事，还没有最终拍板下来。因为，在从汤普朗斯到普鲁威尔的最佳路线这个问题上，董事会内部存在着分歧。按照第一种观点，即穿过太阳溪农场的是最佳线路，兰德尔太太就能得到一大笔赔偿金，而按照第二种观点，就对兰德尔太太没有什么影响了，当然，铁路周边地区的土地价格会略有上扬。

有一天，亚当从汤普朗斯来到维尔汉姆，和丽贝卡一起走了很久，也说了很久。亚当看出来丽贝卡脸色苍白、形容憔悴，可勇敢的丽贝卡，却仍然坚持每天多学几个小时。她穿了一条黑色的山羊绒裙子，那件衣服在简姨妈所有的衣服里能排在第二。有一个众所周知的浪漫爱情故事中提到：故事中女主人公的脚是那么精致秀美，即便是最粗劣的鞋子，也难以掩饰它的完美。很多人都认为这有点夸大其词。但是，这样的赞美用在丽贝卡身上，却是恰如其分的，因为丽贝卡那独一无二的气质、那与众不同的魅力，似乎完全不受外在修饰品的影响。尽管她衣着寒酸，可她的身姿却是那么优美，她皮肤、头发和眼睛的色调是那么独特。在维尔汉姆这方小小的天地中，倘若她穿上华衣美服，人们恐怕会立即奉她为美女。现在，她为自己那长长的黑辫子设计了一种新的发式：两条辫子先在背后交叉一次，然后编到头顶，再交叉一次，细小的发梢就直梳下来，藏到脖子边厚实的发丛中去。前额凌乱的碎发，那些波浪形的小卷发，就让它们在阳光下自由飘拂、焕发光彩，没有硬扎起来，反而展现出了女性独有的柔美。

亚当·莱德凝望丽贝卡的目光，让她不好意思起来。她用双手捂住脸，羞怯地笑着说："阿拉丁先生，我知道你在想什么。我的裙子比去年的长了一寸，我的发型也换了。但我还不能算是年轻淑女，我真的还不是。我还要再过一个月才满十六岁。而且，你答应过我的，不到我穿上拖地长裙的时候，绝不抛下我。如果你不喜欢我变老，你为什么自己不变年轻点呢？那样我们说不定就会在旅途中的某个小客栈相遇，一起度过美好的时光了。我现在这么想，是因为你一贯的行为，让我这么想的。当年你向我买肥皂时，我觉得你该是我索亚外公的年纪。后来在升旗仪式上，你和我跳舞时，我觉得你像是我的父亲。但是，当你给我看你母亲的照片的时候，我觉得你就像我弟弟一样，因为当时我觉得你好可怜。"

"这样不是很好吗？"亚当笑了，"不过你可别长得太快，还没等我做好心理准备，你就一下成了我的祖母。你读书太辛苦了，丽贝卡·罗恩娜小姐！"

"只是有一点辛苦而已。"她坦白说道，"不过假期快要到了，你知道的。"

"那你有没有打算好好休息一会，让脸颊上的小酒窝重新展露出来呢？你该留着那对小酒窝才对。"

丽贝卡的脸上掠过一片阴影，她的眼眶湿润了。"阿拉丁先生，不要对我这么好，我承受不起。现在——现在可不是我露出酒窝的时候。"说着，她朝阿拉丁先生挥了挥手，就快步跑进了神学院的大门。

亚当·莱德慢慢地向校长办公室走去，在路上，他陷入了沉思。这次他来维尔汉姆，想要提出一个计划。这个计划在他的头脑中，已经酝酿好几天了。今年是维尔汉姆神学院建校五十周年。他打算告诉校长莫里森先生，为了庆祝这个纪念日，他除了向学校图书馆捐赠 100 册图书外，还计划举办一次英语作文大奖赛。他说，他对这样的活动，特别感兴趣。他希望，高年级的男生和女生，都能参与竞赛。竞赛将评选出两篇最佳作文，它们的作者将受到嘉奖。至于奖品是什么，他还没最后决定。不过一定是物质奖励，要么是现金，要么是书籍。

和校长谈完后，亚当先生又去拜访马克斯韦尔小姐。在穿过那条林间的小路时，他想，"'白雪和红玫瑰'需要帮助，可我又不能直接给她钱，那样会惹来非议的。她必须自己赢得那笔钱，可怜的小家伙！如果我的钱在我最想花的时候花不出去，那我挣钱还有什么意义！"

一进门，还没有好好地问候女主人，亚当先生就开门见山地问道："马克斯韦尔小姐，你有没有感到惊讶，我们的小朋友丽贝卡最近好像筋疲力尽、非常憔悴？"

"她的确是很累的样子，我正在考虑，要不要带她出去散散心。每年春假我都会去南方，坐船去老波因特康弗特海岬，然后在附近一带找个安静的地方，住上一段日子。要是丽贝卡陪我一起去，我一定会更开心。"

"的确不错！"亚当由衷地赞同，"不过你为什么要独自背负这样的责任呢？为什么不让我帮帮忙呢？我也非常喜欢这个孩子，而且我和她是多年的朋友啦。"

"你可别告诉我，是你先发现她的，"马克斯韦尔小姐激动地打断他，"她的天赋是我发现的。"

"在你来维尔汉姆教书之前，我们就早已是亲密的朋友了。"亚当笑了起来。于是，他把自己第一次遇见丽贝卡的情形，原原本本地向马克斯韦尔小姐叙述了一遍。"从一开始认识她，我就一直在考虑，我该做些什么，才能在她成长的道路上助她一臂之力。不过，我到现在好像还没有找到什么合适的好法子。"

"幸运的是，她靠自己也成长得不错，"马克斯韦尔小姐回答道，"从某种角度来说，她好像不会受到任何事情、任何人的影响。她似乎在不知不觉中，向着自己心目中最神圣的地方前进着。不过，她还需要许多实际的东西，那必须用金钱才可以换来的。可惜啊，我自己也囊中羞涩。"

“用我的钱吧，求求你了，让我通过你的力量去帮助她。”亚当恳求她道，“一棵小树苗，我不忍心看它努力想要生长却得不到必需的阳光和空气，更不要说她这么一个有天赋的孩子了。一年之前，我曾经拜访过她的姨妈。我希望我能出资，让丽贝卡接受音乐教育。我一再对她们说，这并没有什么，如果她们坚持，丽贝卡以后也可以把钱还给我。但是，她们还是拒绝了。那位年长一点的索亚小姐还说，她们家从来不靠别人的救济过日子，她现在已经一大把年纪了，更不想坏了老规矩。”

“我非常欣赏这种不向命运低头的新英格兰精神，”马克斯韦尔小姐大声说道，“丽贝卡的确背负着沉重的负担，也承受着许多痛苦，不过到目前为止，我一点也不为她叫屈。因为，缺衣少穿只会让她变得勇敢，一贫如洗也能让她变得坚强和自立。就她目前的状况来说，她需要的是女人给女孩的帮助，有些事只有我能为她做，我想你还是不要插手为好。我知道，我曾经伤害过她的骄傲和自尊，尽管她自己可能对此一无所知。不过，我没有理由为她拒绝必要的帮助，因此我并不反对你为她支付旅行费用。你的好意，我替她收下了，一点也不会觉得尴尬。但是我同意你的观点，这件事只要我们两个人知道就好了。”

“你真是一个仙女一样的教母！”亚当一边大声赞美，一边热切地握了握她的手，“也许你可以邀请她的室友、那个粉粉白白的女孩一起去，她俩总是形影不离的。”

“不用了，谢谢你。我想让丽贝卡一个人陪我去。”马克斯韦尔小姐说。

“我理解你，”亚当失落地回答道，“当然，一个孩子总比两个孩子省心。你看，她过来了。”

丽贝卡出现在他俩的视线中。她和一个十六岁的男孩，正沿着一条安静的马路走过来。他们似乎正在热烈地讨论着什么，显然还在大声为对方朗读着什么。因为，她黑黑的脑袋和那个棕色的、满是卷发的脑袋此刻正凑在一起，看着一张信纸。丽贝卡不时会瞅一眼她的同伴，眼睛里闪烁着欣赏的光芒。

“马克斯韦尔小姐，”亚当说，“我是这所学校的董事，我真的非常不赞成男女同校。”

“这一点我有时候也怀疑过，”她回答道，“不过在这都是孩子的校园里，男女同校的害处，已经微乎其微了。你现在有幸看到的这一幕，的确让人印象深刻，因为这是难得一见的，莱德先生。在剑桥大学，经常可以看到男女同学手挽着手，一起欣赏朗费罗和洛厄尔的诗歌。但是在维尔汉姆这一方小小的天地中，要是有人看到《先驱报》的高级编辑和初级编辑走在一起，一定会激动得全身颤抖。”

第二十五章

快乐的玫瑰花

在丽贝卡和马克斯韦尔小姐动身去南方旅行的前一天，她和爱玛·简、赫尔达一起在图书馆学习，查阅着字典和百科全书。在离开图书馆时，她们走过一排上了锁的书柜，那里面的书只向教师和镇上居民开放，不向学生开放。

三个人透过玻璃，无限渴望地看着那些书。即便只是透过玻璃看一眼书名，她们也能得到少许的安慰。这就像饥饿的孩子，透过糖果店的橱窗，眼巴巴地看着里面的馅饼和甜品，以此来获得精神上的满足。丽贝卡的眼神，落在了角落里的一本新书上，她愉快地大声念出了书名："《快乐的玫瑰花》，听听，姑娘们，你们不觉得这书名很有趣吗？《快乐的玫瑰花》，这本书看上去很漂亮，听上去也很美。我在想，这个书名有什么特别含义呢？"

"我猜，每个人都有属于自己的那一朵与众不同的玫瑰，"赫尔达机灵地说，"我知道我那朵玫瑰是什么样的，拥有它我一点也不觉得惭愧。我希望能在大城市里呆上一年，有足够花的钱，每一天、每一刻、每一秒钟都有豪华的马车坐，有华丽的衣服穿，有各种各样的娱乐活动可以享受。我最想要的，就是能和穿低领衣服的人生活在一起（可怜的赫尔达，她每天更衣的时候，都会哀叹自己的命不好，生在利维波洛这样的小地方，让她永远也没有机会向别人展示她那雪白的肩膀）。"

"你说的听上去倒是很有趣，至少在那一瞬间听上去很有趣，"爱玛·简评价道，"不过你说的好像更像是享乐，而不是快乐。哦，我有观点了。"

“不要这么尖叫！”赫尔达被她吓了一跳，“我还以为哪里有只老鼠呢。”

“我可不是经常有观点的，”爱玛·简抱歉地说，“观点，我是说观点。这个观点像闪电一样震撼了我。丽贝卡，你说它会不会指成功呢？”

“你这个观点不错，”丽贝卡沉思着，“我能想象，成功的确能带来快乐，不过我觉得，成功不太像是玫瑰。我在想，它会不会指爱情？”

“真希望能偷偷看一眼那本书，里面的内容一定绝顶精彩！”爱玛·简说，“刚才你说它指爱情，我觉得这是我们至今为止最佳的答案了。”

整整一天，丽贝卡的脑海里，不断回荡着那六个字，她反复默念着那六个字。连才华平庸的爱玛·简，也被那六个字深深迷住了。那天晚上，她对丽贝卡说：“我想你一定不会相信，我又有新的观点了。一天以内，我竟然能有两个不同的观点。刚才往你头上喷古龙香水时，我突然想，快乐的玫瑰花，会不会是指乐于助人的品德呢？”

“如果是这样的话，这朵快乐的玫瑰花，一定一直在你那小小的、美丽的心灵中绽放着，我最亲爱的、善良的爱玛。你总是这样关心着我，照顾着我——你的爱惹麻烦、爱出状况的丽贝卡！”

“不许那么说你自己！你，你就是我那朵快乐的玫瑰花。对，就是你！”说完，两个女孩亲密地拥抱在一起。

睡到半夜，丽贝卡轻轻地碰了碰爱玛·简的肩膀：“你睡熟了吗，爱玛？”她小声问道。

“还没有呢。”爱玛迷糊地答道。

“我有了一个新的想法。如果一个人会唱歌、会画画、会写作——不是会一点点，而是特别娴熟、特别擅长，你懂我的意思——那么在她随心所欲地唱歌、画画、写作的时候，是不是就得到了那朵快乐的玫瑰花？”

“如果那个人真的有天赋，也许算是吧。”爱玛·简回答，“不过我还是比较喜欢爱情那个答案。如果你又想到了什么，丽贝卡，留到明天早上再告诉我吧。”

“我后来的确又有了新的灵感，”第二天早上她们起床穿衣时，丽贝卡说道，“不过我没有叫醒你。我在想，快乐的玫瑰花会不会指奉献精神呢？但是我又觉得，奉献精神应该用百合花来表示，而不应该用玫瑰，你觉得呢？”

这次南方之行，丽贝卡有生以来第一次看到了蔚蓝的大海，还看到了许多新奇的景观。那舒适安逸的美妙旅途，那妙不可言的自由自在，还有和马克斯韦尔小姐的亲密接触，这一切都让丽贝卡如痴如醉。在那三天里，她不再是原来的自己，而是脱胎换骨变成了另外一个人。因为欣喜，因为期盼，因为梦想成真，她兴奋不已。一直以来，她都在如饥似渴地追求着知识、期待着爱情，无比热切地渴望着音乐、渴望着美、渴望着诗意的存在；一直以来，她竭尽全力，希望能让外在世界和自己心中的梦想融为一体。而现在，生活一下子变得这么丰富、这么甜蜜、这么广阔、这么充实。她调动了上天赋予她的所有感官，来感知，来表达。每天，这个女孩在专属于她的思想和经历的库藏中，不断释放、不断吸收。她好像有无穷无尽的精力，这让艾米莉·马克斯韦尔小姐惊讶不已。她天生就充满了活力，她走到哪里，就给哪里带来新的价值，就让哪里焕然一新。你是否见过，一个尽是蓝色和绿色的单调的房间，只要射进一缕金色的阳光，就会瞬间焕发光彩？马克斯韦尔觉得，丽贝卡就像那缕阳光，照耀着途中偶遇的路人，在瞬间改变了他们的世界。不过大多数的时光，都是她俩独处。她们会互相为对方诵读诗文，或者安静地交谈。丽贝卡对那篇参赛作文，也非常在乎。她心中暗想，要是不能赢得这次比赛，也许这一辈子她都快乐不起来。她并不在乎奖品的价值，也不怎么看重得奖的荣誉。她只想让阿拉丁先生高兴，让阿拉丁先生明白，自己并没有看错她。

“如果我找到了一个好题目，我一定会征求你的意见，让你分析我能不能把这个题目写好，然后，我打算一个人静静地、悄悄地完成它。我绝不事先把这篇文章读给你听，也绝不找你谈论任何关于文章的事情。”

这是一个阳光和暖的春日，马克斯韦尔和丽贝卡坐在一条小溪边闲聊。吃过早饭后，她们在海边的一片树林中走了很久，还时不时地回到温暖的白色沙滩上沐浴阳光。晒够太阳后，她们就回到林荫树下，回到她们那与世隔绝的小屋。

“题目的确很重要，”马克斯韦尔小姐说，“我可不敢帮你选择。你想好要写什么了吗？”

“还没有，”丽贝卡回答，“我每天晚上都有新的主意。我已经开始动手写《什么是失败》和《他和她》了。《他和她》写的是一个男孩和一个女孩在离开校园时的一段对话，主要讲述了他们各自的生活理想。你还记得吗，有天你跟我说过，要‘跟着心中的圣人走’，我就想把那种感觉写出来。在维尔汉姆学校里，我一点思路也没有，可是现在在这里，每分每秒我都文思泉涌。所以我必须抓紧时间，在这里把文章写出来。我现在这么开心、这么自由、这么放松，所以我无论如何都要把文章构思出来。快看水底那些鹅卵石，艾米莉小姐，它们真圆润、真光滑、真闪亮！”

“是啊，但是它们那美丽的光泽、那绸缎一样的外表、那漂亮的形状是怎么来的呢，丽贝卡，你想过吗？那可不是静静地躺在水底的细沙上就能形成的。在宁静的小池塘里，它们尖锐的棱角永远不会被磨平，它们粗糙的表面也永远不可能变光滑。只有在急湍似箭、猛浪若奔的水流中，才能形成这些美丽的鹅卵石。它们互相挤压碰撞，不断被水流甩到陡峭的岩石上，在历经了种种磨难后，才变成了我们现在看到的这样美丽的鹅卵石。”

“如果命运没有让某人做一名教师，哦，那她很可能会成为一名杰出的传教士！”

丽贝卡的话押上了韵。“哦，要是我能像你一样思考、一样说话，那该多好啊！”她边说边叹了口气，“我担心我受的教育太少，无法成为一个优秀的作家。”

“你怎么担心这个了，还不如担心别的呢，”马克斯韦尔小姐的口气里，略微带着点嘲讽，“比如，你可以担心自己不了解人类的本性；担心自己发现不了外在世界的美；担心自己缺乏同情心，因此不能理解别人的喜怒哀乐；担心自己的表达能力跟不上自己的思维……这世界上有成千上万的事，更值得你去担心。而且对于一名作家来说，这些都比在书本上找到的知识重要得多。伊索是个古希腊奴隶，他甚至都不会写字，可这并不妨碍他创造了这么多优秀作品，并不妨碍他在全世界拥有无数的忠实读者。”

“这些我都不知道，”丽贝卡说，她的声音里带着一丝哽咽，“在我遇见您之前，我真的一无所知。”

“也许你只能读到高中，没法进大学深造。可即便是世界上最赫赫有名的大学，也未必能成功塑造出好男人和好女人。以前我梦想着要出国留学，我现在还记得很清楚，雅典有三所名校，耶路撒冷有两所名校。但实际上，大师中的大师来自拿撒勒（耶稣的故乡，笔者注），一个远离尘嚣、与世隔绝的小村庄。”

“莱德先生说，您在维尔汉姆这样的地方教书，真是大材小用了。”丽贝卡若有所思地说。

“他说得可不对，我也没有什么特别的天赋。而且，除非有人自己选择韬光养晦、埋没天赋以外，没有人的天赋会被浪费掉。丽贝卡，你要记住，你也有你的天赋。也许还没有人赏识你的天赋，但是在你最不对它们寄予期望的时刻，在你最不对它们寄予期望的地点，它们却会为你鼓掌、给你鼓励、给你慰藉。盛满水的满溢着的玻璃杯，一定会湿润、滋养它周围的泥土。”

“你听说过《快乐的玫瑰花》吗？”丽贝卡在沉默良久后，突然问道。

“当然听说过。你在哪里看到这几个字的?”

“在图书馆一本书的封面上。”

“我是在图书馆一本书的里面,看到那几个字的。”马克斯韦尔小姐笑了,“这本书是爱默生写的,不过恐怕你还太小,不适合看那样的书,丽贝卡。而且,这本书是只可意会、不可言传的。”

“哦,给我讲讲吧,亲爱的马克斯韦尔小姐,”丽贝卡恳求道,“也许我用心想想的话,能猜出一点其中的含义呢。”

“现实世界,这个时间和机遇主宰一切的痛苦王朝中,存在着忧虑、苦痛和悲伤。有了思维,有了理想,就有了永恒的欢乐——它就是快乐的玫瑰花。所有的缪斯女神,都围着它歌唱。”马克斯韦尔小姐引用了一段书里的文字。

丽贝卡不断地重复着这段话,最后她都能把这段话背出来了。于是她说道:“不是我自以为是,我觉得我已经差不多明白了,马克斯韦尔小姐。当然并不是完全理解,因为它实在太晦涩难懂了。我只是略知一二,不过这就足以让我继续想下去了。这就好像有个美丽的身影骑在马背上,从你身边风驰电掣而过,你惊讶极了,可你的眼睛转动得太慢了,所以你只看到个大概。但在那匹马飞驰而过时,你毕竟是扫了一眼的,所以你知道,那是个美丽的身影。现在所有问题都解决了。我的作文题目就叫《快乐的玫瑰花》吧。这是我刚刚定下的,所以还没有写开头,更不要说中间部分了。但是我这篇作文的结尾一定要非同一般,要充满震撼力。它应该是这样的,让我再想些押韵的词语出来:

无论幸福还是悲伤
(金子边上总有泥沙)
你将绽放永不凋谢
我的快乐的玫瑰花!

我现在给你围上围巾，再把杉木枕头给你拿来。在你睡觉的时候，我要到海边去，写个神话故事送给你。我要写一个存在于我们想象中的美好故事，它发生在遥远的、遥远的未来。在现实生活中不可能出现的一切美好事物，都将在我的故事里变成现实。但是说不定哪一天，那些最美好的事物，会真的出现在我们的生活中，你一定会见证那样的奇迹的。到了那时，你就会从桌上抽出那个短短的童话故事，想起我——你的丽贝卡。”

丽贝卡走后，马克斯韦尔小姐准备睡觉。睡前，她想："我真弄不明白，这些年轻人为什么总喜欢选这样抽象的题目。就算是散文大家，恐怕也要苦思冥想、耗尽精力才能写好这样的题目的。难道他们都晕头转向了，都鬼迷心窍了，都被这华丽的题目给迷惑了？难道他们以为，自己能把这样的题目写好吗？这些可怜的、天真的小家伙，竟然想坐着玩具车飞到星星上去！可眼前这个坐在那把新太阳伞下的天真的小家伙，她是多么可爱啊！”

在一个春寒料峭的日子里，亚当·莱德驾车经过波士顿街头。尽管天气乍暖还寒，但林林总总的时尚店铺里，夏季时令用品已经早早亮相了。突然，一把玫瑰红的遮阳伞闯入了他的视线，这把伞在一家商店的橱窗里打开着，好像在向来来往往的路人招手致意似的。它把亚当带入了一个撒满夏日金色阳光的梦幻世界，让他想起了新英格兰那些繁花似锦的苹果树。瞧！艳丽的粉红色的伞面下，隐隐透出里面那层薄薄的白色衬里，绿色的伞柄之上，那玫瑰色和奶油色间杂的流苏，蓬松松地垂了下来。看着这把伞，他突然想起了丽贝卡跟他说过的一个小秘密，那是好几年前的事了：丽贝卡曾经拥有一把粉色的小阳伞，在她童年时代，只有那把伞，才能让她一窥五光十色的时尚世界。她曾经多么爱惜那美丽的饰物啊，万般小心地呵护着它，生怕把它弄坏了。可是后来，她还是狠一狠心舍弃了它，那真是个悲剧性的事件。想到这里，亚当走进了那家商店，买下了那奢侈的小玩意，并且立刻通过快递，寄到了维尔汉姆。他丝毫也没有考虑：自己一个大男人，这么做是否合适。他唯一能想到的，就是丽贝卡那双快乐的眼睛，还有苹果树的华盖下，她那悠然的神态。一个小时以后，他又回到了那家店里，为爱玛·简·珀金斯买了一把蓝色的遮阳伞，这倒是有点小小的尴尬。随着时间的流逝，哪怕是在最恰当的时刻，他好像都越来越难以想起爱玛·简的存在了。

第二天，丽贝卡把自己创作的神话故事，重新誊写了一遍。在艾米莉·马克斯韦尔小姐打算回房睡觉之前，丽贝卡把自己的作品交给了她。马克斯韦尔小姐含着热泪读完了这个故事，之后，又把它寄给了亚当·莱德。她希望能和他分享这个感人的故事，让他也感受感受这个女孩正在萌芽的想象力，还有她那颗青春、感恩的心灵。以下就是这个故事：

一个神话故事

从前，在一个小村舍里，住着一位疲惫不堪、身无分文的公主。那个小村舍，就坐落在两个大城市之间的一条公路旁边。许多公主成天愁眉苦脸的，她却没有她们那么不开心。相反，她觉得周围有许多事物，值得她去感恩。不过，对她那副单薄瘦弱的身体来说，生活实在太艰辛了，工作也实在太沉重了。

公主的木屋边上，是一座苍翠的大森林。在那儿，微风在树梢上唱着歌，阳光从树叶间流淌下来。

一天，公主在田间劳动了好久，实在疲倦了，就坐在路边休息。这时，她看到一辆金光闪闪的双轮马车，从帝王大道驶来。马车上坐的不是别人，正是一个仙女教母，她正要回宫殿去。马车在公主的门前停了下来。尽管公主以前也读到过善良仙女的故事，可她做梦也没有想到，仙女竟然会光临她的寒舍。

“如果你疲倦了，可怜的小公主，你为什么不去那凉爽的绿色森林里休息一会呢?"仙女教母问道。

"因为我没有时间,"她回答道,"我必须马上回去耕田。"

"那把靠在树上的犁是你的吗? 它是不是太重了?"

"的确是很重,"公主回答道,"不过我喜欢把坚硬的土地变成松软的犁田,这样我就能在土壤中播撒种子,让种子茁壮成长。当我感到犁铧太重的时候,我就想想将来的收获。"

金光闪闪的马车又继续前进了,仙女教母和公主那天再也没有说别的话。可是国王的信使却忙坏了,因为他们一边得把话传到仙女教母的耳朵里,一边又得把话传到那位公主的耳朵里。不过那话说得可小声了,所以他们中竟然没有一个人发现,说话的那个人,正是国王本人。

第二天早上,一个身强体壮的男人敲开了小屋的门。他向公主脱帽行礼,然后说道:"昨天有一辆金光闪闪的马车从我身边经过,车上有人扔了一袋金币给我,并且说:'你到帝王大道去,寻找一间木屋。在那木屋附近,有把沉重的犁铧斜倚在一棵树上。走进那间木屋,你会发现里面住着一位公主。你就对她说,我来负责耕地,你去休息吧,或者去那凉爽的绿色森林中散步吧。因为这是仙女教母的命令。'"

同样的情景,就这样每天上演着。于是,疲倦不堪的公主,现在每天都能去苍翠的树林里散步了。有好几次,她都看到了马车的闪闪金光,于是她赶紧跑到大路上,想感谢一下那位仙女教母,可是每次她都跑得不够快,所以总也赶不上那辆飞驰的马车。于是她只能无比眷恋、无限憧憬地目送着那辆马车驶过。可是车上的仙女总会向她微笑,有时候还会对她说上一两句话,话的大意是:"你不用谢我。我们都是国王的孩子,我只不过是他的信使。"

现在,公主每天都能在绿色森林中散步,倾听微风在树梢上唱歌，欣赏阳光透过层层叠叠的绿叶照射下来的美景。从前，小木屋那沉闷的空气、在田间劳作的疲乏，都禁锢着公主的思维，而如今，她沉睡的思维活跃起来了，灵感如泉水般涌动。于是公主就从腰间取下针来，把她的一个个想法，都刺在了一片片树叶上。她把那一片片树叶撒向空中，它们就四下飘散了。不久以后，人们就发现了这些神奇的树叶。他们把树叶捡起来，对着阳光，仔细阅读起上面的文字来。原来，那一个个密密麻麻的小字，竟然都来自国王的口信，它们就和仙女教母不断从她的金色马车上撒下来的一样。

但是，奇迹远远不止这些。

每当公主在树叶上刻字的时候，她总会加上一点仙女教母的思想。然后，她小心翼翼地把树叶折好，让清风把树叶吹向远处，吹向四面八方。这些树叶就这样飘到了它们该去的地方。许多其他的小仙女见状，觉得很有意思，就纷纷模仿她，向空中撒树叶。在国王的领土上，任何事物都永远不会消亡，当然，这些饱含着爱与感恩的想法、心愿和期望，也永远保留了下来。它们以别的形式继续流传着，永不消亡。我们无法看到它们，也无法听到它们，因为我们的视力太微弱、我们的听力太迟钝。但有时候，当我们受到无名力量的鞭策、向着更崇高的目标迈进的时候，我们就能感觉到它们的存在。

这是一个没有结局的故事。当然它的结局可以是这样的：有一天，那位仙女教母亲自到国王面前送信，国王对她说："我熟悉你的面孔，也熟悉你的声音、你的思想和你的灵魂。听到你的马车在帝王大道上隆隆驶过的声音，我就知道那是你正在为国家效力。现在，我手里有一扎信件，里面有来自王国各地的消息。它们是那些筋疲力尽、脚酸腿软的旅人送来的。他们说，如果没有你的帮助和鼓励，他们永远也无法安全到达这里。念念这些信吧，你就知道你在哪里、在什么时候、用什么方式为国王效力了。”

也许在仙女教母读信的时候，那一页页的信纸都散发出芬芳甜美的香味。许多快要忘却的回忆，又在空气中飘荡起来。在这样的时刻，一切都是那么美好，最美好的，应属国王的声音：念念这些信吧，你就知道你用什么方式为国王效力了。

第二十六章

茶余饭后的闲谈

维尔汉姆的夏季学期结束了，赫尔达·米瑟夫、迪克·卡特、利文·珀金斯都毕业了。等下一学期，来自利维波洛的学生，就只剩下丽贝卡和爱玛·简了。迪莉娅·威克斯从莱维斯顿回来了，她打算在利维波洛住上几天。为了庆祝这难得的团聚，罗宾逊太太精心准备了一个小型的派对。正好草莓成熟了，有一只公鸡也必须宰了吃掉，所以日子很快就选定了。罗宾逊太太把这事向丈夫解释了一下，并让丈夫到小棚屋的木工台上去吃饭，因为这是个女士派对，谢绝男士参加。

“好吧，反正对我也没什么损失，”罗宾逊先生说，“给我盛些豆子就行了，别的我都不要。一只公鸡老到必须宰了吃掉的时候，就让别人去吃它的肉吧，我可不想吃。”

罗宾逊太太一年才请那么一两回客。每次请客后，她都会心神不宁好几天。骄傲和吝啬两种情绪，在她内心进行着激烈的斗争，这实在是太折磨她了。为了维护自己在邻居中的地位，她必须开派对请客，还必须办得体体面面的。可是准备丰盛的食物必然会造成浪费，这又让她心痛不已。这样的痛苦，从她做那些大理石花纹蛋糕时，就开始伴随着她了，哪怕丰盛的晚餐全部摆上了桌，还迟迟不肯离去。

那只老公鸡，一大早就用文火煮起来了。可是它似乎太能反抗了，到了晚饭时分，它的外形还是那么坚韧挺拔，简直和早上刚刚放到锅里去时一模一样。

“好像它不愿认输，”爱丽丝揭开锅盖看了一眼，紧张地说道，“它看上去活像个稻草人。”

“那就等着瞧吧。等会看我用锋利的刀子切它的时候，它还认不认输，”她的母亲回答道，“至于它的样子么，我会用盘肉汁淋在它上面，那样，别人就看不出这是只老公鸡了。我再在盘子边上摆些水果布丁，水果布丁能把盘子填满，虽然它和鸡肉并不搭配。”

这盘点缀着水果布丁的鸡肉一亮相，果然给大伙留下了深刻印象。爱丽丝把这盘菜端上桌的时候，大家都是赞不绝口。可惜，这只是暂时现象。当女士们开始享用这美味的家禽时，那此起彼伏的一片赞扬声就戛然而止了。

“我真高兴，你能回来参加赫尔达的毕业典礼，迪莉娅。”米瑟夫太太坐在桌脚边一边摆弄着盘子里的鸡肉，一边说道。这时，罗宾逊太太正坐在桌子的另一端，给大家倒咖啡。米瑟夫太太和赫尔达真是绝配的两母女，她算得上是利维波洛最时髦的人了。她生活中的两大乐趣，就是自己那缠绵的病体和那些漂亮的衣服。很多人都谣传说，她前额上那精美的卷曲刘海，是花了整整五美元做的。他们说，她还一年几次、不厌其烦地把那片假刘海送往波特兰，重新卷烫并且修整。不过这样的谣传，太不容易判断真假了。那些谨小慎微的历史学家，总是一再告诫那些轻信的读者，不要一古脑儿地把什么都信以为真。有时，貌似是绝对真理的东西，很可能是对真理的最卑劣的歪曲。说到米瑟夫太太的形象，您曾参加过早些年那些怡情养性的烹饪协会吗？您曾欣赏过米瑟夫太太的手艺吗？您曾贴着餐桌、目不转睛地看着她娴熟地揉粉、做糖姜饼吗？说不定她开心了，会变得特别友好，还会用生面团给你捏个美女呢。她会用那把切糕点的刀子，利落地刻出美女的轮廓，再按上两颗醋栗作为眼睛，让它更像人一点，这件杰作就大功告成了。想想做糖姜饼的女人的样子吧，那才是赫尔达母亲的形象。大家都爱叫她彼得·米瑟夫太太，当然，她还有别的几个称号。

“你觉得赫尔达穿的裙子好看吗，迪莉娅？”她一边问道，一边把黑玉手镯上的橡皮筋拽得啪啪响。她总喜欢这么做，真让人讨厌。

“要我说，那裙子漂亮极了，找不到比它更漂亮的了。”迪莉娅回答，“而且我觉得，赫尔达的作文也是一流的。她那篇作文，是所有作文中唯一真正有趣的一篇。她念作文的时候，声音洪亮，吐字清晰，我们都听得一字不落。其他那些女孩子读起作文来，就像她们嘴巴里含着布丁一样，一点也不清楚。”

“那篇作文是她为了参加亚当·莱德的大奖赛特意写的，”米瑟夫太太解释道，“大家都说，要是她换个题目的话，就会拿到第一，而不仅仅是第四。这次作文比赛的评委，有三名牧师、三名执事，他们当然会把大奖颁给话题严肃的作文。赫尔达的话题那么有趣活泼，当然不合他们的胃口了。”

一直以来，赫尔达最感兴趣的话题就是男孩子。对男孩子她显然有丰富的知识和经验，所以她写起这样的作文来得心应手。在那些喜欢低俗笑话、含沙射影的读者中，她的作文的确大受欢迎，因为里面充斥着那些内容，可是如果从纯文学的角度来评价，她的作文的确不怎么样。

“丽贝卡并没有当众宣读她的作文，而那个同样得了大奖的男生，却宣读了他的作文。这是为什么呢？”罗宾逊太太问道。

“因为她不是毕业生，”科布太太解释，“所以不能参加作文朗诵。不过她的作文会和那个男生——赫伯特·邓恩的作文一起，在校报上刊登出来的。”

“哦，那就最好不过了。除非我亲眼看到她的作文，否则我可不相信，她会比赫尔达写得还要好。我总觉得，大奖应该颁给高年级的学生。”

“哦，你弄错了，米瑟夫太太。莱德先生的奖励，是面向两个年级的参赛同学的，怎么能只颁给高年级的学生呢？”罗宾逊太太争辩道，“他们说，当时大家邀请莱德先生上台颁奖，请了他多次，他都不肯。你们说这是不是太奇怪了，他那么有钱，跑遍了全国，怎么上个台、颁个奖还那么不好意思呢？”

“要是让我们赫尔达上台给人家颁奖，她连眼皮都不会眨一下。”米瑟夫太太沾沾自喜地说道。听到她这么说，在座的客人们似乎都不想反驳她。

“不过后来还挺圆满的。州长正好也赶来了，他是来参加他侄女的毕业典礼的。”迪莉娅·威克斯说，“天哪！他看上去真是有风度。大家都说他只有六英尺高，但我觉得他至少有十六英尺高。当然，他的发言也很精彩。”

“你们当时有没有注意丽贝卡？州长表彰他们的时候，她和赫伯特·邓恩站在一起，脸色煞白，浑身都在颤抖。州长已经看过她的作文了，而且为了那篇作文，他还特意给索亚姐妹写了封信呢。”说这番话的是科布太太，她总是那么同情丽贝卡。

“我觉得州长这么做有点傻。丽贝卡又不是毕业生，他却这么重视她，”米瑟夫太太反驳道，“他还把手放在丽贝卡的头上，好像他是罗马教皇，正在宣布祝福似的。不过，无论如何，我还是很高兴，毕竟我们利维波洛的人拿到了这个大奖，这可是维尔汉姆有史以来奖金最高的大奖。我说，亚当·莱德肯定钱多得用不完了。五十美金可不是一笔小数目，他就这么随随便便地送给小孩子了。”

“可惜我当时坐得太远了，没怎么看清楚。”迪莉娅抱怨道，“我想，丽贝卡现在一定把这笔钱带回去，给她妈妈了吧？”

“丽贝卡得到的是一个金色带链子的网兜，”珀金斯太太说，“里面装了五个十元面值的金币。赫伯特·邓恩的奖金，则放在一个精致的皮夹子里。”

“丽贝卡这次要回农场住多久呢？”迪莉娅问道。

“至少要等到汉娜办完婚礼、家里恢复正常秩序吧。没有了汉娜的帮忙，她们一时忙不过来。”珀金斯太太回答，“汉娜等着出嫁，好像已经等了很久了似的。由于丽贝卡还在上学，奥莉娅坚决反对汉娜现在就离家。可汉娜犟得和驴一样，她不听她妈妈的，依然我行我素。在一年前，她就开始给自己准备嫁妆了，成天缝呀剪的。她用的棉布是最粗糙的，但她还是精心地一针一针缝着，在上面又是打褶皱又是做花边，都快把自己的眼睛累瞎了。你们听没听说，她缝了一条被子？她在那条白色的被套中央，用顶针缝了一大串葡萄。在葡萄周围，缝了一圈花边，那圈花边足足有线轴那么阔；再外面的一圈花边，有雪利酒杯那么阔；再外面的一圈花边，有葡萄酒杯那么阔。在所有花边的外围，她结结实实地缝上了一条笔直的线。她打算把那条被单拿到县城里的集市上去展览呢。”

“她最好还是把缝纫学得精一点，然后用这手艺挣点钱。她这样把工夫都花在缝被套上，还把眼睛累坏了，真是太傻了。”科布太太说，“还有一件事，你们知道吗？听说兰德尔家的那笔抵押贷款要被提前收回了，也就是说，兰德尔太太和她的孩子们马上要无家可归了。”

“他们不是说，新修建的铁路很有可能会穿过她的农场吗？”罗宾逊太太说，“如果真是那样的话，她就可能得到高于农场自身价值的补偿金。亚当·莱德不是那个董事会的成员吗？只要他出面，就一定能把事情办妥的。到了八月份，他们一定会为这件事吵起来的。我可不管那么多，只要莱德先生认为是对的，我就永远支持他。”

“这下丽贝卡能添几件新衣服了，”迪莉娅说，“大伙都知道，她太需要新衣服了。我觉得索亚姐妹俩真是越来越小气了。”

“丽贝卡才不会用奖金买新衣服呢，”珀金斯太太说，“因为她在得奖的第二天，就把奖金全部寄回家了，让妈妈用它还家里的贷款利息。”

“可怜的孩子！”迪利亚·威克斯叹息道。

“她用这笔钱帮家里还债，总比胡乱花了的好，”罗宾逊太太说，“我觉得她能把这笔钱寄给家里，已经很不简单了。其实，她也可能像兰德尔家族的其他人一样，挥霍一空。对那家子人来说，钱来得快，去得更快。”

“兰德尔家族的人是不好，”珀金斯太太针锋相对地说，“可是索亚家的人，难道就没有什么给别人说闲话的地方吗？除了怎么能省钱以外，她们好像对世界上其他的事情都没有兴趣。

自从上次米兰达休克后，她们就更加吝啬了。”

“我不相信那是休克。要真是休克的话，她怎么还可能站得起来，怎么还可能像现在这样头脑清楚？我们家里有三个人发生过休克，在方圆百里恐怕都算是严重的吧。所以我对休克的症状非常了解，说不定比医生懂得还多呢。”彼得·米瑟夫太太很在行地摇起头来。

“米兰达的头脑的确还很清楚，”科布太太说，“但是，你注意到了没有，她现在整天待在家里，话比以前还少。而且我发现，丽贝卡获得了这么高的奖励，她都没有露出一点骄傲的神色，倒是杰里迈亚差点乐疯了。州长和丽贝卡握手时，他竟然挥舞着自己的破草帽高呼‘万岁’，我真被他羞死了。幸亏他不能走到教堂里去，只能站在门口，不然的话，他一定会出大洋相的。其实我怀疑——”听到这里，所有在场的女士都放下了手里的刀叉，坐了个笔直，“我怀疑索亚姐妹亏损了一大笔钱。她们俩对做生意，从来都是一窍不通的。米兰达又固执己见，不愿意问问别人、听听别人的意见。”

“我听别人说，她们买了许多政府发行的债券，这种债券是不可能让她们赔本的。况且，她们家大业大，简有一片树林，米兰达有那幢砖屋。或许是米兰达不甘心丽贝卡的五十美元奖金要被抵押贷款吞掉吧，她说不定还指望丽贝卡能用那笔钱交学费呢。我越想就越觉得，亚当·莱德设立这个奖项，就是特意要让丽贝卡拿的。”赫尔达的母亲此刻觉得，女儿的权利遭到了践踏。

“天哪，米瑟夫太太，你在说什么傻话啊？”珀金斯太太叫道，“难道你认为，亚当先生提前就能知道，评委会会选中谁的作文吗？如果照你这么说，他这么做并不是为了激励学校里所有的学生，那他为什么还要拿出另外五十美元设立男生奖呢？而且，五年来，每年他送丽贝卡圣诞礼物的时候，总会给爱玛·简也带上同样的一份。他就是这么做事的。”

“总有一天，他会忘记其中一个，只给另外一个带礼物，或许他会把她们两个都忘了，把礼物送给他新结交的别的女孩。”迪莉娅说道，她已经单身过了五十年，因此对男人特别有经验。

“十有八九会是这样，”彼得·米瑟夫很同意她的话，“不过有件事是明摆着的：他不像是那种愿意结婚的男人。有一种男人可以一年结一次婚，要是他们的老婆死得够快的话。还有一种男人，好像永远也不打算结婚。”

“我的亲戚们说，如果莱德是一个一夫多妻的摩门教徒的话，他说不定会把北利维波洛的所有适龄姑娘都娶回家呢。”珀金斯太太说。

“北利维波洛的姑娘，他未必能看得上，”罗宾逊太太反对道，“要知道还有波士顿的姑娘供他挑呢。不过我觉得米瑟夫太太说得没错，亚当先生不像是个会结婚成家的男人。”

“哦，我可不相信世界上有愿意独身的男人，也许只是他们还没找到自己的意中人而已。”科布太太温和地笑了，“我们永远说不上来，到底什么样的女孩才能讨他们欢心。你们都知道杰里迈亚有一匹性情暴烈的马儿吧？它不让别人在它嘴里放马嚼子，每次给它放马嚼子，它都要拼命反抗一阵。它跟杰里迈亚斗，跟我斗，每次都要犟个半天，直到筋疲力尽才肯服输。可是，丽贝卡一点都不知道那匹马的脾气。有一天她去马棚套马车，我就跟在她后面，因为我知道那匹马一定会为难她的。结果我简直不敢相信自己的眼睛，只见丽贝卡拍了拍它的鼻子，还跟它说了几句话，然后就把自己的手指伸到马嘴里去啦。那匹马把嘴张得大大的，我当时简直吓坏了，以为它要把丽贝卡的手吞下去呢。没想到它只是把马嚼子咂了咂，好像那不是它最讨厌的马嚼子，而是一块蜜糖似的。‘天哪，丽贝卡，’我问她，‘你是怎么说服它戴上马嚼子的？’‘我没有说服它呀，’她说，‘它好像自己要戴呢。或许它觉得马厩里太无聊了，想到外面去呼吸呼吸新鲜空气呢。’”

第二十七章

辉煌灿烂的日子

那一次利维波洛的女士们聚餐用茶、对亚当·莱德的大奖品头论足，已经是一年前的事了。时光荏苒，丽贝卡翘首以盼的大日子，终于来临了，这一天，她已经等了整整五年。在她的人生旅途中，这是第一个要实现的目标。学校生活已经结束了，那被始创者称为“毕业典礼”的神秘仪式，即将举行。这一天，就连那从东方天际缓缓升起的太阳，似乎也在宣布着这个不同寻常的日子的到来。丽贝卡轻轻地从床上爬了起来，悄悄地走到窗前，打开百叶窗，迎接窗外那玫瑰色的光芒——它预示着今天将是阳光灿烂、万里无云的一天。丽贝卡甚至觉得，今天的太阳，都比平日的更大、更红、更重要。即便今天的太阳真的和平时不同，这些沉浸在激动和喜悦中的毕业生，也丝毫不会觉得奇怪或者不对劲儿。这时，爱玛·简的脑袋在枕头上动了几下，她也醒来了。看到丽贝卡站在窗前，她走了过来，跪坐在丽贝卡身边的地板上。“今天一定会很愉快！”她轻轻呼出一口气，心里满怀着感恩：“感谢上帝，我终于要解脱了。你昨天晚上睡着了没有？”

“没怎么睡着。我满脑子都是我在课堂上写过的那首诗，还有歌曲的伴奏。最糟糕的是，苏格兰玛丽女皇的祈祷文，竟然是用拉丁文写的。它好像是这样的：

“‘爱情，渴望，
请释放我’
镌刻于我灵魂的深处”

毕业典礼在村民心目中有多么重要、多么庄严、多么神圣，那些对乡村生活不熟悉的人是无法想象的。从事先准备的精心、活动细节的丰富、人们情绪的激动等方面来比较，毕业典礼已经远远超过了婚礼。因为通常情况下，在农村，举办婚礼不过是件极其简单的平常事，有时甚至只要新婚夫妇到牧师那儿跑一趟，就算完事了。可是，在毕业生、毕业生的家长和低年级学生的心目中，除了新任州长在州议会大厦宣誓就职外，没有一件能和毕业典礼相提并论。在这备受瞩目的日子里，维尔汉姆神学院里里外外都沸腾了。从一清早开始，孩子们的父亲母亲和各路亲戚，甚至最远房的亲戚，纷纷坐上各种交通工具，涌进了这个小镇。已经毕业的老校友们，无论已婚还是未婚，也纷纷回到亲爱的老校园，有的还带上了自己的家人。镇上的两个大停车场中，挤满了各式各样的车辆。一条条绿荫覆盖的马路边，也停满了形形色色的四轮马车。车前的马儿有意无意地摆动着尾巴，享受着大把大把的空闲时间。大大小小的街道上，也是人满为患。大家都穿上了自己最好的衣服，衣服的花样款式各不相同。有的人穿的是“最时髦的款式”，有的人穿的是精心收藏的旧时的经典。参加毕业典礼的学生家长，来自各个阶层，他们中有杂货商、律师、屠夫、医生，还有鞋匠、教授、牧师、农民。他们在这里上学的子女，有的是寄宿生，有的是走读生。在神学院的主楼中，那种深入骨髓的极度兴奋，却化成了一种不同寻常的肃穆和安静。大家的生命都仿佛在这一瞬间凝固了：那期待已久的关键时刻，终于来临了。那些即将毕业的女学生，此刻都在自己的寝室里端坐着。她们早已穿戴得整整齐齐，每一处细节都做到了完美，似乎她们的人生此刻才真正开始似的，过往的一切不过只是一个序幕而已。她们身上的穿戴打扮，确实是那么完美。不过她们的头部，却是另一番景象：由于那天天气极其炎热，她们的头发都无一例外地用铅纸、彩纸或者小穗带装饰着。发式的繁多，几乎囊括了那个年代的女孩子们所见过的所有卷发发型。把头发用铅纸或彩纸卷起来，可以做出自己心仪的发型，所以大家都喜欢这么干。尽管这么做的代价是一个晚上都睡不好觉，可是为了漂亮，愿意付出这代价的女孩多得是。至于其他的女孩子，由于那可以牺牲一切的“殉道士”的血液，没有在她们的血管里流淌，所以她们只是用碎布代替铅纸来卷发。她们声称，这样卷出来的头发，虽然没有那么卷，但却自然多了。可是难以忍受的酷热，足以让最骄傲的头颅低头服输。渐渐地，许多女孩纷纷把自己头上那些精美动人、摇曳生姿的装饰物取了下来，只留下那最不起眼的头绳。炎热的天气也让孩子们的母亲们担心极了，她们一动不动地守在自己女儿身边，摇着芭蕉扇为她们降温。大家心里都在想，只要镇上响起十点的钟声，那庄严的时刻就会降临，到了那一刻，她们就能从这难以忍受的折磨中解脱出来了。虽然这所谓的折磨，根本就是她们作茧自缚的结果。

说到毕业礼服，有圆点的或者素色的瑞士薄纱衣服，是大家的首选。不过也有一些人，宁可汗流浃背，也仍然穿着白色羊绒衣服。她们认为，那样的衣服以后还能派上用场，更加实惠一些。原来扎在女孩腰间的粉红色和蓝色缎带，现在都搭在了椅子背上。至于那个佩带罗马式绶带的女孩子，她只好向天祷告，忏悔自己不该让虚荣和骄傲迷住了眼睛。

直到毕业典礼的前一个月，丽贝卡才明白，原来毕业礼服的选择是有很多讲究的。于是，在爱玛·简的陪同下，她来到了珀金斯家的阁楼上，在一块块牛油包布和干酪包布（都属于粗棉布，笔者注）中挑了半天，最后选中一块干酪包布。而“富有的铁匠的女儿”，本来打算用圆点的瑞士薄纱做礼服的，现在却放弃了原先的想法。她打算跟随丽贝卡，用干酪包布做衣服，因为她觉得跟着丽贝卡总是没错的。选好面料，她们立刻设计出了衣服的样式：衣服上面要有细线结成的图案、抽丝做出的花边，还要打上许多皱褶、嵌上螺纹梭织。为了能按时赶出来，丽贝卡的衣服是很多人分工合制作成的，每个人只负责一部分：汉娜负责做腰带，科布太太负责做袖子和腰部，简姨妈负责做裙子。丽贝卡的毕业礼服，尽管衣料粗糙、价格低廉（干酪包布每码只要三四个便士），但是做工非常讲究，因此整件衣服漂亮极了。至于衣服上的皱褶和线条，完全可以和织锦和绸缎上的相媲美。

此刻，两个女孩孤零零地坐在她们的房间里，等待典礼开始的那一刻。爱玛·简的心里难过极了。她一直在想，她和丽贝卡这么亲密无间相处的日子，是多么甜蜜美好。可是这样的日子，恐怕今天就到头了。那预示着结局的先兆，早就已经到来了。在前一天，莫里森先生向丽贝卡提供了两个职位：一个职位是，在一所寄宿学校中为音乐课和健美体操课伴奏，并且监督小女孩们练习钢琴；另一个职位是，到埃奇伍德高中做助教。这两个职位薪水都不高，相比之下第一个职位在教育方面更占优势一点。因此，马克斯韦尔小姐认为，这个职位更有价值一点。

丽贝卡的心情，已经从起初的兴奋不已，发展成此刻的欣喜若狂了。第一声钟声在走廊里敲响了，这意味着，五分钟以后全体同学都要去教堂列队表演了。这时，丽贝卡站在窗前，一动不动，一言不发，只把双手按在了胸前。

“马上就要到了，爱玛，”过了一会儿，她说道，“你还记得，在《弗洛斯河边的磨坊》中，玛姬·杜黎弗把那扇她童年的金色大门关在身后的那一幕吗？现在，我几乎能听到那扇门在来回晃动的声音，我几乎能听到它哐当一声关上的声音。我真不知道现在我应该感到高兴，还是应该感到难过。”

“只要我和你站在那扇门的同一侧，”爱玛·简说，“我就不在乎门是在晃动作响，还是哐当一声关上了。但是我们不可能再站在门的同一侧了，我知道我们再也不能了！”

“爱玛，你不要哭，我自己也快控制不住了！要是你能和我一起毕业就好了！我们不能一起毕业，这是我唯一的遗憾！来了！我听到车轮隆隆的声音了。大家马上就能看到我俩别出心裁的衣服了。拥抱我，祝我好运吧，亲爱的爱玛。不过要小心一点，要知道我们的粗布衣服可不结实。”

十分钟以后，亚当·莱德出现在主干道上。他刚从波特兰赶来，正准备去教堂参加毕业典礼。突然，他在路边的一棵树下停了下来。眼前如诗如画的美景，把他深深吸引住了。他无法转移自己的视线，因为他以前好像从来没有见到过这样的美景。丽贝卡担任班长的那个班级，是不可能循规蹈矩、随波逐流的。其他班级的学生，都是两人一排地排好了队，从神学院走去教堂。可她们班却选择乘坐“皇家马车”去教堂。那辆“皇家马车”，其实就是一辆普通的干草拖车。但是，车上到处缠绕着绿色常青藤和长茎野雏菊，它们可都算得上是新英格兰草地上最招人喜欢的宠儿了。车把、车身上的每一寸，甚至辐条上，都点缀着黄色、白色和绿色的花朵和树叶。拉车的是两匹白马，套马的缰绳上也缠绕着鲜花。车内，在鲜花编成的小亭子下，摆着两根粗大的枫树枝，上面坐着的，就是全班十二名女生。至于班上的十名男生，他们则分别站在马车两侧，跟着马车行进。他们衣服上的纽扣孔里，都插着一支野雏菊——那是他们班的班花。

丽贝卡坐在前面驾车。她坐着的长椅，被绿色植物覆盖着，看上去就像国王的宝座一样。当天没有一个女孩子，像她一样穿白色的粗布衣服；没有一个快乐的十七岁女孩，穿得那么朴素。车上的十二名乡村女孩，坐的位置特别显眼，个个都显得特别漂亮。六月的阳光，透过树叶照在她们那无遮无挡的头上，让她们那明亮的眼睛、鲜艳的双颊、甜蜜的微笑、醉人的酒窝，在世人面前展露无遗。

亚当脱下帽子，向那支壮观的游行队伍致敬。丽贝卡高挑苗条的身材、若有所思的眉毛、朝气蓬勃的笑脸，还有她那两条乌黑秀美的辫子，让亚当觉得，她简直就是一个年轻的缪斯女神。如果把那辆缀满鲜花的马车、连同车上那些花季少女一起临摹下来，那绝对是一幅充满寓意的画卷——《生命之晨》。马车从他身边驶过去的时候，亚当正站在街口的一棵榆树下。一时，他恍惚了：这古老的村子，这古老的巷陌，这里正是半个世纪前，他母亲曾经走过的地方。他随着人流，向教堂走去。突然，他听到了一声啜泣。就在他所站的地方不远处，就在公园的栅栏后，站着一个孤单的人儿，穿着一身白衣。她标致的鼻子、栗色的头发、蓝色的眼睛，好像属于亚当认识的一个人。于是，亚当跨到栅栏里面，轻声问道："你怎么了，爱玛小姐？"

"哦，是你吗，莱德先生？丽贝卡叫我别哭，她怕我会哭坏了脸上的妆容，可一会我走进教堂后就没有机会哭了。不好看就不好看吧，反正我只是参加学校的一个大合唱。我没有毕业，我只是离校而已。我倒不在乎这个，让我难受的，是我要和丽贝卡分开了！"

于是他俩边走边聊，亚当一路上都在安慰着闷闷不乐的爱玛·简。他们就这样走到了那古老的大会议室，毕业典礼通常都是在这里举行的。会议室被黄色、绿色和白色等鲜艳的色彩装饰一新，里面人满为患，空气闷热，让人无法透过气来。那些致词、歌曲和诗歌朗诵，几乎每年都一模一样，好像从开天辟地以来，就再也没有变过花样。在这样的场合，孩子们稚气未脱的誓语和宣言，是那么掷地有声，让人们忍不住担心，他们的豪言壮语会把地板给压垮了。当然，大家并不会太过苛求。看看这些男生女生，谁会忍心嘲笑他们呢？他们是那么富有朝气，他们的前途不可限量。听着那些千篇一律的发言致词，我们也许只有不断打呵欠的份。但是在我们的内心深处，依然欣赏这些发言的学生。因为，他们的眼睛，正为"美好的前途"闪耀着光芒，对于未来命中注定的"无法躲避的枷锁"，他们丝毫没有露出惧怕的神色。

丽贝卡环视着观众席。她看到了汉娜和她的丈夫，看到了亲爱的弟弟约翰，还有安表姐，可是她没有看到妈妈。虽然明知妈妈绝不可能赶来参加毕业典礼的，可是，此刻看不到她的身影，丽贝卡的心里还是感到一阵痛楚。可怜的奥莉娅，她必须留在太阳溪，农场需要她打理，孩子需要她照顾。再说她也实在没有钱，买不起来回的火车票，也买不起像样的衣服。丽贝卡还看到了科布夫妇。在场的人，没有人会看不到杰里大叔的，因为他太激动了，不止一次地擦眼泪。每到表演的间隙，他都要把毕业生中的一个女孩子，指给周围的人看。他一个劲地说，那个女孩有着非凡的才能；他还说，那个女孩是他看着长大的；他还说，当年那个女孩离开自己的家来利维波洛的时候，就是坐着他驾驶的马车，是他从梅坡伍德一路拉她来的；他还说，那天晚上，他就对自己的太太说，这孩子将来一定能功成名就，闯出一番名堂来。

除了科布夫妇，丽贝卡还看到了其他利维波洛的熟人。可是简姨妈在哪里呢？她不是为了参加这个庆典活动，特意给自己缝制了一身黑色丝绸衣裙吗？丽贝卡知道，米兰达姨妈本来就没打算来，可是在这个非凡的日子，她亲爱的简姨妈去了哪里呢？不过，这个疑虑，和她的其他想法一样，只是在丽贝卡的头脑中一闪而过。因为这整个早晨，就像一张又一张的幻灯片，在她头脑中不断地播放着。她弹奏了钢琴，她演唱了歌曲，她还朗诵了玛丽女皇的拉丁文祈祷词。一切都如梦似幻，直到她朗诵到最后一句祈祷词、和阿拉丁先生的目光不期而遇时，她才回到现实中来。最后一个节目，是她代表全班朗诵一首诗——《明天的创造者》。这一次，就和过去的无数次一样，她在朗诵中倾注了自己的情感与个性。她好像在朗读弥尔顿的诗歌，而不是仅仅在朗诵一首女学生的习作。她的声音、她的眼眸、她的全身，无不散发着信念、诚挚和激情。当她表演完毕走下讲台时，听众们都觉得，自己听到的是一首了不起的杰作。大部分听众对卡莱尔、爱默生一无所知，否则他们一定立即会想起他俩说过的名言：一句名言是，“当我们读懂了一首诗，我们自己也就成为了诗人。”；另一句名言是，“有了好读者，才会有好书。”

很快，一切都结束了。颁发毕业证书了。每个女孩都偷偷地整理好自己的头发，悄悄地拽平了薄纱裙子，细心地抚平了腰带，然后才走上台去，弯腰鞠躬，郑重地接过那一卷羊皮纸，那可是她们苦苦等待了好几个星期的毕业证书啊！在这激动人心的时刻，每一名毕业生上台，观众都会报以一阵热烈的掌声。在丽贝卡上台领取毕业证书的时候，杰里迈亚·科布表现得异常激动，以至于维尔汉姆和利维波洛的街坊邻居，都把他那天的举动当成了谈资，一连说了好几天。老韦博太太抱怨说，科布先生在短短的两个小时里，就把她的长凳，包括凳子上的垫子、凳子下的毯子，都给磨坏了。她过去坐了四十年，也没有把长凳磨损成这样。是的，一切就这样结束了。当人群散去一些后，亚当·莱德向讲台那边走去。正在和几个陌生人闲聊的丽贝卡见状，立刻停下聊天，走到过道那儿去迎接他。“阿拉丁先生，你能过来，我真是太高兴了。告诉我——”她有点害羞地看着他，因为他的肯定和赞扬，对她来说特别重要，而且要得到他的夸奖，要比得到一般人的夸奖更难一些，“告诉我，阿拉丁先生，你对我满意吗？”

“不仅仅是满意，”他说，“我为当年能遇到这个女孩感到高兴，我为现在能了解这个姑娘感到骄傲，我更期待将来还能见到这位女士！”

第二十八章

命中注定的枷锁

听到心目中的大英雄这样表扬自己，丽贝卡的心不禁突突狂跳起来。正在她想着该说些什么感谢他的时候，科布先生和科布太太走上前来，他们已经默默地在角落里等了好一会儿了。丽贝卡赶紧把他俩介绍给了莱德先生。

“简姨妈，简姨妈在哪里呀？”她一手拉着莎拉阿姨的手，一手拉着杰里叔叔的手，焦急地大声问道。

“我很遗憾，亲爱的，我们要告诉你一个坏消息。”

“米兰达姨妈的病情加重了吗？一定是的，你们的表情已经告诉我了。”说着，丽贝卡的脸色黯淡了下来。

“昨天早上，她正在帮简打点参加毕业典礼行装的时候，又休克了。简让我们在毕业典礼后，再把这件事告诉你。我们也答应她，把秘密保守到现在。”

“那我马上和您一起回去，莎拉阿姨。但我要先去跟马克斯韦尔小姐说一声，因为原本我打算明天收拾好行李后，就和她一起去布朗士维克。可怜的米兰达姨妈！我今天可开心、可幸福了，只可惜我没有见到妈妈和简姨妈。”

“开心没什么不对，亲爱的孩子，简就希望你能这样开开心心的。米兰达现在又能开口说话了。你的简姨妈刚寄来一封信，说米兰达已经好多了，所以你不用急着赶回家。我们今天晚上就回去了，你可以再多呆一天，好好睡一觉，明天再整理东西回家好了。”

“我会帮你把箱子整理好的，亲爱的丽贝卡。我会把我们房间的东西都收拾好的。”说话的是爱玛·简，她刚一过来就听到了这个来自砖屋的坏消息。

现在，他们来到侧面一排座椅旁，那边安静多了。汉娜和她的丈夫、还有约翰正在这里等着他们一行人。他们说话的时候，不时会有一些熟人和老校友过来，向丽贝卡表示祝贺。他们还问她，为何躲在这不起眼的角落里。有时，班上的一些同学会兴奋地叫她，让她别忘了明天中午的野餐，或者恳求她晚上早点去参加班级的派对。这一切都给丽贝卡一种不真实的感觉。在这激动、欢乐的最后两天中，在那一项项"令人脸红的荣誉"不断地降临到她身上的时候，在今天早晨她大喜过望的美好时刻，她总是觉得，这美好的一切都是转瞬即逝的，而沉重的负担、痛苦的挣扎、永恒的焦虑，即将向她袭来。弟弟约翰现在长大了，既英俊潇洒，又有男子气概。她多么渴望能和约翰一起遁入森林，从他身上找到一点安慰。

与此同时，亚当·莱德和科布先生，也正兴致勃勃地聊着。

"我猜，在波士顿那样的大城市，像她这样的姑娘，一定像黑莓一样遍地都是吧？"杰里叔叔说着，把头向丽贝卡的方向扭了扭。

"也许吧，"亚当笑着说，他完全明白老人的心思，"只是我一个都不认识。"

"可能我视力不好，我怎么觉得她是今天场上最漂亮的女孩子，你觉得呢？"

"我的视力可没有问题，"亚当回答，"不过我也觉得，事实好像就是那样。"

"你觉得她的嗓音怎么样？有什么特别的地方吗？"

"我觉得，和她的声音相比，别的女孩的声音都显得细弱，不好听。"

"哦，我很高兴你这么想。你是个见多识广的人，说的肯定没错。'妈妈'总是说，我见到丽贝卡就要犯糊涂，说我从一开始见到她，就是那个德性。'妈妈'怪我把丽贝卡宠坏了，但是，我觉得她比我还要惯着丽贝卡呢。天哪！看看那些家长，他们大老远地来参加孩子的毕业典礼，可是他们的孩子，怎么能和丽贝卡比呢？我都为他们感到失望。再见了，莱德先生，要是你来利维波洛，有空就到我家来坐坐吧。”

“我一定会去的，”亚当说着，真诚地握了握老人的手，“明天我想送丽贝卡回家，说不定到时就去拜访你们。你觉得，索亚小姐的病情严重吗？”

“哦，这个恐怕连医生也说不上来呢。不过她肯定是瘫痪了，她再也不能站起来走路了，可怜的人哪！还好她还能说话，这多少算是个安慰吧。”

于是，亚当离开了教堂。在他穿过学校的时候，他看到了马克斯韦尔小姐。她正在人群中穿梭，招呼着那些陌生人和嘉宾，为学校尽着地主之谊。亚当知道她很关心丽贝卡，于是就把她叫到一边，把丽贝卡家的事告诉了她。他还告诉她，丽贝卡第二天就要离开维尔汉姆，回利维波洛去了。

“哦，这真是太不可思议了！”马克斯韦尔小姐大声说道。她坐在长凳上，用遮阳伞戳着绿草地。“这么说，丽贝卡连喘息的时间都没有了。下一个月，我给她制定了很多计划，为的是她能早日适应新的工作岗位。可现在她又得回家去做家务活了，她又得去照顾那个病快快的、坏脾气的老姨妈了。”

“可是如果没有这个坏脾气的老姨妈，丽贝卡或许现在还在太阳溪农场干着农活呢。无论从教育优势来说，还是别的角度来说，难道她一直呆在偏远地区，会比现在过得好吗？”亚当反驳道。

“你说的没错，我刚才是急火攻心了，才会那么说的。原本我以为丽贝卡马上就能过上轻松、快乐的日子了。你知道，她就是我的天才、我的珍珠。”

“我们俩的天才和珍珠。”亚当纠正她说。

“哦，对，”她笑了，“我总是忘记了一点，你喜欢说是你先发现了丽贝卡。”

“不管怎样，我相信丽贝卡一定能过上幸福的日子。”亚当继续说道，“有件事现在还不能公开，不过你知道吗，兰德尔太太的农场，马上要被铁路公司买下来修建铁路了，因为我们需要取得通行权。而且，车站会建在她家的土地上。兰德尔太太将得到六千美元的补偿金。这虽然算不上是什么财产，但是如果她愿意让我替她投资的话，每年也能给她带来三四百美元的利润。农场还欠着一笔抵押贷款，如果那笔贷款还清了，再加上丽贝卡也能自食其力了，她妈妈就能让大儿子去接受教育了。那是一个非常不错的小伙子，很有抱负。他应该从农活中解脱出来，去接受良好教育。”

“看来我俩能筹建一个兰德尔家族保护有限公司了，”马克斯韦尔小姐想了想，又说，“我承认，我希望丽贝卡能有自己的职业。”

“我可不希望。”亚当马上说道。

“你当然不希望了。男人对女人的职业，都没有什么兴趣。不过我比你更了解丽贝卡。”

“或许你更了解她的思想，但你未必了解她的内心。你更多的是把她当成一个天才，但在我心里，她更像是一颗珍珠。”

“好了，”马克斯韦尔小姐笑了笑，半开玩笑地说道，“看来兰德尔家族保护有限公司要把丽贝卡推向截然相反的两个方向，一个方向让她成为天才，一个方向让她成为珍珠。不过无论怎样，她一定会跟着自己心中的圣人走的。”

“那我就满意了。”亚当严肃地说道。

“当她心中的圣人向着你的方向招手时，你会更满意吧。”马克斯韦尔小姐抬起头来看着亚当，带着一丝挑衅地微笑道。

丽贝卡回到砖屋后好几天，才见到米兰达姨妈。在自己恢复正常脸色之前，米兰达不允许任何人去她房间，除了简以外。不过她的房门总是虚掩着的，简猜想，也许是因为她想听到丽贝卡那轻快的脚步声吧。现在她的神志非常清楚，除了身体不能动以外，她也并没有别的病痛。她身上的每根神经还是那么灵敏，她又重新关心起家里大大小小的事务来。“被风吹落的苹果捡起来做果酱了吗？山上的土豆长得好不好？地里的玉米开始抽穗了吗？工人们开始收割坡地上的庄稼了吗？他们是不是又把捕蝇纸弄得到处都是了？牛奶里有没有蚂蚁？烧火的木柴够用吗？银行把利息送来了吗？”

可怜的米兰达·索亚！现在，她已经徘徊于生与死的边缘了，她的身体已经垮了，再也不受她那铁一般的意志的支配了。在她疲乏的头脑中，再也产生不了神圣的景象了。现在萦绕在她的心头的，无非是些不足挂齿的小麻烦、无须理会的小问题。其实，即便上帝近在眼前，她的灵魂也不是一下子就能和他对话的。如果一个人从来没有学过天国的语言，那个可怜的人儿就只好使用那些用惯了的词汇。可怜的米兰达小姐！她被禁锢在一所坚不可破的监狱里，而筑成这监狱的，正是她自己的本性。她看不到上天的启示，因为她从来没有使用过自己的心灵之眼；她听不到天使的声音，因为她从来没有使用过自己的心灵之耳。

终于有一天早上，她说她想见见丽贝卡。门打开了，门里是那阴沉沉的病房，门外是丽贝卡和她身后的一片阳光。丽贝卡手捧着一大束麝香豌豆花。米兰达苍白、瘦削的脸贴着枕头，在睡帽的衬托下显得格外憔悴。她可怜的身体，在被子下面一动也不能动。

“进来吧，”她说，“我还没有死呢。你这些花，可别把床弄乱了。”

“哦，不会的，我会把它们插到玻璃水罐里去。”丽贝卡说着，转身往洗脸盆那走去。她竭力控制着自己的声音，又把快溢出眼眶的眼泪忍了回去。

“让我看看你。到我身边来吧。你今天穿了什么衣服？”老姨妈用沙哑、虚弱的嗓音说道。

“我穿了蓝色棉布印花裙。”

“那件羊绒衣服有没有褪色？”

“没有褪色，米兰达姨妈。”

“你有没有照我说的那样，把它翻过来里子向外、挂在不透光的衣橱里?”

“我一直是这么做的。”

“你妈妈果冻做好了吗?”

“她没跟我说过。”

“写信也不知道说些什么,这就是她的本事。我生病以后,马克是不是又摔着哪里了?”

“他哪里也没有摔着,米兰达姨妈。”

“哦?他最近是什么情况,变懒了吗?约翰最近怎么样了?”

“他好着呢,以后他会是我们几个中最好的一个。”

“我希望,你不要因为我去不了厨房,就在里面乱来。你用开水烫咖啡壶了吗?用好后,你把它倒过来放在窗台上了没有?”

“是的,米兰达姨妈。”

“你总是回答‘是的’,简也总是回答‘是的’。”米兰达挪了挪僵硬的身体,发出一声呻吟,“虽然我躺在这里,但也能感觉到,有些事你们并没有照我说的去做。”

她俩沉默了好一阵子。丽贝卡坐在床边,怯生生地握着姨妈的手,看着姨妈那憔悴的脸庞、紧闭的双眼,心里难过极了。

“让你穿着粗布衣服参加毕业典礼,我心里羞愧得要死,但我实在没有办法。以后你会知道原因的,我真的想过办法了。我真害怕你会成为别人的笑柄!”

“怎么会呢,”丽贝卡回答,“许多人都说,我的衣服是最漂亮的呢。那布料看上去就像蕾丝一样柔软。您完全不需要为此烦恼。我已经长大了,也毕业了。在我们班二十二名学生中,我的成绩名列第三,米兰达姨妈。而且我面前已经有好几个不错的职位供我挑选了。您看看我,又高大、又强壮、又年轻,我已经准备好踏入社会了。我要让大家都看到您和简姨妈为我做的一切。如果您希望我离您近点,我就去埃奇伍德中学教书,那样每天晚上还有周末,我都能回家帮忙。要是您身体好些了,我就去奥古斯塔,因为在那里我能多挣一百美元薪水,还能上音乐课,还有一些别的福利。”

“听我说，”米兰达声音颤抖着，“不要考虑我的身体，就挑那个好点的地方。我真希望自己能活久一点，能够活到你还清抵押贷款的那一天，但我想我是等不到那一天了。”

说到这里，她突然停了下来。她今天说的话，比过去几个星期里说的话还要多。丽贝卡溜出了房间，一个人哭了起来。她不由想，为什么人到了老年，一切都会变得那么残酷、那么艰难、那么难以驾驭、那么缺少欢笑，好像滑落到了黑暗的幽谷里一样。

日子一天天过去了，米兰达的身体也一天天好了起来。她的意志似乎是无坚不摧的。不久以后，她就能从床上挪到靠窗的椅子上去了。靠着自己坚强的意志，米兰达的病情迅速好转起来。以前每天都得让医生来观察病情，现在一个星期让医生来看一次就够了。这样一来，她的医疗费用就大大节省了。先前的治疗费用，累积下来已经是个不小的数目了。这个数目让米兰达忧心忡忡、心惊肉跳，让她白天吃不下、晚上睡不好。

渐渐地，丽贝卡那年轻的心灵，又有了盼头。简姨妈也开始帮她浆洗手帕、衣领和那条紫色的棉布裙子了。这样下去，只要医生一宣布米兰达顺利进入康复期了，丽贝卡就能启程去布朗士维克了。要是八月份她能到达那里，那么一切美好的事物——凡是丽贝卡盼望的一切、能想象到的一切，就都有可能发生。因为她将成为马克斯维尔小姐的座上嘉宾，并且将和许多大学教授以及其他杰出人士共聚一堂。

终于，丽贝卡盼望已久的那天到来了。她在毛织箱子里放进了几件干净朴素的衣服，还放进了她心爱的珊瑚项链、她在毕业典礼上穿的粗棉布衣服、她的班徽、简姨妈的蕾丝披肩，还有她的新帽子。每天晚上睡觉前，她都忍不住要把新帽子拿出来试戴一次。这是一顶白帽子，上面还有一个由廉价的白玫瑰和绿叶编成的花环，是丽贝卡花了两三个美元买的。这可是丽贝卡迄今为止用过的最大一笔钱了。用这顶帽子搭配丽贝卡的睡衣，已经非常漂亮了。要是拿它配毕业礼服，丽贝卡想，那恐怕连德高望重的老教授，也立马会对自己另眼相看的。的确，要是哪个老教授恰巧看到了白色玫瑰花环下那双亮闪闪的黑眼睛，他一定会停下脚步、打量一番的。

一切都准备妥当了，他们的邻居阿拜贾·弗拉格也来到她们家门口，打算帮丽贝卡搬运行李。可就在这时，她们收到了汉娜发来的电报："母遇意外，速归。"

不到一个小时，丽贝卡就踏上了回太阳溪的路。她的心怦怦跳个不停，因为她不知道在这段路途的终点，等待她的将是什么。

还好等待她的不是死亡，尽管在事发当初，这样的可能性非常大。出事的时候，丽贝卡的妈妈正站在干草棚上，指挥别人改建谷仓，不知怎么她就失足摔了下来。大家估计，她是突然头晕了。她右腿的膝盖骨骨折了，后背也摔伤了，不过她的意识还很清醒，也没有生命危险。丽贝卡赶紧抽空写了封信给简姨妈，说明了大致情况，让她们放心。

"我真不明白这是怎么回事，"米兰达咕哝道，那天她一直没能坐起来，"不过从我小时候开始，只有奥莉娅病了，我才能上床躺一会，我不知道她怎么会从干草棚上掉下来。干草棚，这可真不是一个女人该呆的地方。不过她就算没有摔伤，也一样会出别的状况。奥莉娅天生倒霉。现在可好，她要是瘸了，丽贝卡就得照顾她，也别想去其他地方挣大钱了。"

"她首要的职责，就是照顾好自己的母亲，"简姨妈说，"我希望她能永远记得这点。"

"十七岁的孩子，有谁知道自己该干什么。"米兰达回答，"现在我身体恢复了，有些事情我想和你商量商量，简。这些事情让我日思夜想，其实我们以前也讨论过的，今天我们就把它们彻底解决掉吧。等我过世以后，你是不是打算把奥莉娅、还有她的孩子们都接到砖屋来？他们可是一大家子人啊——奥莉娅、珍妮、范妮。但是我不同意马克也来，汉娜可以收留他。我不想那么一个人高马大的男孩在我的地板上乱踏、把我的家具弄坏。不过等我死了，我也管不了你了。你想怎样就怎样吧，我鞭长莫及了。”

“我不会不顾你的感受的，尤其在处置你的财产这件事上，米兰达。”简说。

“我遗嘱里把砖屋留给丽贝卡的事，你不要告诉她。在我过世之前，她还得不到这幢房子。我想在这屋子里从从容容地离开这个世界，不想他们为了得到我的房子，而巴不得我快死，那我真是气也气死了。我也不要她们来感谢我。丽贝卡一定会像使用后楼梯一样，随随便便地使用前楼梯的，她一定会把厨房弄得到处都是水。不过到那时候我都死了几年了，因此这些也不关我的事了。她那么尊重你、重视你，一定会让你在这里继续住下去的，而且我遗嘱里也写进了这一条。伯纳律师收费低，他的遗嘱有效期也比人家的短。反正最后结果都一样。我想丽贝卡是不会找个要把你扫地出门的人做丈夫的。”

说完这些，她停顿了很久。简默默地织着毛衣，不时看看枕边虚弱的姐姐。看到她那可怜的模样，简的眼泪几乎就要流下来了。突然间，米兰达又缓慢无力地说起话来：

“其实我也不知道这么做对不对，要不你把马克也接过来吧。毕竟，这个世界上有调皮捣蛋的男孩子，也有温顺听话的男孩子。虽然说，把这一大群孩子都接到家里来，一点道理也没有，不过，强行把他们一家人分开，把孩子们到处寄养，好像更加冒险，那样是教不好小孩子的。而且到时别人会说，那孩子的母亲是索亚家的人。现在你帮我把窗帘拉下来吧，我想睡一会儿。”

第二十九章

母亲和女儿

两个月过去了。这两个月来，丽贝卡每天都有做不完的活——做饭、洗衣服、熨衣服、缝缝补补、照顾三个小孩。还好，妹妹珍妮给她帮了不少忙。珍妮正在迅速成为能干的小主妇，她心灵手巧、干净利落。几个月来，她们守护在奥莉娅的床边，照顾着她，度过了一个又一个困乏疲倦的夜晚。她们耐心地安慰着母亲，为她包扎绷带、按摩推拿；她们精心地照顾着母亲，读书给她听，还喂她吃饭、帮她洗澡。在刚刚过去的那个潮湿炎热的八月，奥莉娅躺在床上不能动弹，每分每秒都疼痛难忍、饱受煎熬。从那间密不透风的卧室中，常常传出她痛苦的呻吟声。而现在大伙已经听不到她的呻吟声了，母亲已经不需要二十四小时不间断的陪护了，这样，大家心里也都松了一口气。当然，奥莉娅至少要再过好几个月，才能下地走路。不过让人感到安慰的是，现在如果打开百叶窗，把床挪到窗边，奥莉娅至少能够靠着枕头坐起来，看看大家忙碌的身影。过往的痛苦，不妨付诸一笑，疲惫的曾经，也可以渐渐遗忘。现在这种历经痛苦后相对的安逸和舒适，让奥莉娅倍感幸福。

没有哪个十七岁的女孩，能在经历这样严峻的考验后依然毫无变化；没有哪个像丽贝卡这样个性的女孩，能毫无怨言、没有反抗地承受这一切。她现在所做的一切，是不能让她高兴起来的。这些既艰难又繁重的杂活，怎么可能给她带来成就感或满足感呢。为了这些单调乏味的日常琐事，她不得不抛下美好的前程。这就好像极度饥渴的人，眼巴巴地看着可望不可即的琼浆玉液，却一口也喝不到一样。这个世界曾经向年轻的她展开双臂，让她去奋斗、去拼搏、去赢得她想要的一切，可是那美好灿烂的辉煌前景转瞬即逝，是那么匆匆！曾经美好的前景，现在已经渐行渐远，只剩下那再普通不过的日常生活。可这样的转变，为什么会那么快？一开始，同情和悲伤占据她的整颗心，所以除了妈妈正在遭受的病痛以外，她什么也顾不上了。作为一个孝顺的女儿，她只想照顾好妈妈，完全没有为自己考虑。然而，几个星期过去后，那已经枯萎的希望又在她的心头萌芽了，让她激动，让她痛苦；那受到重挫的雄心和抱负，也再次昂起头来，刺激她，折磨她；近在咫尺又远在天边的欢乐，戏弄着她，嘲笑着她。想把希望变成现实，似乎只有一步之遥，其实却远隔着万水千山。丽贝卡知道怎么做是对的，因此现在她放弃了康庄大道，义无反顾、目不斜视地选择了那条狭窄的小路，没有丝毫摇摆和犹豫。但是这种自我否定带来的快乐，就像在血液里沸腾的火焰一样，很快就熄灭了。前方的道路似乎更加凄凉了，每一步似乎都步履维艰。有一天，丽贝卡收到了一封信。信上说，她在奥古斯塔的职位，已经有人接替了。丽贝卡眼前明朗的蓝天，一下子灰暗了。她的心不可遏制地狂跳起来，就像笼子里的鸟儿，正扇动翅膀扑腾着，想要冲开笼门——它是多么向往外面自由自在的世界啊。她内心的力量在起伏涌动，虽然她并不会用这样的词语来形容自己此刻的感受。她觉得，命运之风，正在起劲地吹着她身上的火焰，把它们刮得到处都是，四周都在熊熊燃烧着，烈焰吞噬着她，却没有真正点燃任何东西。在太阳溪农场的小房间里，她度过了一个狂风暴雨的夜晚。不过，乌云不久就被吹散了，太阳又重新露出了笑脸，天边还出现了一道彩虹。于是，“希望穿上四月的绿装”，冲着她扬起的脸蛋微笑点头，并且对她说道：

“和我一起慢慢变老
即将到来的是一切美好”

这好似一团乱麻的日常生活，虽然黯淡无光，但偶尔也有一丝欢乐。有时，为了让他们那一无所有的屋子看上去不那么空荡荡的，丽贝卡会把户外的东西带进家来。要是她发现家里哪个角落丑陋难看，就想方设法用大自然的书页去遮盖它。能做这个贫苦小家的女主人，能够筹划、管理、决定这个家里的事务，丽贝卡非常满足；能把混乱的局面收拾好，让一切重新变得井然有序，她非常享受；能给这个懒散消沉的地方注入欢笑和生机，她非常幸福。此外，弟弟妹妹对她的爱，也给了她莫大的安慰。他们成天围着她转，就像鲜花围着太阳转一样。他们缠着她讲故事。丽贝卡讲起故事来，头头是道、活灵活现，孩子们听得津津有味，并深信不疑。尽管丽贝卡没有意识到，但事实上，通过这些日常生活的点点滴滴，通过更为重要的别的事情，补偿定律已经在丽贝卡身上发挥作用了。因为，在这些让人焦灼不安的日子里，母女俩加深了相互的了解，她们发现彼此从来没有这么心灵相通过。在丽贝卡伺候床前、悉心照顾痛苦不安的母亲时，她的心头突然涌起了一种全新的感觉——那是强者俯身照顾弱者时才会产生的感觉。而对奥莉娅来说，她的幸福简直难以言表，现在她终于体会到了身为人母的幸福。在早些年，孩子们都还小，她照顾这个照顾那个累得慌，想东想西担心焦虑也累得慌。疲倦和焦虑徘徊不去，给家里的一切，甚至那宁静的火炉边，都笼罩了一层阴霾。后来，丽贝卡离开她的身边，去了姨妈家。由于长期分离，做母亲的也就无法跟上女儿思想和灵魂变迁的节奏。所以现在，当奥莉娅终于有时间、有精力来好好了解了解女儿时，她觉得自己简直像个低能儿，对丽贝卡一无所知。从前，奥莉娅和汉娜日复一日地重复着那些枯燥的家务、琐碎的事情，不知不觉中人也变得越来越沉闷乏味了。但是现在，在人生旅途的这一特殊的阶段，谁能想到会出现这个让人耳目一新的小家伙。她给奥莉娅从前只能匍匐着的思想，插上了一对翅膀，让它们展翅高飞；她给原本黯淡无华的生活平添了亮色，让平淡如水的日子变得优雅与和谐。

你可以给丽贝卡套上最沉重的犁铧，但是她拥有青春的活力，所以她永远记得自己脚下的那片绿色大地，也永远记得自己头顶的那方蓝色天空。也许，她的眼睛此刻看着的，是正在搅拌的蛋糕、正在揉搓的面团；也许，她的耳朵此刻听到的，是厨房里柴火的噼里啪啦、水壶的咝咝作响。可是，时不时地，她的想象力会插上翅膀，在高高的云端透个气，重新吸收和补充能量。眼前这空荡荡的小农舍，是无可改变的事实，但是她有许多自己的宫殿，她可以随时自由地出入。在她想象的宫殿里，到处都是活力四射、风度翩翩的男男女女，当然，宫殿里也不乏天上的幽灵。每当她回到自己梦想的城堡之中，她都会变得容光焕发、神清气爽，就像一个人刚刚欣赏了夜晚的繁星、聆听了美妙的音乐、闻到了玫瑰的芳香一样。

一只目光短浅、循规蹈矩的母鸡，如果孵育出一只与众不同、一往无前的小鸭，会是什么感觉，奥莉娅现在应该多少能理解一些了。她的处境要比母鸡好一些。因为，她觉得自己更像是一只安静的褐色肉鸡，生了一个普通的鸡蛋，没想到从那只蛋中，竟然孵化出一只天堂鸟来。在过去的两个星期中，这个念头一直在奥莉娅的心间萦绕着。十月的一个清晨，周围的一切都特别美好，当丽贝卡捧着一大把秋麒麟和火红的秋叶走进她的房间时，这个念头又在奥莉娅的脑海中闪现出来了。

“我给您带来了一点秋的气息，妈妈，”丽贝卡一边说，一边把一根红色和黄色相间的美丽枝桠，塞在床垫和床脚之间，“这根树枝正好倾斜出去，对着水面，它每天都能欣赏自己在池塘里的美丽倒影。我担心时间长了，它会变得虚荣起来，所以我就把它从那样的危险中解救出来了。您觉得它漂亮吗？我真希望给可怜的米兰达姨妈也带去一枝。我不在的时候，砖屋里连一朵鲜花都没有。”

这是一个神奇的早晨。连续好几天，太阳都没有露脸，金色的阳光和灿烂的星夜，只存在于人们的记忆中。可是今天，太阳出现在地平线之上；空气中弥漫着水果成熟的甜香；门外树上的那只癫狂的小鸟，不停地大声欢唱着美好的生活，快把嗓子唱破了。它显然已经忘记了一个事实：夏天已经结束，而冬天早晚要到来。不过，在这样一个晴朗的日子里，谁还会想起那刺骨的寒风、光秃秃的树枝和结冰的溪流呢？一只色彩斑斓的飞蛾，从敞开的窗子飞进来，停在那丛鲜艳的树叶上。奥莉娅听到了鸟儿的欢唱，于是，她的视线从那丛漂亮的火红树枝上，转移到她那高挑、美丽的女儿身上。她站在那里，就像一个年轻的春之女神，手臂上还挽着金黄的秋天。

突然之间，她蒙住双眼，哭泣起来："我受不了了。现在我只能这样每天躺这床上，害得你什么也做不成。你的前程都被我耽误了。我那么辛苦地省吃俭用，你那么辛苦地用心学习，米兰达投入了那么一大笔钱，可现在一切都付诸东流了。我们做的一切，本来都是为了让你成才！"

"妈妈，妈妈，你千万别这么说，连想都别这么想！"丽贝卡大声说道。由于激动，她一下子坐在了母亲床边的地板上，手里的秋麒麟也扔到了一边。"妈妈，你怎么这么说呢，我才刚过十七岁呀。你眼前这个系着紫色棉布围裙、鼻子上还有面粉的人，她才刚刚开始她的人生旅程呀！你还记得约翰移种的那棵小树苗吗？那一年夏天很干旱，冬天又很寒冷，所以那棵小树苗一点也没有长高。我们又是浇水又是施肥，但它却一点动静也没有。谁知道第二年风调雨顺，它一下子就长高了，把以前失去的时间全都弥补回来了。妈妈，我和那棵小树一样，现在是我的扎根期。你千万不要认为，我的好日子已经结束了，其实，我的好日子还没有开始呢。井边的那棵枫树，已经一百多岁了，可今年夏天，它又长出了新叶。所以，十七岁的我，一定是大有希望、大有前程的。"

"你可以假装坚强，"奥莉娅啜泣道，"可你骗不了我。你的职位没有了，你在这里也见不到自己的朋友。你现在什么也不是，就是一个苦力。"

“我看上去虽然像是个苦力，”丽贝卡眼睛里带着笑意，神神秘秘地说道，“可我其实是一个公主。你一定看不出来，因为我化装了。我乔装打扮成这样，只是被目前的情势所迫而已。现在坐在我的宝座上的国王和王后，都已经风烛残年、年老体衰、步履蹒跚。他们不久就要退位，将王位传给我了。我想，这是一个很小很小的王国，王国通常都是很小的，因此，要进入王室的圈子也并不太难。不过，你也别指望能看到一个镶嵌珠宝的金色宝座，我的宝座可能只是象牙做的，但是它后面有一张用孔雀羽毛做成的漂亮屏风。当然，我一定会就近给你摆上一张舒服的椅子，差遣许多仆人为你效劳，就像小说中写的那样，让他们听候你‘最微不足道的吩咐’。”

奥莉娅忍不住笑了起来。也许丽贝卡并没有说服她，但她心里多少得到了安慰。

“我只希望，你的宝座和你的王国，不会让你等得太久，丽贝卡，”她说，“让我也能在去世之前沾一点光。在我看来，生活真是太艰难、太残酷了。米兰达在砖屋瘫痪了，紧接着我也在农场病倒了，我们把你的手脚全束缚住了。更不要说珍妮、范妮、马克还要给你添乱。你肯定继承了你父亲那乐观的性情，否则你一定会和我一样，觉得压力重重、苦恼万分的。”

“怎么会呢，妈妈！”丽贝卡大叫了一声，双手抱着膝盖，“妈妈，你怎么能这么想呢。在这么美好的日子里，能够坐在这里享受生活，我已经心满意足了。能够活在这个世界上，能够有机会去观察、去感知、去行动、去成为我想成为的人，我已经很满足了。妈妈，在你十七岁的时候，你一定也想过，只要活着就已经够美好的了，不是吗？难道你忘记了吗？”

“我没有忘记，”奥莉娅说，“不过当年我也没有你现在这么活泼，这么有生气，从来都没有过。”

“我常常会想，”丽贝卡站起身来，走到窗前看着窗外的树，继续说道，“我常常会想，要是我没有出生在这里，那该有多糟糕；要是汉娜来到这个世界以后，接着出生的不是我，而是约翰，要是约翰、珍妮、范妮还有别的孩子都出生了，可丽贝卡却没有出生，那该有多糟糕；要是这个世界上从来都没有丽贝卡的存在，那该有多糟糕。能够活在这个世界上，就足以弥补其他一切了。本来，我是应该觉得害怕才对，但是我没有，因为有一样更强大的东西，像风一样把我的恐惧都吹跑了。哦，看哪！威尔赶着车沿着巷子过来了，妈妈，他一定捎来了砖屋的消息。”

第三十章

再见了，太阳溪农场

威尔·梅尔维尔把马车驶到窗前，将一封信抛到丽贝卡的腿上，就转身去自己的农场干活了。

“我猜，姐姐的病情一定没有恶化，”奥莉娅庆幸地呼出一口气，“否则简一定会发电报来的。看看信里都写了些什么。”

丽贝卡打开信封，快速地把这封只有一页纸的信扫视了一遍：

> 你的姨妈米兰达在一个小时前过世了。如果你的母亲已经脱离生命危险了，就请速速回来。我会等你回来再举行她的葬礼的。她走得很突然，没有受太大的罪。哦，丽贝卡，我真希望能快点见到你！
>
> 简姨妈

习惯一旦养成，就会根深蒂固。即便是在失去亲人的日子里，简仍然记得一份电报要花 25 美分。另外，电报送到以后，奥莉娅还得支付 50 美分的邮递费。

丽贝卡忍不住大哭起来：“可怜的……可怜的米兰达姨妈，她还没有好好享受舒适的生活，就这么走了。我连和她告别的机会都没有了。可怜的、孤单的简姨妈！我该怎么做呢，妈妈？我现在整个人都分成两半了，一半在这里，一半在砖屋。”

“你必须马上过去，”奥莉娅说，她从枕头上抬起头来，“哪怕你不在的时候我会死去，我也会这样命令你。你的两个姨妈，她们为了你，做了能做的一切。她们为你做的，比我为你做过的还要多。现在该你去回报她们了，让她们知道，你是知恩图报的人。这儿珍妮能应付得来，只要汉娜每天过来一次就可以了。”

“可是，妈妈，我不能走，我走了，谁来给你翻身呢？”丽贝卡一边大声说着，一边心烦意乱地搓着手在地板上走来走去。

“我翻不了身，又有什么关系呢？”奥莉娅轻松地说道，“一个女人到了我这样的年纪，还带着一大堆孩子，却这么不小心地从草垛上摔下来，我是活该要受点罪的。快去穿上黑色的丧服，并且把行李准备好。如果我能去参加姐姐的葬礼，我一定要为她多做点事。我要向她表明，我结婚时她说的那些话，我已经全忘了，也已经原谅她了。米兰达就是一个刀子嘴、豆腐心的人。虽然她伤害过我，伤害过你的爸爸，但她已经在你身上弥补我们了。”奥莉娅继续用颤抖的声音说道，“我现在还记得，在我们都还是小女孩的时候，她最喜欢给我卷头发了，并且还为自己的手艺骄傲。还有一次，那时我们都已经长大了，她把她最好的蓝色棉布衣服借给我穿。那次，你爸爸邀请我在圣诞舞会上和他一起给大家领舞。后来我才知道，当初米兰达一直以为，你爸爸会邀请她的。”

说到这里，奥莉娅再也说不下去了，她痛苦地哭泣起来。对往事的回忆，让她的心柔软了许多，淋漓的眼泪决堤而下，她哭得比刚刚得知姐姐死讯时还要厉害。哭过之后，心里感觉好受多了。

丽贝卡只用一个小时就收拾好了行李。威尔会送她去汤普朗斯，还计划去学校接珍妮回家，并且还自告奋勇地说，要帮她们找个女佣到农场过夜。这样，万一兰德尔太太晚上病情突然加重了，也能有个准备。

丽贝卡跑下山去，打了最后一桶泉水上来。当她把水桶从晶莹剔透的泉水中提起来时，禁不住放眼望去，只见这秋天的山林原野，如火如荼，美不胜收。这时，她看到一队测量员带着测绘工具，正在计算着什么。他们所画的线，明显穿过了太阳溪农场的镜池。镜池是太阳溪农场上风景最美的地方，它清澈见底，平滑如镜。每到秋来，水面上漂浮着片片黄叶，就连岸边的沙子，也泛着那么明亮的黄色。

丽贝卡的呼吸不由急促起来。“这个时刻终于来临了！”她想，“我终于要和太阳溪农场说再见了。在维尔汉姆的最后一天，我觉得那扇金色大门，摇摇晃晃地似乎快要关上了。现在，它终于要关上了，永远关上了。再见了，我亲爱的小溪、群山和草地。你们终于也要见识外面的世界了。那么，就让我们满怀希望，对彼此道一声：

和我一起慢慢变老

即将到来的是一切美好”

威尔·梅尔威尔也看到了那些测量员。那天早上他在汤普朗斯邮局，已经听说了一切。连铁路公司要付给兰德尔太太的那笔补偿金有多少，他都知道个大概。他自己的农场就在新建的铁路附近，所以那里的地价也一定会随着铁路的建成，水涨船高、今非昔比。一想到这光明的前景，他的心情就好极了。另外，住在自己家门口的丈母娘一家这么一贫如洗，一直以来也让他感到不舒服。现在眼看着他们终于要脱离赤贫了，他也可以说是松了一大口气。这下，约翰要提早成为一家之长了，不管他本人愿意还是不愿意。大伙本来以为，要再过上好几年，才能轮到他当家。所以，在驾车送丽贝卡去汤普朗斯的路上，要不是拼命压制着自己的感情，汉娜的丈夫差点就要高兴地吹起口哨来了。他一点都不明白，丽贝卡为什么会那么伤心；他也一点都想不通，丽贝卡的脸颊，为什么不时会有泪珠悄然滑落。因为他常听汉娜说，米兰达姨妈就是一个易怒、吝啬的老女人，就算哪天她从世界上消失了，无论对谁来说，都算不上是什么损失。

“开心一点，丽贝卡！”他把丽贝卡送到了车站，临走前说道，“等你回来时，你会看到你妈妈已经能够坐起来了。另外，还有一个好事情，无论将来你在哪里工作，你都不用担心家里人了。

他们不久就会搬到一个好得多的房子里去了。像现在这么倒霉的日子,再也不会有了。汉娜和我都是这么想的。"说完他就动身走了,他要赶紧回去把这个好消息告诉妻子。

巧的是,亚当·莱德也在车站。他看到丽贝卡走进来,马上就迎了上去。丽贝卡看上去非常沮丧,一点也不像平时那么春风满面。

"小公主今天早上好像有点难过,"他拉着她的手,问道,"看来阿拉丁先生该擦擦他的神灯了,然后那个奴隶就会马上跑出来,把你的眼泪擦干。"

他说这些话时,语气轻松极了。因为他认为,让丽贝卡发愁的,无非就是太阳溪农场的事情。所以,他想,只要自己告诉她,太阳溪农场已经卖掉了,她母亲马上就能领到一笔数额可观的赔偿金了,她一定马上就破涕为笑的。亚当还想提醒她,尽管她必须要离开自己童年的故乡了,但是也没什么好伤心的,因为这个地方实在太偏远了,并不适合她自己和她那单身的妈妈居住,也不适合那三个年幼的弟妹的成长。当年她说过的那句话,他现在还记得一清二楚:"我觉得,一个人永远忘不了他童年的故乡。"他还想起了当时的那一幕——北利维波洛的院子里,那个有趣活泼的小家伙本来好好地坐着,却一下消失在丁香花丛中了。那是因为,他一口气买下了三百块"红玫瑰与白雪"肥皂。

可是他们交谈了几句后,亚当感觉到,丽贝卡这么伤心,显然还有别的事情。她的神情是那么恍恍惚惚,她的情绪是那么一触即发,她看上去随时都会泣不成声。他知道自己也帮不上忙,于是只好简单地向她表达了下同情,同时还恳求她,自己最近能否去一趟砖屋,因为他想亲眼看看,她到底遭遇了些什么。

亚当把丽贝卡送上火车后,就离开了车站。他觉得,眼前这个伤心、庄重、严肃的丽贝卡,比他以前任何时候看到的丽贝卡都更漂亮。她是那么美丽,那么有女人味。不过在他们谈话的时候,他注意到了丽贝卡的眼睛,那双眼睛还是那么纯真。在那深邃闪亮的双眸中,还是没有一点世俗的东西。从那双眼睛可以看出，她还没有经历过男女之情，没有对异性动过情，甚至完全不解风情。离开那个小小的乡村车站后，他走进路边的树林中，等待自己要坐的那趟火车。在树林中散步的时候，他不时会在树下停下来，一边欣赏着绚丽多姿的一片片树叶，一边天马行空、浮想联翩。本来，他为丽贝卡买了一套《一千零一夜》，希望用它取代丽贝卡手头那早就翻旧了的版本。他知道，那本书，曾经伴随了丽贝卡的童年，带给她无穷的快乐。可是，他万万没想到，自己会在丽贝卡这么不开心的时候遇到她，所以他忘了把书送出去，现在只好先留在身边，等今后再说了。他无所事事地信手翻着书页，翻到《阿拉丁和神灯》那一页时，停了下来。尽管如今他已经三十四岁了，但这个古老的故事还是和从前一样，把他深深吸引住了。想当年，他第一次读这个故事时，还是个小男孩。不过书中有几个段落，现在尤其吸引他的眼球。他把那几个段落读了一遍又一遍，体会到了一种前所未有的神秘快乐，还找寻到了前所未知的意义，他也不知道自己究竟怎么了。比如，有一段写的是身无分文的阿拉丁，突然拥有了巨额财富，巨变发生之后的种种情形，刻画得生动有趣、惟妙惟肖。还有一段，描述的是苏丹公主的美貌和魅力：

> 不要说阿拉丁像个流浪汉一样在街头游荡时认识的那些人，现在已经完全认不出他了，就连那些在不久之前刚刚见过他的人，也几乎认不出他来。他的容貌已经今非昔比了。这都是神灯的功效。只要正确使用，神灯就能让它的主人实现心中的愿望，并让一切变得匹配、完美起来。
>
> 这位公主是世界上最美丽的深肤色姑娘。她的一双大眼睛既活泼又闪亮；她的外表既甜美又谦和；她的鼻子毫无瑕疵，比例匀称；她还有一张樱桃小嘴，两片红唇娇艳欲滴、上下对称、非常迷人。总而言之，她脸上的所有部位都无可挑剔。所以，当阿拉丁第一次见到这位美丽的公主时，简直目瞪口呆了。这也难怪他，因为阿拉丁从来没有见过这么

完美的姑娘。这位公主不仅拥有精致的五官，还拥有曼妙的身材、皇家的气度。所以，任何人只要看到她一眼，立刻就会肃然起敬、为之倾倒。

“美丽的公主，”阿拉丁恭恭敬敬地向她行了个礼，开口对她说道，“你实在太迷人了，我想向你求婚。我必须得说，如果我的大胆追求让你感到不快，那么你可别怪我，要怪就怪自己那明媚的眼睛、非凡的魅力吧。”

“王子，”公主回答道，“能看到你，我就很高兴。我非常愿意接受你的求婚。”

第三十一章

米兰达的道歉

丽贝卡在梅坡伍德下了火车后，就匆匆赶往邮局。因为她要坐的驿车，就停靠在邮局的门口。远远地，丽贝卡就看到了杰里·科布先生牵着马儿的身影，心里可高兴了。

"赶这趟车的车夫病了，"科布先生解释道，"他们来找我时，我想，虽然我已经不赶车了，但是丽贝卡收到了简姨妈的信，一定会马不停蹄地赶来的，所以，我想我今天很可能会接到她。就算她今天有事耽误了，我明天也一定能接到她。今天又和六年前一样了。你是想做个真正的淑女、坐在车厢里呢，还是想和我一起坐在前面？"

这位上了年岁的老人，此刻百感交集。各种各样的情感，都在他饱经沧桑的脸上显露出来。丽贝卡忍不住鼻子一酸，扑到他身上，像孩子一样哭了起来。两三个路过的行人，看到这样一个漂亮、端庄的女孩子，竟然匍匐在一位满身尘土的老人的肩头啜泣，不由惊讶万分。"哦，杰里大叔，"她抽泣道，"亲爱的杰里大叔，这都是好久以前的事情了。这些年发生了这么多事，我们也都老多了。将来还不知道会发生什么事呢，我真的担心极了。"

"好了，好了，亲爱的，"老人小声安慰她，"我们上车吧，车上就我俩，我们可以在路上好好聊一聊。也许一切没那么糟糕呢。"

对于丽贝卡和杰里大叔来说，路上的一切都是那么熟悉，一草一木，都仿佛是他们的老朋友。每一个水槽、每一块磨石、每一个红色谷仓、每一个风向标、每一方放养鸭子的池塘、每一条夹杂着细沙的小溪流，都如此亲切。丽贝卡不停地回想起那一天——她第一次坐在这辆马车上的那一天。那一天好像已经很遥远了，可在她的记忆中却是那么清晰。还记得那时，她的双腿只能悬在空中，因为她根本就够不着踩脚板。她似乎嗅到了那一大束丁香花的芳香；她似乎看到了那把镶着粉红荷叶边的阳伞；她似乎感觉到了那刚浆洗过的棉布衣服，穿在身上硬邦邦的；她甚至能感觉到帽子上的黑黄相间的豪猪刚毛，在一下一下地扎着她的脑袋。一路上两个人都没有说话，但这对杰里大叔也好，对丽贝卡也好，都是一种甜蜜的、舒心的沉默。

车子一路前行，他们看到阿毕加·弗莱格正在谷仓剥豆子，又看到珀金斯家阁楼的窗外，一块白布正在迎风招展。看着那面飘扬的旗子，丽贝卡仿佛看到了爱玛·简纯真的爱心，看到了她翘首以盼的身影。从丽贝卡第一眼看到利维波洛的烟囱起，她心里就想到了一个词，感受到了一个信息。在两个好伙伴还没有重逢前，这个词、这个信息已经给她的心带来了一片温暖。

接着，丽贝卡就看到了熟悉的砖屋。砖屋还是老样子，可是在丽贝卡看来，死神应该已经在这里留下了某个神秘的印记。放眼望去，只见连绵起伏的牧场，依然延伸到远方；一棵棵榆树依然那么挺拔，不过榆树的叶子，已经变成了棕黄色；枫叶一片火红；盛开的紫苑花，把苗圃装点得生机盎然；高大的蜀葵，枝头缀满了玫瑰般的花朵，挺立在客厅的窗前，只是在蜀葵低垂的花茎上，披上了一层黑纱做的帷布，代替了从前那让人赏心悦目的姹紫嫣红。这条黑纱帷布把蜀葵和百叶窗连成了一片。另外还有两条黑纱帷布，一条挂在起居室的边上，一条挂在棕色大门的黄铜门环上。

“就停在这里吧，杰里大叔，不用拐进侧门里去了。把我的背包递给我，就让我在这里下车，我想自己沿着这条路跑进去。您快驾车走吧。”

听到马车隆隆驶来的声音和外面的喧哗声，砖屋的主人从里面打开了大门。丽贝卡刚刚合上外面院子的门，简姨妈就从石阶上迎了出来。她完全变了样子，看上去虚弱不堪、神情憔悴、脸色苍白。丽贝卡向她张开了双臂，老姨妈无力地扑倒在她的怀中。在很久以前的某个片刻，在她向丽贝卡敞开心扉、述说自己埋葬在心底的爱情和那过世的爱人时，她也是那样扑倒在丽贝卡的怀中的。温暖、力量和生命力，再一次从丽贝卡年轻的身体流到了老姨妈的体内。

“丽贝卡，”简抬起头来说道，“在你进去看她之前，告诉我，她以前对你说的那些难听的话，你还生气吗？你现在还记恨她吗？”

丽贝卡看着简姨妈，双眼充满了责备，几乎快要燃起怒火了。她哽咽着说道：“哦，简姨妈，你到现在还不相信我吗？我对她只有感激之情，我会带着一颗感恩的心进去看她的。”

“她是个好女人，丽贝卡。她脾气不好，说话直接，不过她总希望一切都能够尽善尽美，她总是尽力做到完美，而且也基本做到了。虽然她嘴上从来没有说过，但是我敢肯定，对以前说的那些伤害你的话，她一定也很后悔。她活着时，从来没有收回那些话，可是她死后已经做了补偿。在她走后，你一定会明白她的愧疚的。”

“在我上次回农场前，我就告诉她，是她培养了我、塑造了我。妈妈也是这么说的。”丽贝卡啜泣道。

“这可不对，”简说，“首先是上帝塑造了你，你自己也付出了许多努力，给上帝帮了忙。不过她给你创造了条件，让这一切可能发生，这是不容否认的。况且，为了给你创造好的条件，她放弃了自己的享受、自己的快乐，这是多么难得啊。现在，我要告诉你一件事，丽贝卡。你米兰达姨妈已经写下遗嘱，让你继承所有的财产，包括这幢砖屋、附属的建筑物、里面的家具，还有周围的田产。凡是你现在能看到的一切，她都送给了你。”

丽贝卡脱下帽子，把手放在心口上。在她兴奋到极点时，她总会有这样的动作。沉默了片刻后，她说：“我想一个人进去看她。我想和她说会话。我想好好谢谢她。我觉得她一定能听到我说的话,也一定能感知我、理解我!”

简回到厨房,洗刷洗刷、收拾收拾。死神也没有力量让人们中断这些日常琐事,哪怕仅仅一天。死神可以大摇大摆地从一户人家来到另一户人家,在他身后留下无尽的绝望和凄凉。可是,饭桌还是要摆,碗筷还是要洗,被褥还是要铺,无论发生什么,总有人必须得做这些事。

十分钟后,丽贝卡从摆放姨妈遗体的房间走了出来,她看上去脸色苍白、精疲力竭,不过她的心灵得到了教育,也得到了净化。她在静静的大门口独自坐了下来,密密麻麻的榆树叶,为她隔绝了外面利维波洛那个小小的世界。眼前是秋天的原野,耳畔是马车驶过小桥的隆隆声,小河一路高歌,向大海奔流而去。丽贝卡觉得,一种无可比拟的宁静心绪、一种无以复加的感恩情怀,已经占据了她的全部身心。她伸出手来,摸了摸那个闪亮的黄铜门环,又摸了摸那红色的砖头。在十月的阳光下,这些红砖发出耀眼的光芒。

现在这里是她的家了。屋顶是她的,花园是她的,绿油油的田地是她的,美丽的树木是她的。太阳溪那户小小的人家,从此有了居所。她的母亲将和自己的姐姐团聚,和儿时的玩伴重逢;年幼的弟弟妹妹,从此可以上学了,还能和小伙伴一起嬉戏玩耍。

可是,她自己呢?她的命运还是扑朔迷离,她的未来还是一片渺茫。一切仿佛隐藏在美丽的晨雾之中,看不真切。她不由地把脑袋倚靠在被太阳晒暖的大门上,闭上双眼,就像她小时候做祈祷时一般,喃喃地说道:“愿上帝保佑米兰达姨妈!愿上帝保佑砖屋里从前的一切!愿上帝保佑砖屋里未来的一切!”